Bram Stoker
Dracula (vers 1897)

Traduit de l'anglais par Josette Chicheportiche
Texte abrégé

LE DOSSIER
Un roman épistolaire fantastique

L'ENQUÊTE HISTOIRE DES ARTS
**Les représentations de Dracula :
de la littérature au cinéma**

Notes et dossier
Fanny Deschamps
Certifiée de lettres modernes

Collection dirigée par
Bertrand Louët

Sommaire

OUVERTURE

© Librairie Générale Française, Paris, 2012
© Hatier, Paris, 2013
ISBN : 978-2-218-96671-2

Dracula

* Tous les mots suivis d'un * sont définis dans le lexique p. 311-312.

Qui sont les personnages ?

Les personnages principaux

DRACULA

Sous l'identité mystérieuse d'un comte, Dracula accueille, dans son château isolé de Transylvanie, le jeune anglais Jonathan Harker pour finaliser l'achat d'une propriété en Angleterre. Mais le comte se révèle être un vampire qui multiplie les victimes et utilise ses pouvoirs pour échapper à ses ennemis.

JONATHAN HARKER

Jeune clerc de notaire anglais fiancé à Mina Murray, Jonathan tente d'échapper au comte dont il décrit minutieusement les faits et gestes inquiétants dans son journal.

Les personnages secondaires

LUCY WESTENRA

Jeune femme charmante aux multiples prétendants, Lucy est l'amie de Mina Murray. Atteinte de troubles étranges, son entourage cherche par tous les moyens à la soigner.

QUINCEY P. MORRIS ET ARTHUR HOLMWOOD GODALMING

Jeune texan amoureux de Lucy, Quincey Morris est aussi l'ami d'Arthur Holmwood, choisi pour époux par Lucy. Les deux hommes vont se joindre au docteur Seward, à Jonathan et Van Helsing pour détruire le vampire.

MINA MURRAY-HARKER

Mina est l'amie de Lucy Westenra, à laquelle elle se confie dans des lettres. Après plusieurs semaines sans nouvelle de son fiancé Jonathan, elle le retrouve et devient son épouse. Victime de Dracula, elle aide le docteur Van Helsing et ses alliés à détruire le comte.

DOCTEUR ABRAHAM VAN HELSING

Médecin hollandais, Abraham est appelé par son ami et confrère le docteur Seward au chevet de Lucy Westenra. Élucidant progressivement le mystère de sa maladie, il décide de détruire la source du mal.

DOCTEUR JOHN SEWARD ET R. M. RENFIELD

Directeur d'un asile d'aliénés, John Seward (appelé « Jack ») est amoureux de Lucy Westenra qu'il cherche à guérir par tous les moyens. Il suit également avec attention un patient atteint de troubles étranges : Renfield. Se nourrissant d'insectes, ce dernier semble attendre l'avènement d'un maître.

Quelle est l'histoire ?

Les circonstances

L'histoire se déroule au XIXe siècle, entre le mois de mai et le mois de novembre d'une même année. Elle se situe d'abord en Europe de l'Est, dans la région des Carpates, puis en Angleterre, notamment à Londres. Le récit fait alterner lettres, extraits de presse et de journaux intimes.

Le début de l'action

1. Jonathan quitte Londres et rejoint la demeure du comte Dracula, pour une affaire professionnelle. Dans le château, il observe l'étrange comportement de son hôte et comprend vite le danger.

2. En Angleterre, Lucy est en proie à d'inquiétantes crises de somnambulism Son amie Mina assiste, impuissante, à l'une d'entre elles.

DRACULA

6d.

BY

BRAM
STOKER

6d.

WESTMINSTER
Archibald Constable & Co Ltd
2 WHITEHALL GARDENS

Le but

Ce récit fantastique met en scène un terrifiant personnage de vampire, le comte Dracula. Il raconte la lutte haletante et sans merci menée contre cette figure incarnant le mal absolu.

Couverture du roman *Dracula* de Bram Stoker, éditions Archibald Constable & Co Ltd, Westminster, 1901.

3. Jonathan a finalement réussi à échapper au comte Dracula. Il se marie avec Mina. Malgré les soins intensifs de ses prétendants et du docteur Van Helsing, Lucy meurt.

4. À la lecture du journal de Jonathan, Mina fait le lien avec l'histoire de Lucy. Elle ressent à son tour les mêmes symptômes. Elle transmet le journal à Van Helsing, qui décide de retrouver le vampire pour le tuer.

Qui est l'auteur ?

Bram Stoker (1847-1912)

● LES PREMIERS PAS VERS LA LITTÉRATURE

Abraham (dit Bram) Stoker naît le 8 novembre 1847 à Clontarf, au nord de Dublin en Irlande. De santé fragile, il garde fréquemment le lit. C'est l'occasion pour sa mère de lui lire de nombreuses histoires macabres, peuplées de créatures surnaturelles*. En 1863, il intègre le Trinity College, université de Dublin. Il assiste à des représentations théâtrales qui l'enchantent. En 1870, il obtient son diplôme en sciences et mathématiques et devient fonctionnaire.

● LE JOURNALISTE ET L'ÉCRIVAIN

Parallèlement à son travail, il collabore avec le journal *Dublin Mail*. Il découvre le roman gothique (*Carmilla* de Sheridan Le Fanu) et commence à écrire lui-même. Son premier roman paraît en 1875 (*The Chain*). Renonçant au prestigieux rang d'inspecteur des tribunaux de première instance, il devient l'administrateur du théâtre que dirige son ami Henry Irving à Londres (*Lyceum Theatre*).

● L'INSTALLATION À LONDRES ET LA NAISSANCE DU MYTHE

En 1878, Bram Stoker se marie avec une Irlandaise passionnée d'art et de théâtre. Ils s'installent à Londres et mènent une vie de rêve : Stoker organise des tournées théâtrales et côtoie des passionnés de littérature. Il voyage, publie des textes et travaille à *Dracula* pendant dix ans. Publié en mai 1897, le roman connaît un succès immédiat. Les dernières années de Bram Stoker sont consacrées à l'écriture. Il meurt le 21 avril 1912.

	1847	1863	1870	1875	1876
VIE DE BRAM STOKER	Naissance à Clontarf Parution de *Varney the Vampyre, or the Feast of Blood*	Admission au Trinity College de Dublin	Obtention du diplôme en sciences et mathématiques	Publication de son premier roman, *The Chain*	Rencontre a Henry Irvin

	1846-1848	1858	1865-1870	1886-1893	1894-1903
HISTOIRE	Grande famine en Irlande, population réduite de moitié	Naissance des *fenians* dont le but est de libérer l'Irlande de l'Angleterre	Série de rébellions pour l'autonomie (*Home Rule*)	Gladstone, Premier ministre libéral anglais, présente deux projets d'autonomie (*Home Rule Bill*)	Conservate et unioniste au pouvoir en Angleter

Que se passe-t-il à l'époque ?

Sur le plan politique

● **RÈGNE DE LA REINE VICTORIA EN ANGLETERRE**

De 1837 à 1876, le règne de Victoria est marqué par la révolution industrielle. Le pays se dote du plus important réseau ferroviaire européen.

● **LUTTE POUR L'AUTONOMIE EN IRLANDE**

En 1801, le Royaume-Uni regroupe l'Angleterre, l'Irlande du Nord, l'Écosse et le pays de Galles. Mais dès 1850, l'Irlande revendique son indépendance et l'obtient en 1922.

● **INSTABILITÉ POLITIQUE EN FRANCE**

La Restauration rétablit la monarchie de 1814 à 1848. Le coup d'État de Napoléon III en 1851 met fin à l'éphémère IIe République et instaure le Second empire (1852-1870).

Sur le plan littéraire

● **DU ROMANTISME AU RÉALISME**

Deux mouvements marquent le XIXe siècle : le **romantisme**, marqué par l'expression du moi et le goût pour la nature, l'évasion, le mystère et le fantastique ; le **réalisme**, plus social, qui veut « faire vrai » et décrire sans idéaliser.

● **LA LITTÉRATURE DE VAMPIRE**

Avec *The Vampyre* de John Stagg (1810), les Anglo-Saxons adoptent le personnage du vampire. En 1819, *The Vampyre* de William Polidori inspire des auteurs du monde entier (Gautier, Hoffmann, Tolstoï...). Le thème est popularisé en 1847 par un roman anonyme anglais et, en 1872, Le Fanu écrit *Carmilla*, dont Bram Stoker s'inspire pour *Dracula* (1897).

78		1879	1897	1905		1912
riage et direction du *Lyceum* eatre de Londres		Naissance de son fils Noel Thornley	Parution de *Dracula*	Décès d'Henry Irving		Décès de Bram Stoker le 20 avril à Londres

98	1913	1916	1920	1921	1922
nnoly fonde le ti républicain ialiste irlandais	Grandes grèves sévèrement réprimées	Insurrection des Volontaires irlandais réprimée par les Anglais	La lutte pour l'autonomie irlandaise s'intensifie	Traité de Londres : Irlande dominion de l'empire britannique. Partition Irlande du Nord et du Sud	Indépendance de l'Irlande

Dracula

ॐ

1

Journal de Jonathan Harker (sténographié[1])

3 mai, Bistrita[2]

Ai quitté Munich[3] le 1er mai, à 8 h 35 du soir, et suis arrivé
à Vienne[4] tôt, le lendemain matin. D'après ce que j'ai pu voir
du train, Budapest[5] est une très belle ville, mais je n'ai pas osé
m'éloigner de la gare, car nous avions déjà une heure de retard.
Cependant, j'ai eu la nette impression de quitter l'Occident pour
l'Orient.

Nous sommes repartis de Budapest à peu près à l'heure et
avons atteint Cluj-Napoca[6] dans la soirée, où j'ai passé la nuit à
l'hôtel Royal. Au dîner, on m'a servi du poulet au poivron rouge

1. **Sténographié** : la sténographie est une
   technique d'écriture très rapide, par signes.
2. **Bistrita** : ville située en Transylvanie.
3. **Munich** : capitale de la Bavière, qui n'était pas
   encore l'un des États d'Allemagne.
4. **Vienne** : capitale de l'Autriche, pays situé
   à la frontière sud-est de l'Allemagne.
5. **Budapest** : capitale de la Hongrie, à l'Est
   de l'Autriche. Le trajet de Jonathan Harker
   s'effectue d'Ouest en Est, d'Occident en Orient.
6. **Cluj-Napoca** : ville de Roumanie, ancienne
   capitale de la Transylvanie.

(ai pris la recette pour Mina). J'ai cru comprendre qu'il s'agissait du plat national et que je pourrais en manger partout dans les Carpates[1]. Mes quelques bribes d'allemand me sont fort utiles.

15 Avant mon départ de Londres, j'avais pris soin de consulter quelques ouvrages sur la Transylvanie[2] au British Museum[3], afin de me familiariser avec ce pays, puisque je devais traiter avec l'un de ses gentilshommes, le comte Dracula●. J'ai appris ainsi qu'il vivait à la frontière Est, juste en bordure de trois États : 20 la Transylvanie, la Moldavie[4] et la Bucovine[5], au milieu des Carpates, l'une des régions les plus sauvages et les moins connues de cette partie de l'Europe●. Je n'ai pu toutefois localiser sur aucune carte l'emplacement de son château. Mais j'ai découvert que Bistrita, que le comte m'avait indiqué, était une 25 ville-relais assez connue.

Il faisait déjà nuit quand nous arrivâmes à Bistrita. La ville semble avoir connu une existence bien tourmentée ; elle en porte encore d'ailleurs les traces. Il y a cinquante ans, de grands incendies l'ont en partie ravagée. Le comte Dracula m'avait

1. **Les Carpates** : vaste ensemble montagneux traversant plusieurs pays d'Europe centrale, dont la Roumanie.
2. **Transylvanie** : région devenue en 1867 une partie du royaume de Hongrie, elle fait actuellement partie de la Roumanie, voir p. 53.
3. **British Museum** : célèbre musée d'Histoire, situé à Londres et fondé au XVIIIe siècle.
4. **Moldavie** : pays limitrophe avec la Roumanie.
5. **Bucovine** : territoire dépendant à l'époque de l'Autriche, actuellement divisé en deux parties appartenant respectivement à l'Ukraine et à la Roumanie.

● Stoker s'inspire d'un personnage historique, le sanguinaire prince roumain Vlad III, surnommé « Tepes » (« l'Empaleur »), qui a vécu au XVe siècle et a combattu les Turcs.

● Comme dans la majorité des récits fantastiques, le lieu est isolé et sauvage.

30 indiqué l'hôtel de la Couronne d'or. Apparemment, on m'y attendait car lorsque je m'approchai de la porte, une femme âgée, au visage affable, habillée comme une paysanne, m'accueillit en me disant :

– Vous êtes le monsieur anglais ?

35 – Oui. Jonathan Harker.

Elle me sourit et s'adressa à un vieil homme qui l'avait suivie et qui me tendit une lettre. La voici :

Mon ami,

Bienvenue dans les Carpates. Je vous attends avec impatience.
40 *Dormez bien cette nuit. La diligence part pour la Bucovine à 3 heures demain après-midi. Une place vous y est réservée. Au col de Borgo, ma voiture vous attendra et vous conduira chez moi. J'espère que votre voyage depuis Londres s'est bien déroulé et que vous apprécierez votre séjour dans mon beau pays.*

45 *Amicalement,*

Dracula.

4 mai.

Lorsque je découvris que le propriétaire de l'auberge avait lui aussi reçu une lettre du comte dans laquelle celui-ci le priait de
50 m'assurer la meilleure place dans la diligence, je cherchai à lui poser quelques questions mais il fit mine de ne pas comprendre mon allemand alors que, jusqu'à présent, il n'avait eu aucune difficulté. Sa femme et lui se regardèrent, l'air effrayé, et, quand j'insistai et leur demandai s'ils connaissaient le comte Dracula,
55 ils se signèrent. L'heure de mon départ approchant, je n'eus malheureusement pas l'occasion de parler à quelqu'un d'autre. Tout cela est bien mystérieux et pas du tout rassurant.

Juste avant que je ne quitte ma chambre, la femme monta me voir et s'écria sur un ton affolé :

60 – Oh ! mon jeune monsieur, devez-vous vraiment y aller ?

Elle semblait si bouleversée qu'elle s'exprima en un mélange d'allemand et de mots que je ne comprenais pas. Quand je lui répondis qu'il me fallait partir sur l'heure car je devais traiter une affaire importante, elle me dit encore :

65 – Savez-vous que nous sommes la veille de la Saint-Georges ? Cette nuit, quand minuit sonnera, le mal régnera sur la terre●.

Elle s'agenouilla alors et m'implora de rester ou du moins d'attendre un jour ou deux. Bien que tout cela me parût ridicule, je ne me sentais pourtant pas à l'aise. Je la relevai en la remerciant
70 de sa sollicitude, et lui expliquai que je ne pouvais absolument pas remettre mon départ à plus tard. Elle s'essuya les yeux et, s'emparant du crucifix qu'elle portait, elle me le tendit●. Considérant de tels objets comme idolâtres[1], j'hésitai à le prendre ; en même temps, j'aurais eu mauvaise grâce à refuser
75 le cadeau d'une femme qui manifestement me voulait du bien. Je suppose qu'elle lut le doute sur mon visage, car elle me le passa autour du cou en murmurant :

– Pour l'amour de votre mère.

Et sur ces paroles, elle sortit de la chambre.

80 J'écris ces quelques lignes en attendant la diligence. Est-ce la peur de cette pauvre femme ou les histoires de fantômes qu'on

---

1. **Idolâtrie** : culte des idoles, c'est-à-dire des représentations de Dieu ou des saints. L'aubergiste est catholique mais Jonathan est manifestement protestant : il n'admet pas le caractère sacré des objets représentant le Christ.

● Selon une croyance roumaine, la veille de la Saint-Georges, durant la nuit du 22 au 23 avril, les esprits maléfiques peuvent agir librement.

● Elle lui offre un crucifix en espérant que cet objet représentant le Christ sur la croix le protégera.

se raconte dans ces contrées ou encore le crucifix, je ne sais, mais je n'ai pas l'esprit aussi tranquille que d'habitude. Si Mina devait lire mon journal avant mon retour, qu'il lui apporte au moins
85 mes adieux. Mais voilà la diligence.

5 mai. Au château.
Le gris de l'aube s'est dissipé et le soleil se lève sur l'horizon lointain. Il paraît déchiqueté d'arbres ou de collines, difficile à dire, tant à cette distance, tout se mélange. Je n'arrive pas à
90 dormir et comme personne ne frappera à ma porte avant que je ne me réveille, j'écris en attendant que le sommeil vienne. Il s'est passé des choses bien étranges depuis mon départ de Bistrita.

Lorsque je grimpai dans la diligence, je vis le conducteur s'entretenir avec mon hôtesse. De toute évidence, ils parlaient de
95 moi, et bientôt, les gens devant l'hôtel se rapprochèrent pour les écouter. Comme certaines expressions revenaient souvent, je sortis mon dictionnaire polyglotte[1] et les cherchai. Je ne fus guère rassuré, car parmi les mots que je vérifiai, figuraient ceux de Satan, d'enfer, de sorcière, et deux autres, l'un slovaque, l'autre
100 serbe qui signifiaient loup-garou ou vampire. Quand nous démarrâmes, les gens firent tous le signe de croix, puis dirigèrent vers moi l'index et le majeur ●. Non sans mal, j'obtins de l'un de mes compagnons de voyage qu'il me révèle le sens de ce geste : c'était pour protéger du mauvais œil[2].

105 La beauté du paysage ne tarda pas à me faire oublier ma peur. Pourtant, si j'avais compris ce qui se disait dans la diligence, je ne m'en serais pas si facilement débarrassé. Devant nous,

---

1. **Polyglotte** : parler plusieurs langues.
2. **Mauvais œil** : expression désignant, dans la croyance populaire, le pouvoir maléfique.

● Ces signes sont destinés à apporter à
: Jonathan la protection de Dieu.

s'étendait une terre vallonnée, couverte de bois et de forêts, avec ici et là des collines escarpées couronnées de bouquets d'arbres
110 ou de fermes dont le pignon blanc surplombait la route. Partout, des arbres en fleurs – pommiers, pruniers, poiriers, cerisiers. Bien que la route fût en très mauvais état, nous avancions à vive allure. Pareille hâte m'intriguait, mais apparemment le conducteur tenait à atteindre le col de Borgo[1] dans les plus brefs délais.
115 Au-delà des vertes collines, se dressaient d'autres forêts menant aux grands pics des Carpates qui, à droite et à gauche de la route, semblaient illuminés du soleil de l'après-midi. Alors que nous contournions le pied d'une colline et montions vers le sommet enneigé d'une montagne, l'un de mes compagnons me toucha
120 le bras et murmura :

– Regardez ! Le trône de Dieu !

Quand il fit complètement nuit, les autres occupants de la diligence parurent de plus en plus agités et demandèrent au cocher d'accélérer l'allure. Il fouetta alors sans pitié les bêtes et poussa de
125 grands cris pour les inciter à aller encore plus vite. Puis, à travers l'obscurité, j'aperçus devant nous une lumière grise, comme une crevasse dans la roche. La panique des passagers s'accrut. La voiture filait sur ses ressorts de cuir et tanguait comme un bateau sur une mer déchaînée au point que je dus m'agripper.
130 La route devint brusquement plus égale, et j'eus l'impression que nous volions. Les montagnes paraissaient fondre sur nous : nous approchions du col de Borgo. Tour à tour, mes compagnons de voyage me firent des cadeaux curieux et de toutes sortes,

1. **Le col de Borgo** : nommé aussi « col de Tihuta », est situé dans les Carpates, à 1 200 m d'altitude. C'est là que se trouve le château de Dracula.

mais qu'ils me présentèrent avec une telle ardeur qu'il me fut
135 impossible de les refuser ; chacun était accompagné d'une parole
gentille, d'une bénédiction et de cet étrange geste que j'avais
déjà remarqué devant l'hôtel de Bistrita – le signe de croix et la
protection contre le mauvais œil. Le cocher se pencha alors en
avant tandis que les passagers tentaient de percer l'obscurité. De
140 toute évidence, quelque événement étrange allait se produire ou
était en train de se produire. J'interrogeai mes camarades, mais
aucun ne consentit à me répondre. Cet état de tension dura
encore quelques instants et finalement, nous vîmes le col qui
s'ouvrait devant nous, sur le versant est. Des nuages s'amonce-
145 laient au-dessus de nos têtes et l'air lourd et oppressant annonçait l'orage. Je cherchai la voiture qui devait me conduire chez
le comte, mais tout était noir autour de nous, à l'exception de
la lueur vacillante de nos lampes. Nous distinguions à présent
la route, mais aucune trace de véhicule. Les passagers se déten-
150 dirent, et le cocher, après avoir consulté sa montre, déclara :

– Nous avons une heure d'avance.

Puis, dans un allemand pire que le mien, il ajouta à mon
intention :

– Puisqu'il n'y a pas de voiture, c'est que Monsieur n'est pas
155 attendu. Vous allez nous suivre en Bucovine, vous reviendrez
demain ou, mieux, après-demain.

Pendant qu'il parlait, les chevaux se mirent à hennir et à ruer.
Puis, au milieu des cris d'effroi poussés par mes voisins qui se
mirent en même temps à se signer, une calèche[1] tirée par quatre
160 chevaux apparut et s'arrêta à notre hauteur. La conduisait un
homme de haute taille, avec une longue barbe brune et un grand

1. **Calèche** : véhicule tiré par des chevaux,
plus petit que la diligence.

chapeau noir qui lui cachait le visage. Je remarquai toutefois l'éclat de ses yeux ; à la lueur de nos lampes, ils paraissaient rouges●. Il s'adressa à notre cocher.

165 — Vous êtes arrivés plus tôt que prévu, mon ami.

— C'est le monsieur anglais qui était pressé...

— Ce qui explique sans doute pourquoi vous teniez à ce qu'il vous accompagne en Bucovine. N'espérez pas me tromper, vous n'y arriverez pas.

170 Tout en devisant paisiblement, il sourit. Les lampes éclairèrent alors une bouche dure, des lèvres très rouges et des dents pointues, aussi blanches que l'ivoire.

— Donnez-moi les bagages de monsieur, ordonna-t-il.

Jonathan s'endort dans la calèche et se réveille en arrivant au
175 *château.*

● L'éclat des yeux est un détail relevant du surnaturel, qui rend le personnage terrifiant.

2

Journal de Jonathan Harker (suite)
5 mai.

J'avais dû m'endormir, sinon j'aurais remarqué que nous approchions d'un endroit aussi extraordinaire. La cour semblait de dimensions considérables, avec de hautes arches d'où partaient plusieurs sombres galeries. Peut-être même est-elle plus grande que je ne l'imagine, n'ayant pas encore eu l'occasion de la voir en plein jour.

Lorsque la calèche s'arrêta, l'homme sauta à terre et m'aida à descendre, puis il sortit mes bagages et les posa à côté de moi tandis que je contemplais une lourde porte garnie de clous. Il remonta ensuite sur son siège, tira sur les rênes et disparut.

Je restai là, ne sachant que faire. Il n'y avait ni marteau, ni cloche, et il était peu probable que l'on entendît ma voix de l'autre côté de ces murs épais. J'attendis un temps qui me parut infini, de plus en plus envahi par le doute et la peur. Dans quel genre d'endroit me trouvais-je ? Et chez quelle sorte de gens ? Était-ce un passage obligé dans la vie d'un clerc de notaire envoyé dans un pays étranger pour y rencontrer l'acheteur

195 d'une propriété à Londres ? J'avais l'impression d'être en plein cauchemar.

J'entendis alors un pas sonore derrière la porte, puis le bruit de chaînes qu'on détachait et d'un verrou qu'on tirait. Une clé tourna ensuite dans la serrure et la porte s'ouvrit.

200 Devant moi se tenait un vieil homme, de haute taille, rasé de près, si l'on excepte la moustache blanche, et vêtu de noir de la tête aux pieds. Il avait à la main une ancienne lampe d'argent dont la flamme jetait de longues ombres tremblotantes. Il me pria d'entrer et déclara dans un anglais excellent, mais sur un
205 ton curieux :

– Soyez le bienvenu !

Lorsque j'eus franchi le seuil, il s'empara de ma main avec une force qui me rappelait tant celle du cocher que je crus un moment avoir affaire à la même personne●. Aussi demandai-je :

210 – Comte Dracula ?

– Oui, c'est bien moi, monsieur Harker. Entrez donc. La nuit est fraîche et vous avez certainement besoin de vous reposer, et de manger aussi.

Tout en parlant, il avait posé la lampe sur une console et, avant
215 que j'aie pu faire un geste, était allé chercher mes bagages. Comme je protestai, il dit :

– Non, monsieur. Vous êtes mon hôte. Il est tard et tous mes domestiques sont couchés. Permettez-moi de veiller à votre propre confort.

220 Il insista pour porter mes valises dans le hall puis en haut d'un grand escalier en colimaçon, et enfin le long d'un couloir, sur les

● La poignée de main : premier indice de la capacité de Dracula à se métamorphoser.

pierres duquel nos pas résonnaient. Arrivé au bout, il ouvrit une porte et je découvris, à ma grande joie, une pièce bien éclairée où la table était dressée pour le souper et où un bon feu brûlait dans la cheminée.

Le comte s'arrêta, déposa mes bagages, referma la porte et en ouvrit une autre qui donnait sur une petite chambre aveugle, dans laquelle une seule lampe était allumée. Il la traversa, ouvrit une autre porte encore et m'invita à entrer. Je fus alors heureux de voir qu'il s'agissait d'une vaste chambre, bien éclairée également et chauffée elle aussi par un grand feu de bois. Le comte tint à nouveau à y porter mes bagages, puis il se retira, en me disant :

— Vous avez sans doute besoin de faire un brin de toilette et de vous changer après un aussi long voyage. Quand vous serez prêt, venez me rejoindre dans la pièce à côté où vous attendra votre souper.

La lumière, la chaleur et la courtoisie du comte eurent tôt fait de dissiper mes doutes et ma peur. Après une rapide toilette, j'allai le retrouver.

Le repas était déjà servi. Mon hôte, qui se tenait d'un côté de la cheminée, me désigna la table d'un geste gracieux.

— Je vous en prie, asseyez-vous et soupez à votre aise. Vous m'excuserez de ne pas partager votre dîner, mais j'ai déjà mangé.

Je lui tendis la lettre scellée que M. Hawkins m'avait confiée. Il l'ouvrit et la lut, l'air grave. Puis, avec un sourire charmant, il me la présenta pour que je la lise à mon tour. Un passage me procura une joie immense. Le voici :

Une nouvelle attaque de goutte m'interdit malheureusement tout voyage en ce moment, mais je suis heureux de vous envoyer à ma place quelqu'un en qui j'ai toute confiance. Ce jeune homme plein d'énergie et de talents, qui a pour ainsi dire grandi dans mon étude, se tiendra à votre disposition pendant tout son séjour et suivra vos instructions à la lettre.

255 Le comte s'approcha et souleva lui-même le couvercle d'un plat. Une seconde plus tard, je dévorais un excellent poulet rôti. Pendant que je mangeais, le comte me posa de nombreuses questions sur mon voyage, auxquelles je répondis sans rien omettre.

Quand j'eus fini mon repas, il me convia à venir m'asseoir avec 260 lui près de la cheminée et m'offrit un cigare tout en s'excusant de ne pas fumer lui-même●. Je profitai de l'occasion pour l'examiner de près. Son visage, avec son nez aquilin et effilé, ses narines particulièrement larges, exprimait la force. Il avait le front bombé, des cheveux clairsemés au niveau des tempes mais 265 abondants ailleurs. Ses sourcils broussailleux se rejoignaient presque au-dessus du nez. La bouche avait quelque chose de cruel, et les dents, particulièrement pointues et très blanches, avançaient au-dessus de ses lèvres dont la couleur rouge vif témoignait d'une vitalité étonnante pour un homme de son âge. 270 Il avait un menton large et fort, et des joues fermes bien que maigres. L'impression générale était celle d'une extraordinaire pâleur. J'avais déjà remarqué le dos de ses mains qui m'étaient parues blanches et fines, mais à la lueur du feu, je constatai qu'elles étaient plutôt grossières – larges, avec des doigts épais 275 et, curieusement, des poils au milieu des paumes●. Les ongles

● Le comte ne mange pas, ne boit pas, ne fume pas, car il n'appartient pas au monde des vivants ordinaires : c'est un « non-mort ».

● On remarque, dans les caractéristiques physiques du comte, des traits d'animalité.

étaient cependant longs et taillés en pointe. Alors qu'il se penchait vers moi et m'effleurait la main, je ne pus réprimer un frisson, sans doute dû à son haleine fétide. Remarquant ma réaction, il recula aussitôt et, avec une sorte de sourire sinistre qui révéla
280 davantage ses dents proéminentes, il reprit sa place près de la cheminée. Nous restâmes silencieux pendant un moment, durant lequel je regardai en direction de la fenêtre. L'aube n'allait pas tarder à poindre. Au loin, les loups hurlaient dans la vallée. Les yeux du comte se mirent à briller●.

285 – Écoutez-les, dit-il. Les enfants de la nuit. Mais vous devez être fatigué. Votre chambre est prête, et demain, dormez tout votre soûl. J'ai à faire et ne serai pas de retour avant l'après-midi. Faites de beaux rêves !

Et avec un salut poli, il m'ouvrit la porte et je me retirai dans
290 ma chambre.

7 mai.

C'est le matin. Je me sens tout à fait reposé. La journée d'hier s'est bien passée. J'ai dormi tard aujourd'hui et me suis réveillé naturellement. Une fois habillé, je suis retourné dans la pièce
295 où j'avais soupé la veille. Un petit déjeuner m'y attendait. Sur la table, le comte m'avait laissé un mot : *Je dois m'absenter. Ne m'attendez pas. D.*

Je mangeai de bon appétit et lorsque j'eus terminé, je cherchai une sonnette pour prévenir les domestiques qu'ils pouvaient
300 venir débarrasser. Mais je n'en vis nulle part, comme je ne vis aucun miroir dans toutes les pièces où j'étais allé. Pas même sur

● Dracula a le regard brillant d'avidité :
: le cri des loups lui rappelle qu'il est
: temps pour lui de partir à la « chasse ».

ma table de toilette, ce qui m'avait d'ailleurs obligé à sortir mon miroir de voyage quand je m'étais rasé et coiffé. Curieusement aussi, je n'avais encore croisé aucun serviteur.

305 Après mon repas, l'envie de lire me prit, mais il n'y avait, dans ma chambre, ni livre, ni journal, ni même de quoi écrire. J'ouvris alors une porte et tombai sur une sorte de bibliothèque. Une autre porte lui faisait face, mais elle était fermée à clef.

La bibliothèque comportait, à ma grande joie, un grand nombre
310 d'ouvrages anglais. J'étais plongé dans la lecture de l'un d'eux quand le comte entra. Il me salua cordialement et me demanda si j'avais bien dormi.

— Parlez-moi donc de cette maison que vous m'avez achetée à Londres.

315 Lui présentant mes excuses pour avoir autant tardé à le faire, je m'empressai de retourner dans ma chambre où j'avais laissé mes documents. Pendant que je les mettais en ordre, j'entendis un bruit de vaisselle dans la pièce voisine et lorsque je revins, je m'aperçus que la table avait été desservie, et la lampe allumée
320 car la nuit commençait à tomber. Je trouvai le comte dans la bibliothèque ; je lui montrai les plans et les actes notariés. Tout l'intéressait, et il me posa une myriade de questions sur la maison et ses environs. Il avait visiblement étudié la question du voisinage●, et je constatai qu'il en savait en fait beaucoup plus
325 que moi. Lorsque je le lui fis remarquer, il déclara :

— Mais voyons, mon ami, n'est-ce pas normal ? Quand je serai là-bas, personne ne se tiendra à mes côtés pour me venir en aide.

● Dracula a choisi les lieux par rapport
: à ses prochaines victimes. Il apparaît
: donc comme un personnage calculateur
: et méthodique.

Comme il voulut alors savoir comment j'avais déniché un endroit aussi idéal, je lui lus les notes que j'avais prises à l'époque et que je retranscris ici :

330

— Je suis tombé par hasard à Purfleet sur ce qui me paraissait correspondre exactement à ce qui était demandé. Une affiche indiquait que la demeure était à vendre. De construction ancienne, elle est entourée d'un haut mur et n'a pas été remise en état depuis de nombreuses années. Les grilles, en chêne et en métal, sont rongées par la rouille. Le domaine, d'une vingtaine d'acres, s'appelle Carfax. Il possède de nombreux arbres, qui assombrissent le jardin, et un petit lac. La maison est vaste et remonte, semble-t-il, au Moyen Âge. Elle est dotée d'un donjon jouxtant une chapelle. Peu de maisons se trouvent à proximité, à l'exception d'une construction récente qui abrite un asile d'aliénés, non visible, cependant, depuis le domaine de Carfax.

335

340

Quand j'eus fini ma lecture, il déclara :

— Je suis bien heureux qu'elle soit grande et vieille. Étant moi-même d'une ancienne famille, je n'aurais pas supporté de vivre dans une maison moderne. Je me réjouis également qu'il y ait une chapelle. Nous autres, nobles de Transylvanie, n'aimons guère penser que nos os pourraient se mélanger à ceux du peuple●. J'apprécie aussi l'ombre et la nuit, qui me permettent d'être seul avec mes pensées.

345

350

Il prit ensuite congé et me pria de rassembler tous mes documents. Voyant qu'il ne revenait pas, je me mis à consulter les

● Se précise ici l'opposition entre l'aristocratie, à laquelle appartient Dracula, et le peuple représenté par les humbles gens (l'aubergiste, les passagers de la diligence) qui aident Jonathan par des signes de protection et un crucifix. La lutte éternelle du Bien et du Mal est donc incarnée ici par des personnages représentant des catégories sociales opposées.

ouvrages autour de moi. Un atlas était ouvert, tout naturellement, à la carte d'Angleterre. En le regardant de plus près, je remarquai que plusieurs endroits étaient entourés d'un cercle, le premier à
355 l'est de Londres, manifestement où se situait le nouveau domaine du comte, et les deux autres à Exeter et à Whitby, sur la côte du Yorkshire●.

8 mai.

Moi qui m'inquiétais d'être prolixe[1] dans la rédaction de mon
360 journal, je suis bien aise à présent d'être autant entré dans les détails, car il y a quelque chose d'étrange ici qui me met mal à l'aise. Si au moins j'avais quelqu'un à qui parler, mais il n'y a personne, hormis le comte ! Je le soupçonne même d'être la seule créature vivante dans ce château●. Permettez-moi d'être
365 prosaïque[2] et de ne m'en tenir qu'aux faits : cela m'aidera à ne pas me laisser emporter par mon imagination. Sinon, je suis perdu●.

Après m'être mis au lit et avoir dormi quelques heures, je me réveillai et, comprenant que le sommeil ne reviendrait pas, me
370 levai. J'avais accroché mon miroir de voyage près de la fenêtre et

---

1. **Prolixe** : bavard.
2. **Prosaïque** : le fait de rester concret.

● Exeter est la ville principale du comté du Devon, au sud-ouest de l'Angleterre. Le Yorkshire est un comté situé au nord-est, où se trouve la ville portuaire de Whitby, futur lieu d'arrivée de Dracula en Angleterre.

● Cette remarque accentue le caractère mystérieux du comte, capable de s'occuper seul d'un château (notamment des repas de Jonathan), mais surtout éminemment solitaire.

● Ce conflit entre l'esprit rationnel d'un personnage incrédule et les événements étranges auxquels il assiste, et qu'il attribue à son imagination, est habituel dans la littérature fantastique. Ces événements acquièrent en effet beaucoup plus de force et deviennent irréfutables lorsqu'ils finissent par être acceptés par un sceptique qui a d'abord tenté de les expliquer rationnellement.

je commençais à me raser quand je sentis une main sur mon épaule en même temps que j'entendis la voix du comte me souhaiter le bonjour. Je sursautai, surpris de ne pas l'avoir vu dans mon miroir puisque s'y reflétait toute la pièce derrière
375 moi°. Ce faisant, je me coupai légèrement mais ne m'en rendis pas compte dans l'immédiat. Je répondis au salut du comte et me tournai de nouveau vers le miroir. Cette fois, il n'y avait pas de doute possible : l'homme se tenait juste derrière moi et je ne le voyais toujours pas dans la glace ! À ce moment, je m'aperçus
380 que du sang coulait sur mon menton. Je posais mon rasoir pour chercher du coton. Lorsque le comte vit ma blessure, ses yeux brillèrent d'une sorte de fureur démoniaque et il me saisit à la gorge. Alors que je reculai, sa main effleura le chapelet au bout duquel pendait le crucifix[1]. En l'espace d'une seconde, un chan-
385 gement s'opéra en lui, et sa fureur disparut si vite° que j'eus du mal à croire qu'elle eût vraiment existé.

– Attention, dit-il, prenez garde à ne pas vous couper. C'est plus dangereux que vous ne le pensez dans ce pays.

Puis, attrapant mon miroir, il ouvrit la fenêtre et le jeta dehors.

---

1. **Chapelet et crucifix** : ces objets sacrés sont redoutés par le vampire, créature « démoniaque ».

● Ici se manifeste pleinement, et pour la première fois dans le roman, la véritable nature du comte : le vide dans le miroir indique qu'il est une créature surnaturelle. L'absence de reflet (mais aussi d'ombre) du vampire figure en effet dans certaines croyances traditionnelles d'Europe de l'est.

● Après les dents pointues, la domination des bêtes sauvages, l'absence de reflet, la soif de sang et la peur des objets sacrés, apparaît ici une autre caractéristique traditionnelle du vampire : l'extraordinaire rapidité, déjà suggérée dans les événements précédents (par exemple la table vite desservie).

390 — Voilà le coupable ! Ces babioles ne font que flatter la vanité des hommes. Vous en êtes à présent débarrassé.

Et sur ces paroles, il sortit de ma chambre.

Ruines du château de Vlad III l'Empaleur, à Targoviste en Roumanie.

3

Journal de Jonathan Harker (suite)

J'en étais là de mes réflexions quand j'entendis la lourde porte
395 d'en bas se refermer. Le comte venait de rentrer. J'attendis qu'il
me rejoigne et, ne le voyant pas venir, je retournai discrètement
à ma chambre où je le trouvai en train de faire mon lit. Curieux
spectacle qui ne fit, cependant, que confirmer mes soupçons :
il n'y avait pas de domestiques dans la maison. Quand, plus
400 tard, je le vis par une fente dans les gonds de la porte dresser la
table du souper, je n'eus plus aucun doute. J'en frissonnai car si
personne d'autre ne vivait au château, cela signifiait que c'était
le comte lui-même qui m'avait conduit ici. Dans ce cas, quelles
conclusions tirer du fait qu'il maîtrise les loups, comme il l'a
405 prouvé, d'un seul geste de la main, et sans prononcer la moindre
parole ? Et des craintes qu'exprimèrent les gens de Bistrita et mes
compagnons de voyage quand ils apprirent où je me rendais ? Et
que penser du crucifix, de l'ail, des roses sauvages, de la cendre
de montagne qu'ils m'ont donnés ? Bénie soit cette brave femme
410 qui m'a passé son crucifix autour du cou ! Il me procure réconfort
et force chaque fois que je le touche.

Minuit.

Je viens d'avoir une longue conversation avec le comte. Je lui ai posé quelques questions sur l'histoire de la Transylvanie. Le
415 sujet lui a visiblement plu. Quand il parlait des événements, et surtout des batailles, on aurait dit qu'il y avait participé●. Le jour se levait quand nous nous séparâmes. Ce journal ressemble de plus en plus aux contes des *Mille et Une Nuits*[1] : tout doit s'arrêter au chant du coq.

420 **12 mai.**

Hier soir, lorsque le comte m'a rejoint, il a commencé par m'interroger sur des questions légales et sur la façon de traiter certaines affaires. D'abord, il me demanda si un homme en Angleterre pouvait avoir deux notaires, ou plus, un pour s'occuper
425 par exemple des opérations bancaires, et un autre pour s'assurer que des marchandises envoyées par voie maritime sont arrivées à bon port●.

– Voyez-vous, je possède beaucoup de biens que je voudrais expédier par bateau. Admettons que je veuille les envoyer à
430 Newcastle, Durham, Harwich ou Douvres. Ne me serait-il pas plus simple de m'adresser à un notaire de l'un de ces ports ?

---

1. *Les Mille et une nuits* : recueil de contes arabes écrit au XIIIe siècle. Une jeune femme, Shéhérazade, narre chaque nuit un conte au sultan qui l'a condamnée à mort. Mais les récits s'achèvent toujours au lever du soleil, avant le dénouement. Pour connaître la fin de l'histoire, le sultan est donc sans cesse obligé de repousser l'exécution de Shéhérazade.

● Allusion au fait que le comte est doué d'une existence éternelle et qu'il a mené, au XVe siècle, des batailles contre les Turcs.

● Dracula veut louer les services d'un homme de loi, capable de garantir le bon acheminement de ses bagages en Angleterre. La suite du roman montrera pourquoi cette question est effectivement capitale pour lui.

Je lui répondis qu'en effet, ce serait plus simple, mais que nous autres, notaires, avions un système d'agences nous permettant de régler les affaires à distance.

435 – Mais je serais quand même libre de les diriger moi-même ?

– Bien entendu ! Le cas se produit souvent quand des hommes d'affaires ne tiennent pas à ce que des tierces personnes soient au courant de leurs transactions.

– Parfait.

440 Il me demanda ensuite comment procéder pour expédier des marchandises, quelles étaient les formalités à remplir et les difficultés qu'un minimum de prévoyance pouvait éviter. Une fois que je lui expliquai tout ce qu'il voulait savoir, il se leva et dit :

– Avez-vous écrit à notre ami, Peter Hawkins, ou à d'autres

445 personnes ?

Le cœur plein d'amertume, je lui répondis que non, je n'avais pas encore eu l'occasion d'écrire à aucun de mes amis.

– Eh bien, écrivez-leur maintenant. Écrivez à vos amis et dites-leur, s'il vous plaît, que vous resterez ici pendant encore un mois.

450 – Si longtemps ?

– Oui, tel est mon souhait. Lorsque votre employeur s'engagea à m'envoyer quelqu'un, il était bien clair que je disposerais de cette personne à ma guise. Je ne tolérerai donc aucune objection.

Que pouvais-je faire d'autre que m'incliner ? Je devais défendre

455 les intérêts de M. Hawkins, pas les miens, penser à lui, pas à moi.

– Je vous prierai, mon cher, de ne parler que d'affaires dans vos lettres. Évidemment, vos amis seront ravis d'apprendre que vous vous portez bien et que vous avez hâte de les retrouver. N'est-ce pas ?

460 Tout en me parlant, il me tendit trois feuilles de papier et trois enveloppes. Je compris à son sourire, aussi clairement que s'il

l'avait exprimé, que je devais me montrer très prudent dans le choix de mes mots, car il pourrait bien lire ma correspondance. Aussi décidai-je de n'adresser que des lettres neutres pour l'ins-
465 tant, me promettant d'écrire plus longuement et en secret à M. Hawkins, et à Mina aussi, car avec elle je pouvais avoir recours à la sténographie, ce qui ne manquerait pas de troubler le comte s'il cherchait à savoir ce que je lui disais. Une fois mes deux lettres écrites, je m'installai confortablement pour lire pendant
470 que le comte était occupé à sa propre correspondance. Son travail terminé, il prit mes deux missives qu'il joignit aux siennes, et posa le tout près de l'encrier. Après quoi, il sortit. Dès que la porte se fut refermée derrière lui, j'allai examiner les lettres.

La première était adressée à un certain Samuel F. Billington, à
475 Whitby, la seconde à Herr Leutner, à Varna, la troisième à Coutts & Co, à Londres et la quatrième à MM. Klopstock & Billreuth, banquiers, à Budapest. Les deuxième et quatrième lettres n'étaient pas scellées. Je m'apprêtais à les lire quand je vis se soulever la clenche de la porte. Je retournai en vitesse m'asseoir,
480 ayant juste eu le temps de les replacer et de reprendre mon livre. Le comte entra, une nouvelle lettre à la main. Il ramassa celles laissées sur la table, les timbra avec soin, et me dit :

– Je suis certain que vous m'excuserez, mais j'ai beaucoup de travail ce soir. Il y a ici, je l'espère, tout ce dont vous avez besoin.
485 Arrivé à la porte, il se tourna vers moi et ajouta :

– Laissez-moi vous donner un conseil, mon jeune ami, ou plutôt un avertissement : s'il vous venait à l'esprit de quitter ces appartements, sachez que nulle part ailleurs dans ce château vous ne dormiriez en paix. Il est vieux et peuplé de souvenirs, et les cauche-
490 mars guettent ceux qui ne sont pas dans leurs lits. Aussi, dès que vous sentirez le sommeil s'emparer de vous, empressez-vous de

rejoindre votre chambre : là seulement, votre repos sera assuré. En revanche, si vous ne suivez pas mon conseil...

Il ne finit pas sa phrase et, la mine terrifiante, se frotta les mains. Je compris son message ; mais un rêve pouvait-il être plus terrible que l'horrible filet de mystère qui semblait se replier sur moi ?

Plus tard.

J'ai accroché le crucifix au-dessus de la tête de mon lit, et j'ai l'intention de le laisser là. J'espère ainsi dormir d'un sommeil paisible.

Après avoir regagné ma chambre, comme je n'entendais aucun bruit, je me glissai à l'extérieur et grimpai l'escalier menant à cette pièce orientée au sud. Le vaste paysage qui s'étendait devant moi, bien qu'inaccessible, me procura un sentiment de liberté, et me fit sentir à quel point j'étais prisonnier. Alors que je me penchais par la fenêtre, j'aperçus quelque chose qui bougeait un étage plus bas, légèrement sur la gauche, là où, d'après la disposition des chambres, devaient se trouver les appartements du comte. Je me dissimulai derrière la maçonnerie et regardai plus attentivement.

Je vis d'abord la tête du comte passer par la fenêtre, puis tout son corps sortir lentement. L'homme se mit alors à ramper, *tête en bas*, le long de la paroi du château, son manteau s'étalant autour de lui comme de grandes ailes. Au début, je n'en crus pas mes yeux et pensai que la lune me jouait des tours. Je continuai de regarder : ce n'était pas une illusion. Les doigts et les orteils s'agrippaient aux pierres et se servaient de la moindre aspérité, de la moindre saillie pour descendre à une vitesse surprenante, tout comme un lézard se déplace sur une muraille.

Quel homme est-ce, ou plutôt quelle créature se cache sous cette apparence humaine ? L'horreur que m'inspire ce lieu m'envahit. J'ai peur, j'ai terriblement peur. Je n'ose penser à ce qui m'attend.

Plus tard. Le 16 mai au matin.

525 Que Dieu me permette de ne pas perdre la raison, car c'est tout ce qu'il me reste. La sécurité appartient désormais au passé. Je ne puis espérer qu'une chose tant que je suis ici : ne pas sombrer dans la folie, si ce n'est pas déjà fait. Je m'en remets à mon journal. L'habitude de le tenir doit être pour moi source d'apaisement.

530 Si le mystérieux avertissement du comte m'effraya sur le moment, il m'effraie encore plus maintenant.

Après avoir rédigé mon journal, je sentis que je commençais à m'assoupir. Je me rappelai parfaitement les paroles du comte, pourtant je pris le parti, non sans plaisir, de lui désobéir. De toute 535 façon, le sommeil était déjà là, avec l'obstination qu'il peut avoir parfois. Je décidai donc de ne pas retourner dans ma chambre mais de rester ici, où les dames d'autrefois s'étaient tenues, le cœur triste, pendant que leurs compagnons menaient, au loin, des guerres sans merci. J'approchai une banquette près de la 540 fenêtre de façon à profiter de la vue à l'est et au sud.

Je suppose que j'ai dû m'endormir, du moins je l'espère, car au fond de moi, je crains que les événements qui suivirent ne fussent vraiment réels – si réels que, même à présent, dans la pleine lumière du jour, je n'arrive pas à croire qu'ils n'aient 545 appartenu qu'au monde des songes.

Je n'étais pas seul. La pièce n'avait pas changé depuis que j'y étais entré. Je voyais, à la lueur de la lune, la trace de mes pas. Trois jeunes femmes se tenaient en face de moi, des dames de l'aristocratie à en juger par leurs robes et leurs manières. Je

550 pensais alors que je rêvais car bien que la lune soit derrière elles, elles ne projetaient aucune ombre sur le sol. Elles s'avancèrent vers moi, me considérèrent longuement puis se parlèrent à voix basse. Deux d'entre elles avaient les cheveux noirs, le nez aquilin du comte, et de grands yeux perçants qui semblaient presque

555 rouges, comparés à la pâle clarté de la lune. La troisième était blonde, et belle, aussi belle qu'on puisse l'être, avec ses cheveux dorés et ses yeux couleur saphir. Toutes trois avaient des dents extrêmement blanches, qui brillaient comme des perles contre le rouge rubis de leurs lèvres sensuelles. Quelque chose en elles,

560 cependant, me mettait mal à l'aise, et pourtant, je brûlais d'envie qu'elles m'embrassent. Je ne devrais pas écrire cela, car si un jour Mina le lisait, elle en serait blessée ; pourtant, c'est la vérité. Elles continuèrent leurs chuchotements un moment, puis écla- tèrent de rire – d'un rire argentin, cristallin, mais si dur qu'un

565 tel son n'aurait jamais pu franchir la douceur de lèvres humaines. On aurait dit le tintement intolérable de verres musicaux⦿ maniés par une main experte. La blonde secoua alors la tête tandis que les deux autres la poussaient en avant.

– Vas-y la première, on te suivra, dit l'une.

570 – Il est jeune et fort. Il y aura des baisers pour toutes les trois, dit l'autre.

Je demeurai immobile, les épiant de dessous mes cils, pris d'une délicieuse impatience.

La jeune femme s'avança, se pencha sur moi, elle jubilait

575 presque. Il émanait d'elle une volupté délibérée, à la fois excitante

⦿ La technique du verre musical consiste à créer de la musique au moyen de verres plus ou moins remplis d'eau que l'on frappe doucement à l'aide d'une baguette ou dont on frotte le bord.

et déplaisante. Lorsqu'elle tendit le cou, je la vis même se lécher les lèvres, tel un animal, et à la clarté de la lune, se passer la langue sur les dents. Elle baissa de plus en plus la tête, ses lèvres effleurèrent ma bouche puis glissèrent le long de mon menton et se dirigèrent vers mon cou. Elle marqua alors une pause, et j'entendis le bruit répugnant de sa langue qu'elle passait de nouveau contre ses dents et sur ses lèvres. Son haleine chaude était sur ma gorge. Je me mis à frémir. Puis je sentis le doux contact de ses lèvres sur ma peau et l'extrémité de deux dents pointues. Je fermai les yeux dans une extase langoureuse et attendis, le cœur battant.

Mais à cet instant, une autre sensation, aussi rapide que l'éclair, s'empara de moi. J'avais conscience de la présence du comte, comme s'il venait de jaillir d'un ouragan furieux. Mes yeux s'ouvrirent involontairement et je distinguai sa main puissante qui saisissait la jeune femme par le cou, et avec une force de géant, l'écartait de moi. Ses yeux lançaient des flammes, son visage était d'une pâleur mortelle, et ses sourcils, qui se rejoignaient au-dessus de l'arête du nez, semblaient une barre de métal chauffé à blanc. D'un mouvement violent du bras, il éloigna la femme de lui, et menaça les deux autres de la main, comme je l'avais vu faire avec les loups. Puis, d'une voix qui parut percer l'air et résonner dans toute la pièce, il s'écria :

– Comment osez-vous le toucher ? Comment osez-vous poser les yeux sur lui quand je vous l'avais défendu ? Arrière, je vous l'ordonne ! Cet homme m'appartient ! Je vous conseille de ne pas l'approcher, sinon vous aurez affaire à moi.

La blonde, avec un rire égrillard[1], répondit :

– Vous n'avez jamais aimé et vous n'aimerez jamais !

---

1. **Égrillard** : plein de sous-entendus érotiques.

Ses deux compagnes éclatèrent à leur tour de rire, mais d'un
rire sans joie, sans âme et si dur que je faillis m'évanouir.

– Si, je puis aimer. D'après le passé, vous devriez le savoir●. Je
vous promets qu'une fois que j'en aurai terminé avec lui, vous
pourrez l'embrasser à votre guise. À présent, filez ! Je dois le
réveiller, car il reste encore du travail à faire.

– N'aurons-nous rien ce soir ? demanda l'une des trois jeunes
femmes en désignant le sac que le comte avait jeté par terre et
qui bougeait comme si une créature vivante y était enfermée.

Pour toute réponse, il hocha la tête. L'une des femmes bondit
en avant et l'ouvrit. Si mes oreilles ne me trompèrent pas, j'entendis le faible vagissement d'un enfant à moitié étouffé. Frappé
d'horreur, je vis les femmes se jeter sur le sac. Mais quand je
regardai à nouveau, elles avaient disparu, et le sac aussi. Il n'y
avait pourtant aucune porte près d'elles, et elles n'auraient pas
pu passer devant moi sans que je le remarque. Elles paraissaient,
à vrai dire, s'être tout simplement fondues dans les rayons de la
lune et enfuies par la fenêtre.

À ce moment-là, l'horreur s'abattit sur moi et je perdis
connaissance.

● Dracula fait référence à ses amours
passées : il aurait été amoureux de
ces trois femmes.

4

Journal de Jonathan Harker (suite)

625 Je me réveillai dans mon lit. Si vraiment je n'ai pas rêvé, c'est que le comte a dû me porter jusqu'ici. Voilà du moins ce que j'ai fini par me dire en voyant que mes habits n'étaient pas pliés comme à mon habitude, et que ma montre était arrêtée, alors que je pense à la remonter rigoureusement tous les soirs avant 630 de me mettre au lit. Mais il ne s'agit cependant pas de véritables preuves, sauf à établir que je n'étais pas dans mon état normal hier soir. Une chose toutefois me ravit : si le comte m'a bel et bien transporté ici et déshabillé, il devait être très pressé puisque le contenu de mes poches est intact. Je suis sûr que ce journal 635 l'aurait intrigué, et qu'il l'aurait pris ou détruit. Quoi qu'il en soit, cette chambre m'est un sanctuaire car rien ne pourrait être plus terrible que ces trois affreuses femmes qui attendaient – qui *attendent* – de me sucer le sang●.

● Première mention explicite,
: dans le roman, de l'acte vampirique.

18 mai.

J'ai voulu revoir cette chambre à la lumière du jour, car je *dois* connaître la vérité, mais lorsque j'arrivai à la porte, en haut de l'escalier, je découvris qu'elle était fermée de l'intérieur. On avait tellement forcé pour la replacer sur ses gonds qu'une partie du montant en bois était fendue. Bref, j'ai bien peur de ne pas avoir rêvé.

19 mai.

Je suis pris dans le piège que m'a tendu le comte. La nuit dernière, il m'a demandé d'écrire trois lettres. La première pour annoncer que j'avais pratiquement fini mon travail ici et que je me mettrais bientôt en route, la deuxième que je partais le lendemain du jour stipulé dans la lettre, et la troisième que j'avais quitté le château et arrivais à Bistrita. Quand bien même aurais-je voulu m'insurger, je sentis, vu l'état actuel des choses, que ce serait pure folie de m'opposer au comte alors que je suis totalement sous son pouvoir. Par ailleurs, refuser de me soumettre aurait attisé ses soupçons et éveillé sa colère. Il a sans doute compris que j'en savais trop et que je représentais un danger pour lui. Ma seule chance est de profiter de la moindre occasion qui se présente pour m'échapper.

– Datez la première lettre du 12 juin, la deuxième du 19 et la troisième du 29, me dit-il.

Je sais à présent combien de temps il me reste à vivre. Que Dieu me protège !

28 mai.

J'ai peut-être le moyen de me sauver ou du moins d'entrer en contact avec les miens. Des Tziganes[1] se sont installés dans la cour.

1. **Tziganes** : population issue originellement de l'Inde,
   les Tziganes sont présents en Roumanie depuis le XIVe siècle.

665 Ce sont des Bohémiens. Je vais écrire à Mina et à M. Hawkins et demander à ces hommes de porter mes lettres à la poste. Je leur ai déjà parlé à travers ma fenêtre.

Les lettres sont prêtes. Celle adressée à Mina est en sténo-graphie, et dans l'autre, je prie simplement M. Hawkins de se
670 mettre en rapport avec elle, de sorte que, si mes deux missives ne devaient pas parvenir à leurs destinataires, le comte ne saurait rien de l'étendue de mes connaissances. J'ai raconté à Mina dans quelle situation je me trouvais, mais sans entrer dans les détails. Cela l'effraierait trop...

675 Je viens de lancer les lettres par la fenêtre, avec une pièce en or, et j'ai fait comprendre par signes à l'homme qui les a ramassées de les poster. Il les a pressées contre son cœur, puis les a cachées sous son chapeau. Comme je ne pouvais rien faire de plus, je suis retourné dans la bibliothèque.

680 Quand le comte m'y a rejoint, il m'a dit de sa voix la plus douce tout en ouvrant les deux lettres :

– Les Tziganes m'ont donné ceci. La première est de votre main et adressée à M. Hawkins, l'autre est un outrage à l'amitié et à l'hos-pitalité ! Elle n'est pas signée. Donc, elle ne peut nous intéresser.
685 Sur ces paroles, il la jeta au feu.

– J'enverrai celle pour M. Hawkins, puisqu'elle est de vous. Vos lettres sont sacrées pour moi. Vous me pardonnerez, je l'espère, de l'avoir ouverte. Auriez-vous l'obligeance de la glisser dans une nouvelle enveloppe ?

690 Je ne pus que m'incliner et, une fois l'adresse de nouveau écrite, je la lui tendis en silence. Lorsqu'il sortit de la pièce, j'entendis la clé tourner doucement dans la serrure. Il m'avait enfermé.

Une heure plus tard, le comte revint. Je m'étais endormi sur le sofa et il me réveilla en entrant.

— Vous êtes fatigué, mon ami ? dit-il fort courtoisement. Allez donc vous coucher. Je n'aurai pas le plaisir de bavarder avec vous ce soir car j'ai beaucoup de travail. J'espère que vous passerez une bonne nuit.

Je me retirai dans ma chambre et, curieusement, dormis sans faire le moindre cauchemar.

31 mai.

Ce matin, en me réveillant, je décidai de prendre du papier et des enveloppes dans mon sac et de les fourrer dans ma poche avec l'intention de réécrire à Mina dès que j'en trouverai l'occasion. Mais à nouveau la surprise, le choc ! Tous mes papiers avaient disparu, ainsi que tout ce qui pourrait m'être utile une fois sorti du château. J'ouvris alors l'armoire dans laquelle j'avais rangé mes vêtements : mon costume de voyage, mon manteau et ma couverture n'étaient plus là. Quelle nouvelle vilenie tout cela cache-t-il encore ?

17 juin.

Ce matin, alors que je tentai de réfléchir, assis au bord de mon lit, le claquement de fouets et le bruit des sabots de chevaux sur le chemin qui mène au château me firent bondir de joie. Je me précipitai aussitôt à la fenêtre et vis entrer dans la cour deux longues charrettes tirées par huit chevaux, et conduites chacune par un Slovaque. Je descendis en courant dans le hall, pensant que la porte d'entrée serait ouverte pour qu'ils puissent pénétrer dans les lieux. Mais à nouveau, le choc : elle était fermée de l'extérieur.

J'allai à la fenêtre et les appelai. Ils me dévisagèrent d'un air stupide jusqu'à ce que leur chef arrivât et leur dît quelque chose qui les fit rire, puis un à un, ils se détournèrent. Les charrettes

contenaient de larges caisses carrées, avec des poignées en corde.
Elles étaient visiblement vides car les hommes les déchargèrent
725 facilement. Une fois qu'ils les eurent déposées dans un coin de
la cour et que les Tziganes les payèrent, ils retournèrent à leurs
chevaux et repartirent.

24 juin, un peu avant l'aube.
La nuit dernière, le comte m'a laissé plus tôt que d'habitude
730 et s'est enfermé dans ses appartements. Dès que j'ai osé quitter
ma chambre, j'ai grimpé l'escalier en colimaçon et me suis posté
à la fenêtre qui donne au sud. Quelque chose se prépare. Les
Tziganes se sont installés dans le château et sont occupés à je
ne sais quel travail car, de temps en temps, j'entends le bruit
735 assourdi de pioches et de bêches.
Je me tenais à la fenêtre depuis une demi-heure quand je vis le
comte sortir de chez lui. Quelle ne fut pas ma surprise de découvrir
qu'il avait endossé mon costume de voyage ! Il avait jeté par-dessus
son épaule l'horrible sac que les trois femmes avaient emporté. Il
740 n'y avait plus de doute possible quant au but de son expédition,
vêtu de mes propres habits : en se faisant passer pour moi, il
pourrait ainsi affirmer que l'on m'avait vu dans les villes et les
villages poster mes lettres, et s'il y commettait quelques méfaits,
ils me seraient dès lors attribués. J'enrage à l'idée que cela puisse
745 se dérouler de la sorte pendant que je suis séquestré ici.
Je décidai d'attendre le retour du comte. Je remarquai alors
d'étranges petites taches qui flottaient dans les rayons de la lune,
comme de minuscules grains de poussière. À mesure que je les
observai, une sorte de calme, de léthargie[1] s'empara de moi, et je

---

1. **Léthargie** : sommeil profond.

750 m'appuyai contre le montant de la fenêtre afin de mieux profiter de ce spectacle aérien.

Quelque chose me fit sursauter – le gémissement de chiens dans la vallée. Lorsque leur cri résonna plus fort à mes oreilles, les grains de poussière se mirent à prendre de nouvelles formes. 755 Je luttai pour réveiller mes instincts ; non, c'était plutôt mon âme qui luttait, car mes sens, qui m'échappaient à moitié, cherchaient à répondre à cet appel. J'étais en train d'être hypnotisé ! Les grains de poussière dansaient de plus en plus vite et dessinaient des figures vaguement fantomatiques. Je tressaillis soudain, tout à 760 fait conscient, et je m'enfuis en hurlant quand je reconnus, dans les silhouettes qui se matérialisaient devant moi, les trois femmes auxquelles j'étais voué. Une fois dans ma chambre, mes craintes s'apaisèrent : là, j'étais en sécurité ; le clair de lune au moins n'y pénétrait pas et la pièce était vivement éclairée par la lampe.

765 Au bout de deux heures, j'entendis un cri plaintif dans les appartements du comte, comme un vagissement aigu bien vite étouffé. Puis ce fut le silence, un silence profond, terrible. Le cœur battant, je tentai d'ouvrir la porte. J'étais une fois de plus enfermé. Comprenant que je ne pouvais rien faire, je m'assis sur 770 mon lit et cédai tout simplement aux larmes.

Un bruit monta alors de la cour, un cri déchirant. Je courus à la fenêtre. Une femme se tenait en effet là, échevelée, les mains plaquées sur le cœur, essoufflée comme quelqu'un qui a couru. Elle s'appuyait contre la grille, mais lorsqu'elle m'aperçut, elle 775 s'avança et hurla d'une voix lourde de menace :

– Monstre, rendez-moi mon enfant !

Elle tomba à genoux et, levant les mains, répéta les mêmes paroles sur un ton qui me brisa le cœur. Puis elle s'arracha les cheveux, se frappa la poitrine et se livra à toutes les violences

780 qui accompagnent une intense émotion. Enfin, elle se jeta sur la porte et, bien que je ne puisse plus la voir, je l'entendis la marteler de ses poings nus.

Au-dessus de moi, probablement depuis la tour, me parvint la voix du comte, murmure métallique et rauque. On aurait dit qu'il

785 lançait un appel, et que les loups, hurlant au loin, lui répondaient. Ils ne tardèrent d'ailleurs pas à arriver et à franchir la grille de la cour. La femme n'émit pas le moindre cri, et le hurlement des loups ne se prolongea pas longtemps. Mais bientôt, je les vis s'éloigner en se pourléchant les babines.

790 Je n'arrivais pas à plaindre cette pauvre femme, car comprenant à présent ce qui était arrivé à son enfant, je me dis qu'il valait mieux pour elle qu'elle fût morte.

Que faire ? Que puis-je faire ? Comment m'échapper de ce monde des ténèbres et de la peur ?

795 25 juin, au matin.

Nul homme ne sait, tant qu'il n'a pas souffert de la nuit, à quel point l'aube peut être chère et douce au cœur. Quand le soleil se leva, ma terreur s'envola comme un tissu vaporeux dans la douce brise. Il me faut agir avant que l'énergie du matin ne

800 m'abandonne. La nuit dernière, une de mes lettres postdatées est partie, la première d'une série fatale qui doit effacer toutes traces de mon existence sur terre.

Mais n'y pensons pas. Agissons plutôt !

Je n'ai encore jamais vu le comte de jour. Se peut-il qu'il dorme

805 quand les autres veillent, et qu'il veille quand les autres dorment● ?

● Nouvelle mention d'une caractéristique
habituelle du vampire : il agit la nuit
et dort le jour car il ne supporte pas
la lumière du soleil.

Si seulement je pouvais pénétrer dans ses appartements. Malheureusement, la porte en est toujours fermée.

Pourtant, il existe un moyen – il suffit juste d'oser. Si son corps peut le faire, pourquoi pas le mien ? Je l'ai vu ramper hors de sa fenêtre. En l'imitant, je pourrais m'introduire chez lui, n'est-ce pas ? Les chances sont faibles, certes, mais je veux courir le risque. Que Dieu m'aide dans ma tâche ! Et si je devais échouer dans mon entreprise, adieu Mina. Adieu mon fidèle ami et second père. Adieu vous tous.

Le même jour, plus tard.

J'ai réussi à entrer chez le comte et à en repartir sain et sauf. Profitant d'un élan de courage, je me suis rendu directement à la fenêtre orientée au sud et me suis aussitôt hissé sur l'étroit rebord de pierre qui court le long du mur. Là, je retirai mes bottes et m'aventurai sur ce chemin périlleux en évitant de regarder vers le bas. Je savais parfaitement où aller et quelle distance me séparait de la fenêtre du comte, que j'atteignis assez vite. Je ressentis une vive agitation lorsque je me coulai dans la chambre. Surpris et heureux à la fois, je constatai qu'elle était vide. Je me mis immédiatement en quête de la clé mais ne la découvris nulle part. En revanche, je tombai sur un énorme tas de pièces d'or, toutes datant d'au moins trois cents ans, auxquelles se mêlaient des chaînes, des bibelots, des bijoux mais tous vieux et abîmés.

Apercevant une lourde porte dans un angle de la pièce, je m'en approchai. Elle était ouverte et conduisait, à travers un couloir, à un escalier en colimaçon assez raide. Arrivé à la dernière marche, je me trouvai face à un passage sombre, un tunnel plutôt, imprégné d'une odeur nauséabonde, qui me fit penser à la mort. Plus je m'avançais, plus l'odeur se faisait proche et pénétrante.

835 Enfin, je poussai une nouvelle porte massive qui donnait sur une vieille chapelle en ruine, laquelle avait de toute évidence servi de cimetière. Le toit était détruit et en deux endroits, des marches menaient à des caveaux. La terre avait été récemment remuée, puis mise dans des caisses en bois. Je reconnus celles

840 apportées par les Slovaques. Il n'y avait personne. Je cherchai une sortie mais n'en vis aucune. J'examinai minutieusement les lieux, descendis même dans les caveaux, à peine éclairés. Les deux premiers ne contenaient que des restes de vieux cercueils et des monceaux de poussière. Le troisième, cependant, me réser-

845 vait une surprise.

Là, dans l'une des grandes caisses (j'en comptai cinquante en tout), posée sur la terre fraîchement retournée, se trouvait le comte ! Soit il était mort, soit il dormait, je n'aurais su le dire car ses yeux étaient ouverts et fixes, mais non vitreux comme ceux

850 d'un cadavre. Ses joues, bien que pâles, avaient la chaleur de la vie, et ses lèvres étaient aussi rouges que d'habitude. Mais aucun mouvement : ni pouls, ni souffle, ni battement de cœur●. Il ne devait pas être là depuis longtemps, sinon l'odeur de la terre se serait dissipée au bout de quelques heures. À côté de la caisse

855 reposait le couvercle, percé de petits trous. Pensant que le comte avait peut-être les clés sur lui, je décidai de le fouiller, mais quand je croisai son regard qui, bien que mort, exprimait une haine si farouche, je m'enfuis en courant et regagnai ma chambre par le même chemin. Là, je me jetai sur le lit, essoufflé, et tentai de

860 rassembler mes idées...

● Cette description, faite de caractéristiques
: contradictoires, montre la nature
: paradoxale du vampire : à la fois mort
: et plein de vie.

29 juin.

Aujourd'hui est la date de ma dernière lettre, et le comte a veillé à ce qu'il n'y ait pas de doute sur l'identité de celui qui la posterait, car je l'ai vu sortir de chez lui vêtu de mes habits. Alors qu'il rampait le long de la paroi, j'ai regretté de ne pas avoir de pistolet, mais je crains qu'aucune arme ne soit efficace contre un homme tel que lui. Comme je n'osais pas guetter son retour de peur de voir surgir les trois sœurs, je me suis réfugié dans la bibliothèque pour lire.

J'ai dû m'endormir car le comte me réveilla.

— Demain, mon ami, nous devrons nous séparer. Vous repartirez pour votre belle Angleterre, et moi vers une occupation dont l'issue peut être telle que nous ne nous reverrons peut-être jamais. Votre dernière lettre a été postée. Je serai absent quand vous quitterez ces lieux mais tout sera prêt pour votre voyage. Les Tziganes et les Slovaques arriveront dans la matinée afin de terminer un travail ici, au château. Quand ils s'en iront, ma voiture viendra vous chercher et vous conduira au col de Borgo où vous attendra la diligence pour Bistrita.

— Pourquoi ne puis-je pas partir ce soir ?

— Parce que, cher ami, mon cocher est occupé.

— Cela ne me gêne pas de marcher. Je veux m'en aller tout de suite.

— Et vos bagages ?

— Ce n'est pas grave. Je pourrai les envoyer chercher plus tard.

Le comte se dirigea vers la porte.

— Venez avec moi, dit-il. Je ne vous garderai pas une heure de plus dans ma demeure si vous ne le souhaitez pas, même si je suis triste de vous voir partir.

La lampe à la main, il me précéda dans l'escalier puis dans le hall. Là, il s'arrêta.

– Écoutez !

De l'autre côté de la porte, les loups grondaient. Après quelques secondes, le comte tira les verrous, enleva les lourdes chaînes et ouvrit le battant.

895 À ma grande surprise, je constatai que la porte n'était pas fermée. Les loups apparurent dans l'embrasure, prêts à bondir. Je compris à ce moment-là qu'il était inutile de m'opposer au comte. Avec de tels alliés à ses ordres, je ne pouvais rien faire.

– Fermez cette porte ! Je partirai demain.

900 Nous retournâmes en silence à la bibliothèque d'où je rejoignis ma chambre. Le comte me salua d'un baiser qu'il m'envoya du bout des doigts avec une lueur de triomphe dans les yeux et un sourire dont Judas en enfer aurait été fier.

Je m'apprêtai à me mettre au lit quand j'entendis murmurer 905 dans la pièce à côté. Je m'approchai doucement de la porte, tendis l'oreille. Je reconnus la voix du comte.

– Retournez à votre place. Il est encore trop tôt pour vous. Un peu de patience. Demain soir, il sera à vous.

Un rire étouffé s'éleva. De colère, j'ouvris grand la porte 910 et vis les trois horribles femmes se lécher les lèvres. Quand elles m'aperçurent, elles partirent d'un éclat de rire terrible, et s'enfuirent.

Je refermai la porte et tombai à genoux. La fin est-elle si proche ? Doit-elle venir demain ! Seigneur, ne m'abandonnez pas !

915 30 juin, au matin.

Ce sont peut-être les derniers mots que j'écris dans ce journal. Quand le coq chanta, je descendis, le cœur en joie, dans le hall. Je me rappelais que la porte d'entrée n'avait pas été fermée la veille au soir : je pouvais donc me sauver. Les mains tremblantes,

₉₂₀ je détachai les chaînes, fis glisser les verrous. La porte refusa de bouger. Réduit au désespoir, je tirai sur le battant, le secouai, mais en vain. Le comte avait dû la refermer après que je l'eus quitté.

Saisi du désir impérieux d'obtenir coûte que coûte cette clé, je ₉₂₅ décidai d'escalader de nouveau le mur du château et de retourner dans les appartements du comte. Il pouvait bien me tuer, la mort me semblait alors, de tous les maux, le moindre. Comme je m'y attendais, le comte n'était pas chez lui. Je ne vis la clé nulle part, mais le tas d'or était toujours là. J'ouvris la porte dans l'angle, ₉₃₀ descendis l'escalier en colimaçon et m'engageai dans le sombre couloir qui menait à l'ancienne chapelle. Je savais à présent où se cachait le monstre.

La grande caisse était à la même place, avec le couvercle posé dessus, les clous prêts à être enfoncés. Comme il me fallait ₉₃₅ fouiller le corps du comte pour trouver la clé, je soulevai le couvercle et l'appuyai contre le mur. Le spectacle que je vis alors me remplit d'horreur : le comte gisait dans sa caisse mais paraissait avoir recouvré la moitié de sa jeunesse●. Ses cheveux blancs et sa moustache étaient à présent gris foncé, ses joues plus ₉₄₀ pleines et une rougeur apparaissait sous la pâleur de sa peau. La bouche était plus vermeille que jamais, avec sur les lèvres des gouttes de sang frais qui lui coulaient le long du menton et du cou. Même ses yeux profonds et brûlants semblaient plantés dans la chair gonflée, car les paupières et les poches étaient ₉₄₅ bouffies. À vrai dire, il donnait tout simplement l'impression d'être gorgé de sang. Je tremblai en me penchant sur lui ; la

● Le vampire boit le sang des vivants pour
⋮ y puiser une force vitale.

simple idée de le toucher me répugnait. Pourtant, je devais poursuivre ma tâche sinon j'étais perdu. La nuit prochaine, mon corps
risquait de servir de banquet à ces trois horribles sorcières. J'eus
950 beau chercher, mais de clé, ne trouvai point. Je m'interrompis
un instant pour regarder le comte. Sur son visage boursouflé
flottait un sourire moqueur qui me rendait fou. Dire que j'avais
aidé cet être à venir à Londres où, qui sait, pendant des siècles,
il allait assouvir sa soif de sang et créer une race nouvelle de
955 semi-démons● qui s'attaqueraient aux plus faibles. En proie au
désir irrépressible de débarrasser le monde de ce monstre, j'attrapai une pelle et frappai du tranchant l'odieuse figure. Mais au
même moment la tête tourna, et les yeux se posèrent sur moi
avec un regard de basilic. Cette vision parut me paralyser ; la
960 pelle tourna dans mes mains, rebondit sur le visage et entailla
le front avant de m'échapper tout à fait. Alors que je la retirai, le
rebord accrocha le couvercle qui retomba d'un coup, dérobant à
ma vue l'horrible personnage.

Je tentai de réfléchir à ce que j'allais bien pouvoir faire ensuite,
965 mais mon cerveau semblait s'être enflammé, et je demeurai là,
à attendre, tourmenté par un vif désespoir, quand j'entendis au
loin un chant joyeux de bohémiens. Les Tziganes et les Slovaques
dont m'avait parlé le comte arrivaient. Je retournai en vitesse
dans sa chambre, bien décidé à me sauver dès que la porte serait
970 ouverte. Du rez-de-chaussée me parvint le bruit de la clé dans la
serrure, puis de la lourde porte qui se refermait, suivi du martè-
lement de pas dans un couloir qui allait en s'assourdissant. Je

● Autre caractéristique traditionnelle
du vampire : ses victimes deviennent
à leur tour des vampires, créant ainsi
une « race » en constante expansion.

fis demi-tour pour retourner dans le caveau d'où je pourrais peut-être trouver une autre sortie. Mais à ce moment-là, il y eut un violent courant d'air, et la porte menant à l'escalier en colimaçon claqua. Je courus pour l'ouvrir : elle était bloquée. J'étais de nouveau prisonnier, et le filet du destin se rabattait sur moi, de plus en plus serré.

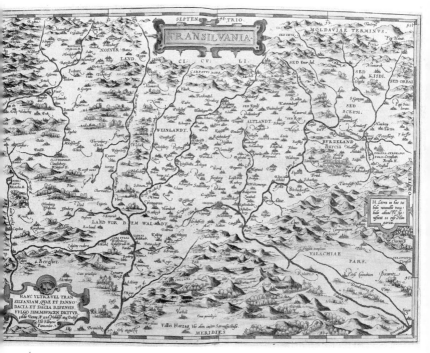

Carte du territoire de la Transylvanie tirée de *Theatrum Orbis Terrarum* d'Abraham Ortelius, 1570.

5

Lettre de Mlle Mina Murray à Mlle Lucy Westenra

Le 9 mai,

Ma chère Lucy,

Pardonne-moi d'avoir tant tardé à te répondre, mais j'ai été débordée. La vie d'une répétitrice peut être épuisante, crois-moi. J'ai hâte de te retrouver au bord de la mer où nous pourrons bavarder. J'ai été très occupée ces derniers temps. Je suis en train d'apprendre la sténographie. Ainsi, quand nous serons mariés, Jonathan et moi, je pourrai l'aider dans son travail en prenant ses notes en sténo et en les tapant ensuite à la machine. Mais je te parlerai de tout cela quand nous nous verrons. Je viens justement de recevoir un petit mot de Jonathan. Il est toujours en Transylvanie et devrait rentrer dans une semaine. Je voudrais déjà l'entendre me raconter son voyage. Comme ce doit être agréable de découvrir des pays étrangers ! À bientôt.

Affectueusement,

Mina.

P.-S. : Donne-moi vite de tes nouvelles. Tu ne m'as rien dit depuis quelque temps. Des bruits courent, pourtant, en particulier à propos d'un beau jeune homme aux cheveux bouclés ? ? ?

Lettre de Lucy Westenra à Mina Murray

17, Chatham Street, mercredi,

Ma chère Mina,

Tu exagères de dire que je ne te donne pas de nouvelles. Je t'ai écrit deux fois depuis que nous nous sommes quittées. Mais il est vrai que je n'ai pas grand-chose à raconter. La ville est très agréable en cette saison, et nous sortons beaucoup. En ce qui concerne le beau jeune homme aux cheveux bouclés, il s'appelle M. Arthur Holmwood. Il passe souvent nous voir, et maman et lui s'entendent très bien. Au fait, nous avons récemment fait la connaissance d'un jeune homme qui serait parfait pour toi, si tu n'étais pas déjà fiancée à Jonathan. Il est médecin et très intelligent. Imagine un peu ! Il n'a que vingt-neuf ans et est à la tête d'un important asile d'aliénés. C'est Arthur qui me l'a présenté. Mina, nous ne nous sommes rien caché depuis notre enfance, et... n'as-tu pas deviné ? Je suis amoureuse d'Arthur. Je rougis en l'écrivant car je crois qu'il m'aime, lui aussi. Il ne me l'a pas encore dit, mais, oh ! Mina, moi, je l'aime. Je voudrais tellement être près de toi pour te décrire ce que je ressens. Réponds-moi tout de suite et dis-moi ce que tu en penses. Il faut que je te laisse maintenant. Bonne nuit. Prie pour mon bonheur.

Lucy.

P.-S. : Inutile de te dire que tout cela doit rester secret.

Lettre de Lucy Westenra à Mina Murray

Le 24 mai,

Ma chère Mina,

Merci pour ton adorable lettre. Un bonheur n'arrive jamais seul. J'aurai vingt ans en septembre, et moi qu'on n'a jamais demandée en mariage jusqu'à aujourd'hui, j'ai reçu trois

propositions en l'espace d'une seule journée ! Je vais tout te raconter, mais tu dois me promettre de n'en rien dire à personne,
1030 sauf à Jonathan, bien sûr. C'est ce que je ferais à ta place car je pense qu'une femme ne doit rien cacher à son mari. Bref, le numéro un est arrivé juste avant le déjeuner. Je t'ai déjà parlé de lui, c'est le Dr John Seward, le directeur de l'asile d'aliénés. Il m'a confié qu'il tenait beaucoup à moi, bien qu'il me connaisse
1035 depuis peu, et s'apprêtait à me dire à quel point il serait malheureux si je ne partageais pas ses sentiments quand il m'a vue en train de pleurer. J'ai senti alors qu'il était de mon devoir de lui avouer que mon cœur était déjà pris. Je ne lui en ai pas dit plus, et il s'est levé, l'air grave, en me souhaitant tout le bonheur possible
1040 et en m'assurant de son amitié. Oh ! Mina, être demandée en mariage est très agréable, mais cela est terrible quand tu vois un pauvre homme qui t'aime profondément repartir le cœur brisé. Ma chérie, je dois te laisser pour le moment, je me sens trop triste, malgré tout mon bonheur.

1045 Le soir,

Arthur vient de partir, et je me sens bien mieux qu'au moment où j'ai interrompu cette lettre. Je vais donc pouvoir te raconter la suite de ma journée. Le numéro deux est arrivé, lui, après le déjeuner. Il est américain, et vient du Texas. Il a l'air si jeune qu'il
1050 paraît presque impossible qu'il ait visité tant d'endroits et vécu tant d'aventures. M. Quincey P. Morris m'a trouvée seule, et s'est assis à mon côté, aussi heureux et joyeux que possible, quoique visiblement nerveux. Il m'a pris la main et m'a dit très doucement :

– Mademoiselle Lucy, je sais que je ne suis pas digne de lacer
1055 vos souliers, mais si vous attendez celui qui le sera, vous risquez d'attendre longtemps. Ne voudriez-vous pas que nous fassions

route ensemble, côte à côte, et que nous conduisions de concert notre attelage ?

Il paraissait de si bonne humeur qu'il me semblait beaucoup moins difficile de lui dire non qu'au pauvre Dr Seward. Aussi, lui répondis-je avec légèreté que je ne connaissais rien aux attelages. Je sais, Mina, tu vas penser que je ne suis qu'une affreuse coquette, mais je ne pus m'empêcher d'éprouver une sorte d'exaltation à l'idée de recevoir ma seconde demande en mariage de la journée. M. Morris donna alors libre cours à son amour, mais je suppose qu'il vit quelque chose sur mon visage qui le surprit, car il s'arrêta net et déclara :

– Mademoiselle Lucy, votre cœur est sincère, je le devine. Dites-moi par conséquent s'il y a quelqu'un d'autre ? Et si c'est le cas, je ne vous importunerai plus mais resterai, à jamais, un ami fidèle.

Chère Mina, pourquoi les hommes sont-ils si nobles et les femmes si peu dignes d'eux ? Quand je pense qu'un instant plus tôt, j'avais presque ri de ce gentleman. Je fondis en larmes et, relevant la tête, le regardai droit dans les yeux en murmurant :

– Oui, j'aime quelqu'un, mais lui ne m'a pas encore confié son amour.

Comme j'ai eu raison de lui parler franchement ! Il serra mes deux mains dans les siennes et répondit avec beaucoup de chaleur dans la voix :

– Ne pleurez pas, ma chère. Si c'est à cause de moi, je n'en vaux pas la peine. Et si cet homme ne connaît pas son bonheur, il aura affaire à moi. Lucy, votre honnêteté et votre courage vous ont valu un ami, et c'est bien plus rare qu'un amoureux.

Il libéra alors mes mains, ramassa son chapeau et sortit sans un regard ni une larme ou un tremblement, tandis que je suis là,

à pleurer comme un bébé. Ma chérie, tout cela m'a bouleversée, et j'ai peur de ne pouvoir t'entretenir de mon bonheur mainte-nant. Je le ferai, et te dirai qui est le numéro trois, quand j'aurai
1090 retrouvé toute ma joie.

Ton amie, pour toujours,

Lucy.

P.-S. : Est-il bien nécessaire finalement que je te parle du numéro trois ? Par ailleurs, tout est bien confus dans ma tête. Il
1095 semble qu'une seconde à peine s'est écoulée entre le moment où il est entré et celui où il m'a embrassée. Je suis si heureuse. Qu'ai-je donc fait pour mériter tant de bonheur ?

Journal du Dr Seward (enregistré sur phonographe[1])

25 mai.

1100 Moral en berne aujourd'hui. Incapable de manger ou de me reposer. Je m'en remets donc à mon journal. Depuis ma rebuf-fade d'hier, je ressens une impression de vide. Comme je sais que le seul remède à cet état est le travail, je suis allé voir mes patients, et me suis tout particulièrement intéressé à l'un d'eux. Il
1105 est si curieux dans ses idées, et si différent des autres, que je suis décidé à tout faire pour tenter de le comprendre. Je l'ai interrogé plus longuement que d'habitude afin de mieux interpréter ses hallucinations.

R. M. Renfield. 59 ans. Tempérament sanguin. Immense force
1110 physique. Animé d'une excitation malsaine. Connaît des périodes de dépression qui se terminent par des idées fixes que je n'arrive

---

1. **Phonographe** : appareil inventé en 1877, ancêtre du magnétophone, capable d'enregistrer des sons en les gravant sur un cylindre de cire.

pas encore à cerner. Je suppose que le tempérament sanguin et l'influence dépressive aboutissent à un déséquilibre mental complet. L'homme peut être dangereux.

1115 Lettre de Quincey P. Morris à l'honorable Arthur Holmwood.
Le 25 mai
Mon cher Arthur,

Nous nous en sommes raconté des histoires près du feu de camp, nous nous sommes mutuellement soignés après avoir 1120 tenté d'atteindre les îles Marquises, nous avons bu jusqu'à plus soif sur les bords du lac Titicaca. Il est pourtant d'autres histoires à raconter, d'autres blessures à panser et d'autres toasts à porter. Pourquoi pas demain soir chez moi ? Notre vieil ami John Seward sera des nôtres, et ensemble, nous boirons à la santé de l'homme 1125 le plus heureux sur terre, celui a qui a su conquérir le cœur le plus noble que Dieu a jamais créé.

Amicalement vôtre, et aujourd'hui plus que jamais,
Quincey P. Morris.

Télégramme d'Arthur Holmwood à Quincey P. Morris
1130 Le 26 mai.
Comptez sur moi. J'apporte des nouvelles qui tinteront longtemps à vos oreilles.

6

Journal de Mina Murray
24 juillet. Whitby.

1135 Lucy m'attendait à la gare et m'a aussitôt conduite au Crescent[1], où sa mère loue plusieurs chambres. La ville est charmante. La petite rivière de l'Esk traverse une profonde vallée avant de s'élargir à l'approche du port. Un grand viaduc l'enjambe. La vallée est si abrupte que lorsque l'on se tient sur l'un des versants, on voit de 1140 l'autre côté. Les maisons de la vieille ville semblent s'empiler. Au-dessus, on peut voir les ruines de l'ancienne abbaye de Whitby. Entre l'abbaye et la ville, se dresse une autre église entourée d'un vaste cimetière. C'est à mon avis le plus bel endroit de Whitby, car il domine la ville, le port et toute la baie, que termine le promon- 1145 toire de Kettleness.

---

1. **Crescent** : nom que l'on trouve fréquemment en Angleterre pour désigner un quartier dont les rues sinueuses forment une sorte de *croissant*.

Journal du Dr Seward

5 juin.

Plus le cas Renfield me paraît intéressant plus je comprends l'homme. Il semble avoir quelque projet bien à lui dont j'ignore pour l'instant la teneur. En ce moment, il s'est pris de passion pour les mouches. Il en a attrapé une telle quantité que j'ai dû protester, mais curieusement, il ne s'est pas mis en colère. Il faut que je l'observe.

18 juin.

Renfield se consacre à présent aux araignées et en a plusieurs spécimens dans une boîte, qu'il nourrit avec les mouches.

1er juillet.

Les araignées sont en train de devenir aussi encombrantes que les mouches et aujourd'hui, j'ai demandé à Renfield de cesser d'en attraper. Il a promis d'y veiller. Pendant notre entretien, il a fait quelque chose qui m'a soulevé l'estomac. Une grosse mouche à viande volait dans sa chambre, et il l'a attrapée, l'a tenue, l'air ravi, entre son pouce et son index, puis l'a fourrée dans sa bouche avant de l'avaler. Je l'ai houspillé[1] mais il m'a répondu très calmement que c'était excellent pour la santé. Voilà qui m'a donné une idée. Je vais l'observer pour voir comment il se débarrasse de ses araignées. Quelque chose manifestement le préoccupe car il n'arrête pas de prendre des notes dans un carnet.

---

1. **Houspillé** : secoué, traité brutalement.

1170   8 juillet.

Renfield est très méthodique dans sa folie. Je ne suis pas allé le voir exprès pendant plusieurs jours afin de remarquer si un changement s'était produit. Rien de tel, sauf que mon patient s'est pris de passion pour un nouvel animal, un moineau, qu'il

1175 a en partie réussi à apprivoiser. Il est facile de deviner comment quand on voit que le nombre d'araignées a diminué. Celles qui restent sont énormes car il les nourrit des mouches qu'il attire grâce à sa nourriture.

19 juillet.

1180 Nous progressons. Mon ami possède à présent toute une colonie de moineaux, et ses mouches et ses araignées ont presque toutes disparu. Dès que j'ai poussé la porte de sa chambre, il m'a dit qu'il avait une faveur à me demander.

– Je voudrais un petit chat, avec qui je pourrais jouer et dont

1185 je m'occuperais.

Je lui ai répondu que j'allais y réfléchir et voulus savoir s'il ne préférait pas un chat adulte.

– Oh ! si bien sûr. Je vous ai demandé un chaton parce que j'avais peur que vous me refusiez un chat.

1190 Quand je lui expliquai que dans l'immédiat, c'était malheureusement inenvisageable, son visage s'assombrit, et j'y lus la menace d'un danger car il m'adressa un regard oblique et si féroce qu'on aurait dit celui d'un assassin. Cet homme est manifestement dangereux. Je vais voir où le mène sa nouvelle obses-

1195 sion, ce qui me permettra de mieux le connaître.

10 heures du soir.

J'ai de nouveau rendu visite à Renfield et l'ai trouvé assis dans un coin, à broyer du noir. À peine étais-je entré qu'il m'a supplié de le laisser avoir un chat. Son salut, disait-il, en dépendait. Comprenant que je restais ferme sur ma position, il est retourné s'asseoir sans un mot et s'est mis à se ronger les ongles.

20 juillet.

Suis allé voir Renfield tôt ce matin. Il chantonnait tout en versant du sucre sur le rebord de sa fenêtre. De toute évidence, il recommence à attraper des mouches. Comme je ne voyais nulle part ses oiseaux, je m'enquis d'eux. Il me répondit qu'ils s'étaient tous envolés. Quelques plumes traînaient dans la chambre et, sur son oreiller, j'aperçus une goutte de sang. Je ne fis aucun commentaire mais en partant, je demandai au gardien de m'avertir s'il se passait quoi que ce soit d'anormal au cours de la journée.

11 heures du matin.

Le gardien vient de m'annoncer que Renfield a été très malade et a vomi un tas de plumes.

– À mon avis, docteur, il a mangé ses oiseaux vivants !

11 heures du soir.

J'ai donné un puissant narcotique à Renfield et lui ai pris son carnet. Mon fou dangereux est d'une espèce particulière. La catégorie à laquelle il appartient n'existant pas, je l'appellerai « zoophage ». Son but, c'est d'engloutir le plus de vies possibles. Il a donné des mouches à une araignée et des araignées à un oiseau, puis a souhaité avoir un chat pour manger les oiseaux. Quelle aurait été l'étape suivante ? Ce serait presque intéressant de tenter l'expérience. Mais il faudrait une raison suffisante. Les hommes riaient de la vivisection, et regardez les résultats auxquels nous sommes arrivés aujourd'hui ! Pourquoi ne pas faire progresser la science dans son domaine le plus ardu mais pourtant le plus vital : la connaissance du cerveau ? Si je perçais les secrets d'un cerveau dérangé, si je comprenais les motivations d'un fou, ma spécialité en bénéficierait et connaîtrait un élan formidable.

En ce qui me concerne, il me semble qu'hier à peine mon monde s'est effondré et que j'ai dû repartir de zéro. Oh ! Lucy, je ne puis bien sûr vous en vouloir comme je ne puis en vouloir à mon ami dont le bonheur est à présent lié au vôtre. Il ne me reste plus qu'une vie sans espoir, où ma seule satisfaction sera mon métier. Mais si seulement je pouvais avoir une raison aussi impérieuse que celle de ce pauvre Renfield, une bonne raison qui me pousse à travailler, je serais alors tout à fait heureux.

Journal de Mina Murray

26 juillet.

Je suis terriblement inquiète. M'épancher dans mon journal me soulage un peu. Je suis inquiète pour Lucy et pour Jonathan. Hier, ce cher M. Hawkins m'a fait parvenir une lettre de lui, juste une ligne, écrite du château de Dracula, dans laquelle il annonçait son prochain retour. Cela ne ressemble guère à Jonathan. Je ne comprends pas ce qui se passe. Et puis, il y a Lucy qui, si elle se porte comme un charme, a recommencé à souffrir de crises de somnambulisme[1]. Sa mère m'en a parlé et nous avons décidé

---

1. **Somnambulisme** : trouble du sommeil, consistant à marcher et à effectuer diverses actions tout en dormant.

que je fermerais la porte de notre chambre à clé tous les soirs.
Pauvre Mme Westenra, elle a peur pour sa fille, et m'a dit que
le père de Lucy était lui aussi somnambule. Lucy doit se marier
cet automne. M. Holmwood, l'Honorable Arthur Holmwood,
fils unique de Lord Godalming, doit nous rejoindre sous peu,
aussitôt qu'il pourra quitter le chevet de son père malade. Je sais
que Lucy compte les jours jusqu'à son arrivée. Elle ira mieux
quand il sera là, j'en suis sûre.

27 juillet.

Pas de nouvelles de Jonathan. Quant à Lucy, elle se lève toutes
les nuits et me réveille à force d'aller et venir dans la chambre.
Grâce à Dieu, sa santé ne s'en ressent pas. M. Holmwood a
dû repousser son voyage à cause de son père, dont l'état s'est
aggravé. Bien que Lucy se morfonde en l'attendant, elle se porte
à merveille et n'a plus cet air anémique qui m'inquiétait parfois.

3 août.

Une nouvelle semaine vient de s'écouler et je n'ai toujours pas
de nouvelles de Jonathan. M. Hawkins non plus. J'espère qu'il
n'est pas malade. Il m'aurait sûrement écrit. Je relis sa dernière
lettre, mais quelque chose me tracasse. Bien que je reconnaisse
son écriture, on dirait qu'elle n'est pas de lui.

7

¹²⁷⁰ Coupure du *Dailygraph*, datée du 8 août et collée dans le journal de Mina Murray

De notre correspondant à Whitby.

L'une des tempêtes les plus violentes et les plus soudaines s'est abattue sur nos côtes avec des conséquences aussi étonnantes ¹²⁷⁵ qu'uniques. La journée avait été inhabituellement belle et le coucher de soleil si magnifique que les gens s'étaient rassemblés le long de la falaise pour l'admirer. Le vent tomba tout à fait dans la soirée. Le seul bateau que l'on voyait était une goélette étrangère qui, toutes voiles déployées, faisait route vers l'ouest. Un ¹²⁸⁰ peu après minuit, un bruit curieux parvint du large en même temps qu'un roulement sourd, comme porté par l'air, au-dessus des nuages. Puis, d'un coup, la tempête se déchaîna. Avec une rapidité incroyable, les vagues grossirent, furieuses, les unes après les autres, et le vent souffla si fort que même les hommes ¹²⁸⁵ les plus solides avaient du mal à tenir sur leurs deux jambes. Heureusement, on parvint à disperser la foule des badauds qui s'entassaient sur les jetées, sinon cette nuit aurait fait encore plus de victimes. Pour ajouter aux dangers, des bancs de brume s'amoncelaient vers l'intérieur des terres – des nuages blancs,

1290 lourds de pluie qui s'avançaient tels des fantômes, si froids et humides qu'il fallait bien peu d'imagination pour penser qu'il s'agissait des esprits des marins morts en mer. Le brouillard se dissipait parfois, et alors la mer apparaissait au loin sous l'éclat des éclairs, bientôt suivi par des coups de tonnerre tels que le
1295 ciel semblait trembler. Ici et là, un bateau de pêche, les voiles réduites à l'état de lambeaux, s'empressait de gagner un abri. En haut de la falaise, les officiers, dans le tout nouveau phare, profitaient des trouées dans le brouillard pour balayer de leur lumière la surface de la mer. À une ou deux reprises, ils permirent à une
1300 embarcation de pêcheur d'éviter de se fracasser contre la jetée. Chaque fois qu'un bateau arrivait au port sain et sauf, la foule massée sur le rivage poussait un cri de joie. Mais bientôt, le phare pointa au loin la goélette aperçue plus tôt dans la soirée. Le vent avait alors tourné à l'est. Rejoindre le port paraissait impossible.
1305 C'était l'heure de la marée haute, mais les vagues étaient si grosses qu'on distinguait presque dans leur creux les hauts-fonds, et la goélette, toujours voiles déployées, semblait filer sur l'eau. Puis vint un nouvel assaut de brume. Les rayons du phare ne quittaient pas l'entrée du port où, à tous moments, les gens
1310 s'attendaient à être témoins d'un terrible choc. Le vent souffla brusquement vers le nord-est, écartant la brume. C'est alors que, chose étonnante, la goélette passa entre les deux jetées, sautant de vague en vague, et atteignit la sûreté du port. Le projecteur la suivit et un frisson parcourut tous ceux qui la virent car, attaché
1315 au gouvernail, se trouvait un cadavre, tête pendante, qui se balançait horriblement de gauche à droite à chaque mouvement du bateau. On ne voyait personne d'autre sur le pont. Une vive terreur s'empara des gens quand ils comprirent que la goélette était entrée dans le port comme par miracle puisqu'elle était

1320 guidée par la main d'un mort ! Il y eut bien sûr un choc terrible quand le bateau s'échoua sur le banc de sable et de gravier accumulé par les nombreuses marées et les tempêtes dans le coin sud-est de la jetée. Chaque espar[1], cordage et hauban[2] se brisa et le mât supérieur se fracassa. Mais le plus étrange de tout fut qu'à 1325 l'instant même où l'embarcation toucha le rivage, un chien surgit de la cale, bondit sur le pont et sauta à terre. Se dirigeant tout droit vers la falaise, il disparut dans la nuit. Le garde-côte fut le premier à monter à bord de la goélette. Quand il s'approcha du gouvernail et qu'il se pencha pour examiner le cadavre, il recula 1330 brusquement comme en proie à une vive émotion. Lorsque, à mon tour, je le rejoignis, sa surprise ne m'étonna guère, ni même sa crainte, car le spectacle était insoutenable. L'homme avait été ligoté à un rayon de la roue. Entre sa paume et le bois se trouvait un crucifix⬤, dont le chapelet reliait ses poignets au gouvernail, 1335 le tout consolidé par des cordages. On fit un rapport détaillé et un médecin, arrivé juste après moi, décréta après avoir examiné le malheureux que sa mort remontait à deux jours. Dans une de ses poches, on découvrit une bouteille, soigneusement fermée, contenant un rouleau de papier qui se révéla être le complément 1340 du journal de bord. Selon le garde-côte, l'homme avait dû s'attacher lui-même les mains et serrer les nœuds à l'aide de ses dents. En attendant l'enquête, on l'a naturellement transporté à la morgue avec tous les honneurs qui lui étaient dus.

La tempête a cessé aussi soudainement et le ciel a commencé à 1345 rougeoyer. Je vous tiendrai au courant, dans la prochaine édition de ce journal, des détails concernant ce bateau abandonné.

---

1. **Espar** : longue pièce de bois servant de mât.
2. **Hauban** : câble.

⬤ Comme les paysans du début du roman, le marin a pensé trouver une protection dans le crucifix.

De notre correspondant à Whitby, 9 août.

Les conséquences de l'étrange arrivée de la goélette, la nuit dernière, en pleine tempête, sont presque aussi étonnantes que l'événement lui-même. On sait à présent que le navire est russe, qu'il vient de Varna[1] et s'appelle le *Demeter*●. Il était presque exclusivement lesté de sable et sa cargaison consistait en caisses de bois remplies de terre, destinées à un notaire de Whitby, M. S.F. Billington, 7 Crescent, lequel est venu dès ce matin les chercher. Après avoir payé les redevances portuaires, le consul de Russie a pris possession du bateau. Bien sûr, l'on s'interroge sur le chien qui se trouvait à bord et a pris la fuite dès que le bateau a échoué. Il semble s'être réfugié dans la lande, une hypothèse que beaucoup redoutent au cas où l'animal serait enragé. Tôt ce matin, un chien appartenant à un marchand de charbon a été trouvé mort devant la maison de son maître. Il s'était manifestement battu avec un adversaire sauvage car il avait la gorge arrachée et le ventre ouvert comme par des griffes acérées●.

Plus tard.

Grâce à l'amabilité de l'inspecteur, j'ai pu avoir accès au journal de bord du *Demeter*. Ce qui suit ne doit pas être pris au pied de la lettre car j'écris sous la dictée d'un secrétaire du consul de Russie, qui me traduit le texte.

---

1. **Varna** : ville portuaire de Bulgarie.

● Stoker s'inspire d'un fait réel : le naufrage d'un navire russe nommé le *Dimitry* dans le port de Whitby en 1885. Il modifie le nom du navire en *Demeter*, nom d'une déesse grecque partie chercher sa fille, Perséphone, enlevée par Hadès, maître des Enfers. Stoker donne ainsi au vampire un navire parfaitement adapté à sa nature infernale.

● Cet épisode montre de nouveaux pouvoirs de Dracula : il commande aux éléments naturels et peut se métamorphoser en divers animaux, notamment en chien.

Journal de bord du *Demeter* de Varna à Whitby.

1370 Aujourd'hui, le 18 juillet, je décide de tenir mon journal le plus soigneusement possible jusqu'à notre arrivée à terre, car il se passe des choses étranges

6 juillet.

Avons terminé le chargement – sable, et caisses remplies de
1375 terre. À midi, départ. Vent d'est, frais. Équipage : cinq hommes, deux officiers, un cuisinier et moi-même (le capitaine).

14 juillet.

L'équipage m'inquiète. Il s'agit de solides gaillards avec qui j'ai déjà navigué. Le second[1] incapable de comprendre ce qui
1380 se passe. Les hommes lui ont juste dit qu'il y avait *quelque chose* et se sont signés. Le second a perdu son calme au point de frapper l'un d'eux. M'attendais à une bagarre, mais le calme est revenu.

16 juillet.

1385 Le second m'a rapporté que Petrovski manquait à l'appel. Incompréhensible. A pris son quart à 8 heures, la nuit d'avant. Relevé par Abramov, mais n'est pas allé se coucher. Équipage plus découragé que jamais.

17 juillet.

1390 Hier, Olgaren est venu me voir dans ma cabine, et m'a confié avec épouvante qu'il pensait avoir vu un homme à bord, grand, mince, qui ne faisait pas partie de l'équipage. Il se tenait sur

---

1. **Second** : sur un navire, le « second » est l'officier adjoint du capitaine.

le pont, puis s'est dirigé vers la proue et a disparu. Olgaren en proie à une peur superstitieuse. Crains qu'elle ne s'étende à ses camarades. Je vais inspecter le navire de fond en comble. Plus tard, dans la journée, ai rassemblé l'équipage et annoncé que nous fouillerons le bateau. Second pas d'accord. Pense que cela démoraliserait encore plus les hommes. L'ai laissé au gouvernail pendant que, munis de lanternes, nous conduisions les recherches. Avons tout passé en revue. Hommes soulagés. Ont repris le travail.

24 juillet.
Ce bateau semble maudit. Avons perdu un autre marin en entrant dans le golfe de Gascogne. Comme le premier, n'a plus été revu après son quart. Les hommes paniquent. Veulent faire leur quart par deux car peur de rester seuls. Second en colère.

29 juillet.
Nouvelle tragédie. Garde solitaire cette nuit car équipage trop fatigué pour la monter à deux. Quand relève du matin est arrivée, n'a trouvé personne. Avons perdu l'officier en second. Affolement de l'équipage. Avons fouillé le bateau, en vain. Second et moi décidons de nous armer et d'attendre.

30 juillet.
Approchons des côtes anglaises. Temps clément, voiles sorties. Ai dormi comme une masse. Réveillé par le second : les deux hommes de quart et l'homme de barre ont disparu. Il ne reste plus que le second, deux marins et moi-même à bord.

3 août.

1420 À minuit, suis allé relever l'homme de barre, mais ne l'ai pas trouvé à son poste. Vent stable, et comme nous avancions vent arrière, n'avons pas dévié de notre route. Ai appelé le second. Est arrivé très vite, l'œil hagard, l'air affolé. Je crains pour sa santé mentale. « Il est là, m'a-t-il dit. Je le sais. Je l'ai vu quand

1425 j'étais de quart, hier soir. Un homme grand et maigre, le teint blafard. Il se tenait à la proue et regardait le large. Je me suis approché et lui ai donné un coup de couteau, mais le couteau est passé à travers son corps comme à travers l'air. Je vais le dénicher. Il est dans la cale, peut-être dans l'une de ces caisses.

1430 Je les ouvrirai toutes pendant que vous tiendrez la barre. » Le vent se levait et je ne pouvais pas lâcher le gouvernail. Le second est parti, avec des outils et une lanterne. Il a perdu la raison, inutile d'essayer de l'arrêter. C'est pourquoi je ne quitte pas mon poste tout en prenant ces notes. Je ne peux me fier qu'à

1435 Dieu et attendre que ce brouillard se dissipe. Je mettrai alors le cap vers le premier port que j'apercevrai et demanderai de l'aide...

La fin est bientôt proche. Tandis que j'attendais le retour du second, un cri, qui m'a glacé le sang, est monté par l'écoutille[1]

1440 et l'homme a surgi sur le pont. « Au secours ! Au secours ! » hurlait-il en regardant de tous côtés à travers l'épais brouillard. Sa terreur a ensuite cédé au désespoir et, avant que j'aie le temps d'intervenir, il se jetait à l'eau. Je crois avoir compris. C'est lui qui, dans sa folie, s'est débarrassé des hommes, et il est allé

1445 les rejoindre au fond de la mer. Que Dieu me vienne en aide !

---

1. **Écoutille** : ouverture pratiquée dans le pont
   d'un navire.

Comment expliquer toutes ces horreurs quand je toucherai terre, si jamais je touche terre !

4 août.

Toujours la brume que le lever du soleil ne peut percer. N'ai pas bougé de la barre, et dans l'obscurité de la nuit, je l'ai vu ! Que Dieu me pardonne, mais le second a eu raison de sauter par-dessus bord. Personne ne peut reprocher à un marin de mourir comme un homme dans l'immensité de la mer. Mais en tant que capitaine, je ne puis abandonner mon bateau. J'échapperai à ce monstre. Je vais m'attacher à la roue du gouvernail et fixer à mes mains ce qu'il n'osera pas toucher[1]. Alors, vent favorable ou pas, mon âme sera sauve, ainsi que mon honneur. Je sens mes forces me lâcher. La nuit ne va pas tarder. Si je dois faire naufrage, que ceux qui découvriront cette bouteille sachent que je suis resté fidèle à mon devoir jusqu'au bout...

Journal de Mina Murray
8 août.

Lucy a été très agitée toute la nuit. Il faut dire que la tempête a été terrible. Elle s'est levée deux fois et habillée, tout en continuant de dormir. Heureusement, les deux fois, je l'ai entendue et j'ai réussi à la remettre au lit sans qu'elle s'éveille. Quelle étrange maladie que le somnambulisme● : dès que la volonté de Lucy est contrecarrée par quelque obstacle physique, elle disparaît et Lucy reprend une existence normale.

---

1. Ce qu'il n'osera pas toucher : c'est le crucifix.

● On remarque que la « maladie » de Lucy a des analogies avec le comportement de Dracula puisqu'il s'agit d'une sorte de vie nocturne.

1470 **10 août.**

Les funérailles de ce malheureux capitaine, qui ont eu lieu aujourd'hui, ont été très émouvantes. Lucy m'a accompagnée. Elle semblait bouleversée. Elle ne veut pas admettre qu'il y a une raison à ses nuits agitées ou alors elle ne la comprend pas 1475 elle-même.

8

Journal de Mina Murray

Le même jour, 11 heures du soir.

Je suis éreintée ! Si je ne m'obligeais pas à tenir mon journal, je ne l'aurais pas ouvert ce soir. Nous avons fait une délicieuse promenade, Lucy et moi. Lucy était d'excellente humeur et nous nous sommes arrêtées dans une auberge pour prendre le thé puis, comme Lucy se sentait très fatiguée, nous sommes rentrées. Elle dort à présent d'un sommeil paisible. Ses joues sont plus roses que d'habitude. Je suis si heureuse de voir qu'elle va mieux. Le mauvais cap est passé, j'en suis sûre, et nous sommes débarrassées de ces mauvais rêves. Mon bonheur serait complet si seulement j'avais des nouvelles de Jonathan.

11 août, 3 heures du matin.

Je dois reprendre mon journal. Je suis trop agitée pour dormir. Quelle aventure ! Je me suis endormie à peine mon journal fermé quand soudain, une horrible sensation de peur m'a réveillée. La chambre était plongée dans l'obscurité. Comme je ne parvenais pas à distinguer le lit de Lucy, je me suis levée et suis allée jusqu'à lui : il était vide ! Je craquai une allumette. Personne. Ne voulant

1495 pas déranger Mme Westenra, qui ne se porte pas très bien depuis quelques jours, j'enfilai des vêtements et décidai de partir à la recherche de Lucy. Je descendis l'escalier quatre à quatre, jetai un coup d'œil dans le salon. Vide. De plus en plus inquiète, je passai de pièce en pièce et finis par arriver devant la porte d'entrée : elle
1500 était ouverte. J'attrapai un châle et me précipitai dehors. Une heure sonnait quand j'atteignis le Crescent. Il n'y avait pas une âme en vue. Au bord de la falaise, au-dessus de la jetée, je regardai de l'autre côté du port dans l'espoir ou la crainte, je ne sais, d'apercevoir Lucy sur notre banc. La lune brillait, entière. De gros
1505 nuages noirs la masquaient par intermittence. Pendant quelques instants, je ne vis rien, puis, alors que les nuages filaient dans le ciel, les ruines de l'abbaye m'apparurent. À la faveur d'une bande de lumière, je reconnus l'église et le cimetière. Je discernai alors sur le banc une silhouette à moitié allongée, blanche comme
1510 neige, éclairée par un rayon de lune argenté. Il me semblait qu'une forme sombre se tenait juste derrière elle. Était-ce une bête, un homme, j'étais incapable de le dire. Aussitôt, je descendis en courant jusqu'à la jetée, passai devant le marché de poissons, traversai le pont, car c'était le seul moyen que j'avais d'atteindre
1515 la falaise est. Mes genoux tremblaient et mon souffle s'amenuisait à mesure que je grimpais les marches menant à l'abbaye. Lorsque je fus proche du sommet, je vis le banc et la silhouette blanche. Cette fois, je distinguai très nettement comme une créature longue et noire penchée sur elle. Effrayée, j'appelai Lucy. La créa-
1520 ture releva la tête et je perçus un visage blême et des yeux rouges● qui brillaient dans la nuit. Lucy ne me répondant pas, je me

● On retrouve les yeux rouges qui
caractérisent les vampires (Dracula
mais aussi les trois créatures
qui occupent son château).

précipitai vers l'entrée du cimetière, mais l'église me masquait le banc de sorte que, l'espace d'un bref instant, je perdis de vue mon amie. Quand enfin, elle m'apparut de nouveau, je la trouvai à

1525 demi couchée, la tête appuyée contre le dossier. Elle était seule. Il n'y avait pas la moindre trace d'un être vivant près d'elle.

Je m'approchai ; Lucy dormait, lèvres entrouvertes, la respiration saccadée. Remarquant qu'elle frissonnait, j'entourai ses épaules de mon châle et, de peur de la réveiller brusquement, je l'attachai avec

1530 une épingle de sûreté afin d'avoir les deux mains libres quand il me faudrait aider mon amie à marcher. Je dus me montrer maladroite et la piquer avec l'épingle car elle porta sa main à sa gorge et gémit doucement. Une fois que je l'eus soigneusement couverte, je lui glissai mes chaussures aux pieds et entrepris de la réveiller

1535 le plus doucement possible. Au début, elle ne réagit pas, mais son sommeil se fit de plus en plus léger. Je finis par la secouer plus vivement, jusqu'à ce qu'elle ouvre les yeux et se réveille. Elle ne parut pas surprise de me voir. Bien sûr, elle n'avait aucune idée de l'endroit où elle se trouvait. Elle trembla légèrement et s'accrocha

1540 à moi. Lorsque je lui dis que nous allions rentrer à la maison, elle se leva sans un mot, aussi docile qu'une enfant. Dès que nous fûmes arrivées à notre chambre, je la couchai dans son lit. Avant de s'endormir, elle me demanda, me supplia, de ne rien raconter à personne, pas même à sa mère. J'hésitai un peu mais, songeant

1545 à la santé fragile de Mme Westenra, je promis. J'espère que j'ai bien fait. J'ai fermé la porte à clé, que je vais garder attachée à mon poignet. Lucy dort profondément. L'aube se lève...

Même jour, midi.

Tout va bien. Lucy a dormi jusqu'à ce que je la réveille. Les aven-

1550 tures de la nuit ne semblent pas l'avoir affectée. En revanche, j'ai

découvert, navrée, que je l'avais bel et bien blessée avec l'épingle de sûreté. J'ai dû la piquer et transpercer la peau de son cou, car elle a deux petits points rouges, et une tache de sang sur le ruban de sa chemise de nuit. Lorsque je me suis excusée, elle a éclaté de rire
1555 et m'a tapoté la joue en me jurant qu'elle ne sentait rien du tout.

15 août.

Levées tard. Lucy était fatiguée. Mais une heureuse surprise nous attendait au petit déjeuner. Le père d'Arthur se porte mieux et souhaite que le mariage ait lieu le plus tôt possible. Bien que
1560 Mme Westenra s'en réjouisse, elle m'a toutefois semblé triste. Plus tard, dans la journée, elle s'est confiée à moi et m'a expliqué que, si elle souffrait à l'idée de perdre sa fille, ô combien elle était soulagée qu'un autre prenne soin d'elle car ses jours étaient comptés. Elle n'en a pas parlé à Lucy et m'a fait promettre de ne
1565 rien lui dire, mais le médecin lui a annoncé que son cœur était très faible et qu'il ne lui restait plus que quelques mois à vivre. N'importe quel choc lui serait, à tout moment, fatal. Comme nous avons bien fait, Lucy et moi, de ne pas lui raconter nos terribles aventures de la nuit précédente.

1570 17 août.

Je n'ai pas ouvert mon journal pendant deux jours. Je n'avais pas le cœur à écrire. Toujours pas de nouvelles de Jonathan, quant à Lucy, elle me semble de plus en plus faible. C'est à n'y rien comprendre, car elle mange et profite du grand air. Pourtant,
1575 ses joues sont plus creuses de jour en jour, et la nuit, je l'entends haleter comme si le souffle lui manquait. Je garde la clé sur moi, mais cela ne l'empêche pas de se lever et d'arpenter la chambre ou de s'asseoir à la fenêtre. J'espère que ses malaises ne

proviennent pas de cette piqûre d'épingle●. J'ai examiné sa gorge
pendant qu'elle dormait : la blessure ne semble pas vouloir
guérir. Si dans un jour ou deux, elle est toujours là, j'insisterai
pour faire venir le médecin.

Lettre de Samuel F. Billington & Fils, notaires à Whitby, à
MM. Carter, Paterson & Co, Londres.

17 août,

Messieurs,

Nous avons le plaisir de vous annoncer l'arrivée des marchandises expédiées par les Chemins de fer du Grand Nord. Elles
seront livrées à Carfax, près de Purfleet[1]. La maison est vide pour
l'instant, mais vous trouverez ci-joint toutes les clés. Aurez-vous
l'obligeance de déposer les caisses, cinquante en tout, dans l'ancienne chapelle du domaine ? Notre client souhaite que la livraison
se fasse le plus rapidement possible. Aussi, en vue d'éviter tout
retard dû aux formalités de paiement, nous vous envoyons un
chèque de dix livres dont vous voudrez bien accuser réception.
Vous laisserez les clés dans le hall principal de la maison, où le
propriétaire les récupérera en entrant grâce au second jeu de clés.

En espérant que vous ne nous jugerez pas trop exigeants si
nous vous demandons une fois de plus de faire diligence, nous
vous prions, Messieurs, de recevoir l'expression de nos sentiments les plus dévoués.

Samuel F. Billington & Fils.

---

1. **Purfleet** : lieu réel situé dans la banlieue de
Londres, il s'agissait à l'époque d'un petit
village sur les rives de la Tamise.

● Mina garde obstinément la clé de
la chambre de Lucy, victime du vampire.
Cela crée un parallèle avec Dracula, qui
conserve sur lui des clés dont Jonathan,
autre victime du vampire, cherche
à s'emparer.

Lettre de MM. Carter, Paterson & Co, Londres,
à MM. Billington & Fils, Whitby.

1605 21 août,

Messieurs,

Nous accusons réception de votre chèque de dix livres. Les marchandises ont été livrées selon vos instructions et les clés déposées dans le hall.

1610 Veuillez croire, Messieurs, à nos sentiments respectueux.

Messieurs Carter, Paterson & Co.

Journal de Mina Murray
18 août.

Lucy va beaucoup mieux. Toute sa réticence morbide semble
1615 avoir disparu. Elle a même fait allusion à cette fameuse nuit où je l'ai trouvée ici même, sur ce banc où nous sommes assises en ce moment.

– Je ne rêvais pas, tout me paraissait parfaitement réel. Je ne désirais qu'être ici, à cet endroit précis. Je ne sais pas pourquoi parce
1620 que la peur m'habitait en même temps. Je me souviens d'avoir marché dans les rues et traversé le pont. Des chiens aboyaient, beaucoup de chiens, tandis que je grimpais les marches. Ensuite, je me rappelle vaguement que quelque chose se tenait près de moi, quelque chose de long et de sombre, avec des yeux rouges. J'ai
1625 éprouvé alors une sensation de douceur et d'amertume à la fois, et j'ai eu l'impression de m'enfoncer dans une eau verte et profonde tandis qu'un chant résonnait à mes oreilles. Et puis, tout a semblé s'échapper de moi, mon âme n'était plus reliée à mon corps et flottait dans l'air. Un sentiment déchirant m'a saisie, comme si la
1630 terre tremblait sous mes pieds, et quand je suis revenue à moi, tu me secouais. En fait, je t'ai vue le faire avant de le sentir vraiment.

Elle éclata de rire. Troublée par son récit, je m'empressai de changer de sujet et je retrouvai bientôt ma Lucy. Lorsque nous rentrâmes à la maison, la brise avait rosi ses joues. Mme Westenra, la voyant si en forme, s'en réjouit, et nous passâmes une délicieuse soirée toutes les trois.

19 août.

Enfin, des nouvelles de Jonathan. Mon pauvre chéri a été malade, c'est pour cela qu'il n'écrivait pas. M. Hawkins m'a envoyé la lettre qu'il avait reçue de la religieuse qui s'est occupée de lui. Je pars demain matin le chercher pour le ramener à la maison. M. Hawkins laisse entendre que ce serait une bonne chose que nous nous mariions là-bas.

Lettre de sœur Agathe, hôpital Saint-Joseph et Sainte-Marie, Budapest, à Miss Wilhemina Murray.

12 août,

Chère Madame,

Je vous écris sur la demande de M. Jonathan Harker qui, bien que se portant mieux, ne se sent pas suffisamment vaillant pour tenir la plume lui-même. Il est arrivé chez nous voilà six semaines, souffrant d'une violente fièvre cérébrale. Il me prie de vous assurer de tout son amour, et de vous prévenir que je posterai de sa part une lettre à M. Hawkins, Exeter, dans laquelle il lui annonce, qu'en dépit de son retard, il a accompli sa tâche. Il a besoin de prendre encore quelques semaines de repos, qu'il passera dans notre sanatorium.

Avec toute ma sympathie, bien à vous,

Sœur Agathe.

P.-S. : Mon patient s'étant endormi, je rouvre cette lettre pour ajouter quelques précisions. Il m'a parlé de vous et m'a dit que bientôt vous deviendriez sa femme. Soyez bénis tous les deux ! D'après notre médecin, M. Harker a subi un choc terrible et, dans les délires de la fièvre, les mots de loups, de poison, de sang, de fantômes et de démons revenaient souvent. Je vous aurais volontiers écrit plus tôt mais je ne savais rien de ses relations, et nul n'a pu déchiffrer les documents qu'il portait sur lui. Il est arrivé en train de Cluj-Napoca, et le chef de gare a expliqué à notre gardien que M. Harker réclamait de toute urgence un billet pour rentrer chez lui. Comprenant qu'il était de nationalité anglaise, le chef de gare lui a vendu un billet pour la ville la plus proche de sa destination. Soyez certaine que nous nous sommes bien occupés de lui. Sa douceur et sa gentillesse ont gagné les cœurs de tous. Il se rétablit de jour en jour, et je suis persuadée que d'ici quelques semaines il sera de nouveau lui-même. Mais pour plus de sûreté, soyez très attentive à lui.

Journal du Dr Seward
19 août.
Étrange et brusque changement chez Renfield, la nuit dernière. Vers 8 heures du soir, il a commencé à manifester une forte agitation et s'est mis à renifler partout comme un chien. Surpris par son comportement, le surveillant, qui connaît l'intérêt que je porte au malade, l'a incité à parler.

– Je refuse de m'entretenir avec vous, a répondu Renfield. Vous ne comptez plus, à présent. Le Maître ne va pas tarder.

Le surveillant est persuadé qu'il souffre de délire mystique. Si c'est le cas, nous devons nous montrer prudents, car un homme aussi fort, atteint de délire mystique et de folie homicide, peut être dangereux. Je suis allé le voir à 9 heures. Dans son état d'esprit actuel, il ne semble pas faire la différence entre le surveillant et moi-même. Je penche effectivement pour une forme de mysticisme. Dans peu de temps, il va se prendre pour Dieu. Après s'être excité de plus en plus, Renfield s'est calmé et est allé s'asseoir sur son lit, l'air résigné. Cherchant à savoir si cette soudaine apathie[1] était réelle ou feinte, je l'amenai à me parler de ses petits animaux. Jusqu'à présent, le sujet ne l'a jamais laissé indifférent.

– Au diable, tout cela ! Je ne me soucie plus d'eux.

– Même des araignées ? demandai-je surpris, car il s'était de nouveau pris de passion pour elles.

Il me répondit de façon fort énigmatique :

– Les demoiselles d'honneur sont un régal pour les yeux tant que la mariée n'est pas là, mais dès que celle-ci apparaît, tous se détournent d'elles.

Il ne voulut pas en dire davantage.

Je suis las, ce soir, et d'humeur morose. Je ne cesse de penser à Lucy et de me dire que les choses auraient pu être bien différentes. Si je ne m'endors pas tout de suite, je prendrai du chloroforme[2], notre Morphée moderne. Je dois faire attention cependant à ce que cela ne devienne pas une habitude●. Non, finalement, je ne prendrai rien. S'il le faut, je me passerai de sommeil, cette nuit.

---

1. **Apathie** : état d'indifférence, dû en général à une profonde fatigue physique ou intellectuelle.
2. **Chloroforme** : substance chimique, inventée en 1831, notamment utilisée, à l'époque, pour provoquer l'endormissement.

● Seward souffre d'une dépendance envers les sédatifs, tout comme Dracula à l'égard du sang. Le roman tisse ainsi des liens d'analogie entre les divers protagonistes, afin de montrer que leurs destinées étaient vouées à se rencontrer.

Comme je ne regrette pas ma décision ! J'étais là à me tourner et me retourner dans mon lit quand le gardien est venu me chercher pour m'annoncer que Renfield s'était sauvé. J'enfilai 1715 des vêtements à la hâte et descendis aussitôt. Le surveillant m'attendait. Il me raconta avoir entendu le bruit d'une fenêtre qu'on ouvrait avec fracas et qu'au moment où il arrivait devant la chambre de Renfield, celui-ci s'était presque complètement glissé dehors. Il eut juste le temps de voir ses pieds disparaître. C'est 1720 alors qu'il m'a fait appeler. L'homme est costaud et ne pouvait passer par la fenêtre. Étant plus mince, j'y parvins et atterris sans dommage sur le sol de la cour. Le surveillant m'expliqua que Renfield s'était enfui vers la gauche. Alors que je m'élançai dans cette direction, j'aperçus à la hauteur des arbres une silhouette 1725 blanche qui escaladait le mur séparant l'asile de la demeure voisine, jusqu'à présent inhabitée. Je revins sur mes pas et ordonnai au gardien de rassembler trois ou quatre hommes pour m'accompagner à Carfax au cas où notre ami deviendrait dangereux. Je pris une échelle et, une fois de l'autre côté du mur, je vis 1730 Renfield disparaître derrière le coin de la maison. Je m'empressai de le rejoindre et quand j'arrivai, je le découvris devant la lourde porte en chêne de la chapelle*. Il parlait apparemment à quelqu'un. Remarquant qu'il ne prêtait pas attention à ce qui l'entourait, nous nous approchâmes, les hommes et moi, et je 1735 l'entendis qui disait :

● Dracula a installé son repaire dans une chapelle, un lieu sacré. Cela montre que ses actions relèvent du blasphème, de la profanation. Ennemi de Dieu, menace pour l'humanité, Dracula apparaît ainsi comme l'antéchrist.

– Je suis à vos ordres, Maître. Je suis votre esclave, et vous me récompenserez car je vous serai fidèle. Je vous vénère de loin depuis longtemps.

Lorsque nous l'entourâmes et voulûmes le saisir, il se débattit comme un tigre. Jamais je n'avais vu un dément pris d'une telle fureur. Heureusement que nous nous étions aperçus auparavant de sa force et du danger qu'il représentait, car avec sa puissance et sa détermination, il aurait pu commettre de terribles dégâts avant d'être neutralisé. Il est hors d'état de nuire, à présent. On lui a passé la camisole de force et on l'a enchaîné au mur de la cellule capitonnée.

9

Lettre de Mina Harker à Lucy Westenra
Budapest, le 24 août.
Ma chère Lucy,

1750 Je sais que tu as hâte de savoir tout ce qui s'est passé depuis que nous nous sommes séparées à la gare de Whitby. J'ai voyagé sans encombre jusqu'à Hull[1], où j'ai pris un bateau pour Hambourg[2] puis le train jusqu'à Budapest. Là, j'ai retrouvé mon cher Jonathan bien maigre, pâle et très affaibli. Il n'est plus que

1755 l'ombre de lui-même et ne se rappelle rien de ce qui lui est arrivé récemment. Il a subi un choc terrible et je crains que son pauvre cerveau ne souffre davantage s'il faisait quelque effort pour s'en souvenir. Sœur Agathe m'a raconté que lorsqu'il délirait de fièvre, il évoquait des choses épouvantables. Remarquant mon trouble,

1760 elle ajouta :

– Tout ce que je peux vous dire, ma chère, c'est que ce n'était pas à propos de quelque chose dont il pourrait se sentir coupable.

Je suis assise en ce moment à son chevet. Oh ! il ouvre les yeux...

---

1. **Hull** : ville portuaire anglaise.
2. **Hambourg** : l'une des principales villes
   d'Allemagne et premier port du pays.

Une fois Jonathan tout à fait réveillé, il m'a demandé de lui apporter ses affaires, parmi lesquelles se trouvait un petit carnet. Il l'a pris entre ses mains et m'a dit d'un ton solennel :

– Wilhelmina – je compris aussitôt que ce qu'il allait m'annoncer était grave car depuis qu'il m'a demandée en mariage, jamais il ne m'a appelée par ce nom-là –, vous connaissez mes idées sur la confiance qui doit exister entre époux. Ni secret, ni cachotterie. J'ai subi un choc terrible et quand j'essaie d'y penser, une sorte de vertige m'envahit et je ne sais plus si cela s'est réellement passé ou si j'ai rêvé. La réponse est là, entre ces pages, mais je ne veux pas la connaître. Je veux que ma vie, avec vous à mes côtés, reparte de zéro. Acceptez-vous, Wilhelmina, de partager mon ignorance ? Gardez ce carnet, lisez-le si vous le souhaitez mais ne m'en dites rien, sauf si le devoir m'obligeait à revenir à ces heures sombres.

Sur ces paroles, il retomba, épuisé. Je glissai le carnet sous son oreiller et déposai un baiser sur son front. Puis je demandai à sœur Agathe de supplier la supérieure pour que nous puissions nous marier dès cet après-midi. J'attends sa réponse...

Sœur Agathe vient de m'annoncer que l'aumônier arrivait. Nous serons mariés dans une heure, à moins que Jonathan ne se réveille avant...

Lucy, voilà, c'est fait. Je me sens d'humeur solennelle, mais si, si heureuse. Quand Jonathan s'est réveillé, tout était prêt. Il s'est assis dans son lit, appuyé contre les oreillers, et a répondu « oui », avec fermeté et force. Quant à moi, je pouvais à peine parler tant mon cœur débordait de joie. Les sœurs ont été adorables, et je ne les oublierai jamais.

Lucy, ma chérie, je prie Dieu pour que ta vie puisse tenir ses promesses : une longue journée ensoleillée, sans vent violent, ni

devoir négligé ni méfiance. Je ne peux te souhaiter une existence
1795 dénuée de souffrance, ce serait mentir de ma part, mais j'espère
du fond du cœur que tu seras toujours aussi heureuse que je le
suis à présent.

Ton amie, à jamais,

Mina Harker.

1800 Lettre de Lucy Westenra à Mina Harker

Whitby, le 30 août.

Ma chère Mina,

Des océans d'amour et des milliers de baisers pour toi et ton
mari. Je voudrais tellement que tu rentres suffisamment tôt pour
1805 que vous veniez passer quelques jours ici avec nous. Le grand air
ferait du bien à Jonathan. Il m'a moi-même tout à fait rétablie. J'ai
un appétit d'ogre et je dors bien. Tu seras heureuse d'apprendre que
je ne souffre pratiquement plus de somnambulisme. Arthur dit que
j'ai grossi. Au fait, j'ai oublié de te préciser qu'il était ici. Justement,
1810 je l'entends qui m'appelle. Aussi, assez pour aujourd'hui.

Avec toute mon affection,

Lucy.

P.-S. : Maman t'envoie ses amitiés. Elle semble aller mieux,
la pauvre.

1815 P.P.-S. : Nous nous marions le 28 septembre.

Journal de Lucy Westenra
Hillingham[1], 24 août.

Je dois imiter Mina et tenir mon journal. Comme j'aimerais qu'elle soit à mes côtés ! La nuit dernière, j'ai eu l'impression de faire les mêmes rêves qu'à Whitby●.

25 août.

Encore une mauvaise nuit. J'ai essayé de rester éveillée le plus longtemps possible mais j'ai dû finir par m'endormir car aux douze coups de minuit●, je me suis réveillée en sursaut. J'ai entendu gratter à la fenêtre. Je n'y ai pas pris garde et je me suis sans doute rendormie car je ne me souviens de rien d'autre. Mais je sais que j'ai fait des cauchemars. Si seulement je pouvais me les rappeler. Je me sens affreusement faible ce matin, j'ai les traits tirés et mal à la gorge.

Lettre d'Arthur Holmwood au Dr Seward
Albermarle Hotel, le 31 août.

Mon cher John,

J'ai un service à vous demander. Lucy est souffrante. Elle n'a rien de particulier, mais a très mauvaise mine et son état empire de jour en jour. Je lui ai dit que je vous demanderais

---

1. **Hillingham** : hôtel particulier des Westenra, à Londres. Lucy est donc rentrée de Whitby, où elle a passé ses vacances et où elle a été victime de Dracula.

● Le rêve joue un grand rôle dans le roman. N'oublions pas que Stoker était un contemporain de Freud qui a, à l'époque, étudié le rôle des rêves dans l'expression de l'inconscient.

● L'idée que minuit est un moment propice au surnaturel se retrouve dans les contes de fées (notamment dans « Cendrillon ») et dans la littérature fantastique (par exemple dans « Le Masque de la mort rouge » d'Edgar Poe).

de passer la voir et, après s'y être opposée (je sais pourquoi, mon cher ami), elle a fini par y consentir. Je comprends que cela soit délicat pour vous, mais il y va de sa santé. Venez déjeuner demain à Hillingham afin de ne pas éveiller les soupçons de Mme Westenra. Lucy s'arrangera, après le repas, pour vous voir seul. En ce qui me concerne, j'arriverai à l'heure du thé. Je suis rempli d'inquiétude et tiens absolument à m'entretenir avec vous dès que vous l'aurez vue.

Arthur.

Télégramme d'Arthur Holmwood au Dr Seward.
1er septembre
Obligé de rejoindre mon père. Au plus mal. Lettre suit. Écrivez-moi dès ce soir à Ring. Ou télégraphiez-moi si nécessaire.

Lettre du Dr Seward à Arthur Holmwood
Le 2 septembre.
Mon cher ami,
Laissez-moi vous rassurer tout de suite : Mlle Westenra ne souffre, à ma connaissance, d'aucun trouble fonctionnel ni d'aucune maladie. Cela dit, je ne suis pas satisfait par son apparence, si différente depuis notre dernière rencontre. Mais je vais vous décrire avec précision ce qui s'est passé et vous en tirerez vos propres conclusions. Je vous ferai ensuite savoir ce que j'envisage.

J'ai trouvé Mlle Westenra d'humeur enjouée, mais comme sa mère était présente, j'ai vite compris qu'elle cherchait à la tromper sur son véritable état. En effet, une fois Mme Westenra partie se reposer, Lucy tomba le masque, s'affaissa dans un fauteuil avec un grand soupir et se couvrit les yeux.

Je vis tout de suite qu'elle était anémiée[1], bien qu'elle n'en présente pas les signes habituels. Par un heureux hasard, j'eus l'occasion d'examiner la qualité de son sang, car en ouvrant une fenêtre qui résistait, elle se blessa légèrement la main. Rien de grave, mais j'en profitai pour recueillir quelques gouttes de son sang que j'ai depuis analysé. Les résultats sont tout à fait normaux, ce qui me pousse à penser que s'il y a une cause à son état, elle doit se trouver du côté du mental. Lucy se plaint d'avoir du mal à respirer parfois et de dormir d'un sommeil lourd, léthargique, peuplé de rêves qui l'effraient mais qu'elle ne parvient pas à se remémorer. Elle m'a raconté qu'enfant, elle était sujette à des accès de somnambulisme et qu'à Whitby, elle avait eu plusieurs attaques. Une nuit, elle a marché jusqu'au bord de la falaise, où Miss Murray l'a trouvée. Mais elle m'assure qu'elle n'en a plus eu depuis un moment. Comme je ne sais pas trop quoi penser de tout cela, j'ai écrit à mon vieil ami et maître, le Pr Van Helsing, à Amsterdam, qui s'est spécialisé dans les maladies les plus étranges qui soient. Je lui ai demandé de venir. C'est un philosophe et un métaphysicien, et l'un des esprits scientifiques les plus éclairés de son temps. Ajoutez à cela une résolution indomptable, une maîtrise de soi et un cœur d'or. Je reverrai Lucy demain. Nous avons rendez-vous chez Harrod's[2], pour ne pas inquiéter sa mère par des visites trop fréquentes.

Bien à vous,

John.

---

1. **Anémiée** : l'anémie est une fatigue importante, caractérisée notamment par une forte pâleur et due à une carence en globules rouges. Lucy, autrement dit, a perdu beaucoup de sang.
2. **Harrod's** : grand magasin chic de Londres.

Lettre d'Abraham Van Helsing au Dr Seward

1890 Le 2 septembre.

Mon cher ami,

Je reçois votre lettre. J'arrive. Par chance, je peux partir dans l'immédiat, sans faire de tort à ceux qui m'ont accordé leur confiance. Réservez-moi une chambre au Great Eastern Hotel[1],

1895 et arrangez-vous pour je voie la jeune demoiselle dès demain, car j'ai bien peur de devoir rentrer demain soir. Mais s'il le faut, je pourrai revenir dans trois jours et rester plus longtemps. En attendant, au revoir, mon ami John,

Van Helsing.

1900 Lettre du Dr Seward à l'honorable Arthur Holmwood

Le 3 septembre.

Mon cher Arthur,

Van Helsing est venu et reparti. Il m'a accompagné à Hillingham et, Mme Westenra étant sortie déjeuner, a pu ausculter Lucy très

1905 soigneusement. J'attends qu'il me fasse part de son diagnostic, que je vous transmettrai, car bien entendu, je n'ai pas assisté à l'examen. J'ai peur, toutefois, que Van Helsing ne soit très inquiet. Je devrai normalement recevoir son rapport demain. J'espère que votre père se porte mieux. Ce doit être terrible pour

1910 vous d'être ainsi tiraillé entre les deux personnes qui vous sont les plus chères au monde.

---

1. **Great Eastern Hotel** : hôtel prestigieux
   de Londres.

$$\sim$$

10

Lettre du Dr Seward à l'honorable Arthur Holmwood
Le 6 septembre.
Mon cher Art,
Les nouvelles ne sont pas bonnes. Lucy est retombée malade.
Mme Westenra m'a demandé ce que je pensais de l'état de santé
de sa fille. J'en ai profité pour lui dire que mon ancien professeur,
le Pr Abraham● Van Helsing, venait passer quelques jours chez
moi et qu'il l'examinerait.
Bien à vous,
John.

● On remarque que Van Helsing a
le même prénom que l'auteur :
Abraham (« Bram ») Stoker. Ce dernier
a mis un peu de lui-même dans ce
personnage. Van Helsing est en effet
un savant mais ouvert aux phénomènes
surnaturels (ses méthodes sont
« insolites », proches des « sortilèges »,
lit-on plus bas). De même, Stoker,
tout en étant diplômé en sciences
et en mathématiques, appartient à
une société secrète.

Journal du Dr Seward

7 septembre.

Je venais à peine de retrouver Van Helsing à Liverpool Street
1925 qu'il me demanda :

– Avez-vous parlé à l'amoureux de la jeune demoiselle ?

– Non, répondis-je. Je l'ai juste prévenu de votre arrivée.

– Fort bien. Il vaut mieux qu'il ne sache rien pour l'instant.
Peut-être même ne saura-t-il jamais rien, ce que j'espère ; mais
1930 s'il le faut, nous lui dirons tout. À présent, mon bon ami John,
laissez-moi vous mettre en garde. Vous soignez les fous, mais
vous restez discret. Vous ne leur dites pas ce que vous faites ou
pourquoi vous le faites, vous ne leur dites pas ce que vous pensez.
Continuez donc de garder vos connaissances là où elles sont, et
1935 là où elles peuvent s'accroître et se développer.

Quand je lui décrivis les symptômes de Lucy – toujours les
mêmes, mais infiniment plus accentués –, il prit un air grave mais
s'abstint de tout commentaire. Mme Westenra nous attendait. Elle
semblait inquiète, mais pas autant que je ne le redoutais, et nous
1940 conduisit à la chambre de Lucy. Si j'avais été choqué, la veille, en
voyant la jeune fille, aujourd'hui je fus horrifié. Elle était d'une
pâleur blafarde. Ses lèvres et même ses gencives avaient perdu
toute couleur, les os de son visage saillaient et elle respirait difficilement. Elle gisait immobile et, comme elle n'avait manifestement
1945 pas la force de parler, nous restâmes silencieux un moment. Puis
Van Helsing me fit signe de l'accompagner dans le couloir.

– Mon Dieu, c'est terrible ! s'exclama-t-il. Il n'y a pas une
minute à perdre. Elle a perdu beaucoup de sang et va mourir si
on ne lui fait pas une transfusion immédiatement. Vous ou moi ?
1950 – Moi. Je suis plus jeune et plus fort, professeur.

– Préparez-vous dans ce cas. Je vais chercher ma trousse.

Nous descendîmes au rez-de-chaussée. Alors que nous atteignions le hall, la porte s'ouvrit et Arthur entra.

– John, j'étais si inquiet. J'ai lu entre les lignes de votre lettre. Comme mon père se portait mieux, je suis venu aussitôt. Est-ce le Pr Van Helsing ?

– Monsieur, vous arrivez juste à temps, dit le professeur. Vous êtes le fiancé ? La jeune demoiselle est au plus mal. Vous allez pouvoir l'aider. Vous pouvez faire plus pour elle que n'importe qui, et votre courage sera notre meilleur allié.

– Que dois-je faire ? questionna Arthur d'une voix rauque.

– Venez. Votre fiancée a besoin de sang, sinon elle mourra. Nous allons procéder à ce que nous appelons une transfusion, c'est-à-dire que nous allons lui injecter du sang de veines pleines à ses veines vides. John s'apprêtait à donner son sang car il est plus vaillant que moi, mais vous convenez mieux.

Nous remontâmes de ce pas à l'étage. Le professeur demanda à Arthur d'attendre dans le couloir et nous entrâmes tous deux dans la chambre de Lucy. Elle ne dormait pas. Van Helsing déposa quelques instruments de sa trousse sur une petite table et prépara un narcotique[1], puis il dit d'une voix enjouée :

– Voilà, ma jeune demoiselle, votre médicament. Vous allez le boire comme une gentille petite fille.

Je fus surpris de constater que le soporifique mettait longtemps à agir, et me fis la réflexion que c'était sans doute dû à l'état de grande fatigue de notre patiente. Dès qu'elle s'endormit, le professeur appela Arthur et lui demanda de retirer sa veste.

---

1. **Narcotique** : substance chimique destinée
   à provoquer l'endormissement.

– Vous pouvez l'embrasser pendant que j'approche la table du lit, ajouta-t-il. John, aidez-moi.

1980 Alors, avec méthode et rapidité, Van Helsing entreprit de transfuser Lucy. Peu à peu, la vie sembla renaître sur ses joues. De son côté, Arthur, bien que de plus en plus pâle, rayonnait de joie. Le visage du professeur, en revanche, demeurait grave. Il se tenait, montre en main, le regard fixé tantôt sur Lucy, tantôt sur Arthur.

1985 Au bout d'un moment, il dit doucement :

– Cela suffit. Occupez-vous de lui, John, pendant que je veille sur elle.

Je m'aperçus rapidement qu'Arthur était bien faible. Je le pansai et m'apprêtai à l'emmener quand Van Helsing déclara :

1990 – Le brave fiancé mérite un autre baiser, qu'il va recevoir dès à présent.

Il redressa l'oreiller de Lucy et, ce faisant, l'étroit ruban de velours noir que la jeune fille portait autour du cou glissa légèrement et révéla une trace rouge sur sa gorge. Arthur ne se 1995 rendit compte de rien, mais j'entendis le professeur émettre un profond sifflement, signe chez lui, je le savais, d'un vif émoi. Il ne fit cependant aucun commentaire mais se tourna vers moi et dit :

– Conduisez notre courageux amoureux en bas et donnez-lui 2000 un verre de porto. Après qu'il se sera reposé, il devra rentrer chez lui, manger beaucoup et dormir. Attendez ! ajouta-t-il à l'adresse d'Arthur. Sachez que l'opération a parfaitement réussi. Vous venez de sauver la vie de votre fiancée.

Une fois Arthur parti, je remontai retrouver le professeur. Lucy 2005 dormait paisiblement. Van Helsing l'observait attentivement, assis à son chevet. Le ruban de velours couvrait de nouveau la marque rouge.

– Que pensez-vous que soit cette marque sur sa gorge ? demandai-je.

– Et vous-même ?

– Je ne l'avais pas vue jusqu'à présent.

Je détachai le ruban. Juste au-dessus de la jugulaire[1], on pouvait distinguer deux petites piqûres, d'aspect quelque peu répugnant. Il ne semblait pas y avoir de trace d'infection, mais les bords étaient blanchâtres, comme s'ils avaient été frottés et pincés. De toute évidence, ces deux blessures n'avaient pu provoquer une telle perte de sang car les draps auraient été trempés.

– Alors ? fit Van Helsing.

– Je n'y comprends rien.

Le professeur se leva.

– Je dois rentrer à Amsterdam ce soir. Je veux y consulter certains ouvrages. Vous passerez la nuit ici. Ne la quittez pas un seul instant des yeux et prenez soin que rien ne la dérange. Je reviendrai le plus vite possible. Alors, nous pourrons commencer.

– Commencer ? répétai-je. Mais à quoi pensez-vous ?

– Vous verrez. Rappelez-vous, elle est sous votre responsabilité. S'il lui arrivait quoi que ce soit, vous en perdriez à jamais le sommeil.

Journal de Lucy Westenra

9 septembre.

Je me sens tellement heureuse ce soir. Après avoir été si faible, quel bonheur d'être capable de penser et de bouger.

---

1. **Jugulaire** : veine du cou.

Les deux blessures sont dues aux longues canines de Dracula. Le sang n'a laissé aucune trace parce qu'il a été bu par le vampire.

Curieusement, j'ai l'impression qu'Arthur est tout près de moi, comme si je sentais sa présence qui me réchauffe. Grâce au cher Dr Seward, je n'ai pas peur de me coucher, et je sais que mon sommeil sera aussi délicieux que celui de la nuit précédente. Merci à tous d'être si bons pour moi. Bonne nuit, Arthur.

Journal du Dr Seward
10 septembre.

Quand Van Helsing et moi entrâmes, ce matin, dans la chambre de Lucy, nous trouvâmes le store baissé. Comme j'allai le lever, le professeur, qui s'était approché du lit, poussa son sifflement grave, si caractéristique. Aussitôt, je frémis et le rejoignis. Il recula et, le visage blême, me montra le lit. Mes genoux se mirent à trembler.

Là, devant moi, de toute évidence évanouie, la pauvre Lucy gisait, plus pâle et blafarde que jamais. Même ses lèvres étaient blanches et ses gencives semblaient s'être rétractées.

– Vite ! s'écria Van Helsing. Apportez-moi du cognac !

Je me précipitai au salon et revins avec la carafe. Le professeur humecta les lèvres de Lucy et ensemble nous lui frottâmes les paumes, les poignets et le cœur.

– Il n'est pas trop tard, murmura Van Helsing. Le cœur bat, faiblement, mais il bat. Il nous faut tout recommencer. Puisque le jeune Arthur n'est pas là, c'est vers vous que je vais devoir me tourner, mon ami.

Tout en parlant, il avait sorti ses instruments nécessaires à la transfusion. Je retirai ma veste et relevai la manche de ma chemise. Sans plus attendre, nous procédâmes à l'opération. Quand celle-ci fut terminée, le professeur m'envoya prendre un verre de vin. Au moment où je sortais de la chambre, il me rappela et dit :

— Pas un mot de tout cela à quiconque.

À mon retour, il me regarda soigneusement et me conseilla d'aller me reposer dans la chambre voisine. J'obtempérai et ne tardai pas à m'assoupir, non sans m'être demandé auparavant comment Lucy avait pu faire une telle rechute et perdre autant de sang alors qu'il n'y en avait de signe nulle part. J'ai dû poursuivre mes interrogations dans mes rêves car, endormi ou éveillé, mes pensées me ramenaient systématiquement aux deux petites piqûres sur sa gorge.

Lucy dormit toute la journée. Quand elle se réveilla, si elle allait un peu mieux, elle était toutefois moins en forme que la veille. Après l'avoir auscultée, Van Helsing sortit marcher un peu en me recommandant de rester auprès d'elle et de ne la laisser seule sous aucun prétexte.

Le professeur revint deux heures plus tard et me dit :

— Rentrez chez vous, mangez, buvez et reprenez des forces. Je la veillerai cette nuit. Nous devons, vous et moi, étudier le cas, mais surtout nous arranger pour que personne ne soit au courant de nos recherches. J'ai de sérieuses raisons pour cela. Non, ne me demandez rien pour l'instant. Pensez ce que vous voulez, pensez même l'impensable. Bonne nuit.

J'arrivai chez moi juste à temps pour dîner et faire mes dernières visites. Tout est en ordre. J'enregistre ceci en attendant le sommeil. Je le sens qui vient.

11 septembre.

Je suis retourné à Hillingham cet après-midi. J'ai trouvé Van Helsing d'excellente humeur et Lucy beaucoup mieux. Peu après mon arrivée, on apporta au professeur un colis venant de l'étranger. Il l'ouvrit et en sortit un énorme bouquet de fleurs blanches.

– C'est pour vous, mademoiselle Lucy, dit-il.

– Pour moi ? Oh ! professeur Van Helsing !

– Oui, mais ces fleurs ne sont pas pour votre agrément. Ce sont des médicaments. Inutile de froncer votre joli nez, vous ne
2095 les prendrez pas en décoction. Je vais en mettre quelques-unes à la fenêtre et fabriquer avec les autres un joli collier que vous porterez autour du cou. Cela vous permettra de bien dormir.

Pendant qu'il parlait, Lucy avait examiné les fleurs et les avait senties.

2100 – Professeur, vous devez vous moquer de moi. Ce sont des fleurs d'ail● !

À ma grande surprise, Van Helsing rétorqua assez sèchement :

– Ne traitez pas mes paroles à la légère, je ne me moque jamais. Faites ce que je vous dis, si ce n'est pour vous, pour les autres
2105 du moins.

Voyant que la pauvre Lucy était effrayée, il ajouta plus doucement :

– Ma chère enfant, ne craignez rien. Je ne veux que votre bien. Croyez-moi, ces fleurs possèdent de grandes vertus. À présent, reposez-vous. Venez, mon ami John, vous allez m'aider à décorer
2110 la chambre avec cet ail que j'ai fait venir tout spécialement de Haarlem[1].

Il est vrai que les méthodes du professeur étaient assez insolites et que ses médicaments n'appartenaient à aucune pharmacopée[2] de ma connaissance. Dans un premier temps, il ferma
2115 soigneusement la fenêtre puis prit une poignée de fleurs qu'il

---

1. **Haarlem** : ville de Hollande, proche d'Amsterdam.
2. **Pharmacopée** : ensemble de médicaments.

● L'ail repousse les vampires. Stoker reprend ici d'anciennes traditions roumaines. En outre, l'ail était considéré dans l'Antiquité comme une substance protectrice, notamment contre les serpents.

frotta sur le châssis, comme pour s'assurer que le moindre souffle d'air pénétrant dans la chambre fût imprégné de l'odeur d'ail. Il fit de même avec le chambranle[1] de la porte et les montants de la cheminée●. Tout cela me paraissait si grotesque que je ne pus m'empêcher de dire :

2120

– Professeur, à vous voir agir ainsi, on pourrait penser que vous concoctez une espèce de sortilège pour empêcher l'accès de la chambre à quelque esprit malin.

– Qui sait ? répondit-il tranquillement tout en préparant le collier pour Lucy.

2125

Quand celle-ci fut prête pour la nuit et au lit, il alla la voir et lui attacha le collier autour du cou.

– Faites bien attention à ne pas le déranger, et si vous trouvez que la chambre sent le renfermé, n'ouvrez surtout pas la fenêtre.

– C'est promis, dit Lucy. Merci encore à vous deux pour toute votre gentillesse.

2130

Alors que nous sortions de la maison, Van Helsing déclara :

– Ce soir, je pourrai dormir en paix. Nous rendrons visite à notre jeune demoiselle demain matin, et vous verrez que, grâce à mon sortilège, elle se portera comme un charme !

2135

Il semblait si confiant que, me rappelant mon optimisme deux nuits auparavant et les funestes résultats qui avaient suivi, j'éprouvai une vague terreur. J'hésitai cependant à en faire part à mon ami, sans doute à cause de ma faiblesse. Mais je la sentis bel et bien présente pourtant, comme des larmes qu'on n'ose verser.

2140

---

1. **Chambranle** : encadrement, généralement en bois, d'une porte.

● Cette manière de protéger une maison contre le mauvais œil est présente dans les croyances traditionnelles roumaines.

11

Journal de Lucy Westenra

12 septembre.

Je suis allé chercher le professeur à son hôtel et nous sommes arrivés à Hillingham à 8 heures. La matinée était belle et le soleil brillait. Mme Westenra nous accueillit chaleureusement et dit :

– Vous serez heureux d'apprendre que Lucy va beaucoup mieux. Elle dort encore.

Le professeur sourit en se frottant les mains.

– Ah ! s'écria-t-il. Mon diagnostic était donc juste ! Mon traitement est efficace et…

– N'en tirez pas toute la gloire, professeur, interrompit Mme Westenra. Si Lucy se porte mieux ce matin, c'est en partie grâce à moi.

– Que voulez-vous dire, madame ? demanda Van Helsing.

– Eh bien, comme je me faisais du souci pour elle, je suis montée la voir, la nuit dernière. La chère enfant dormait paisiblement, mais la chambre sentait horriblement le renfermé. Il y avait de ces affreuses fleurs partout, à l'odeur insupportable. Lucy en portait même autour du cou. Craignant que cela ne la gêne étant donné son faible état, je les ai retirées et j'ai ouvert la fenêtre pour laisser entrer un peu d'air frais. Je suis sûre que vous serez satisfait, en la voyant.

Sur ces paroles, elle se rendit dans son boudoir. Pendant tout le temps que dura la conversation, j'avais observé le professeur et remarqué qu'il blêmissait. Dès que Mme Westenra disparut, il m'entraîna dans la salle à manger et ferma la porte.

Alors, pour la première fois de ma vie, je le vis perdre son sang-froid. Il leva les mains dans une sorte de désespoir muet, puis s'affaissa sur une chaise et, se prenant le visage entre les mains, se mit à sangloter.

– Mon Dieu ! Mon Dieu ! Pourquoi faut-il que les puissances du mal s'acharnent ainsi contre nous ? Venez ! reprit-il après s'être brusquement mis debout. Il est temps d'agir. Forces du mal ou pas, nous nous battrons !

Note de Lucy Westenra
17 septembre, la nuit.

J'écris ces quelques lignes et les laisserai bien en évidence afin qu'on les découvre. Je ne veux causer d'ennuis à personne. Ceci est le compte rendu exact de ce qui s'est passé cette nuit. Ma fin est proche, je le sens, j'ai à peine la force de tenir la plume, mais je dois aller au bout de cette lettre, dussé-je mourir avant de l'avoir terminée.

Je me suis mise au lit comme d'habitude en ayant soin de placer les fleurs ainsi que le Pr Van Helsing m'avait dit de le faire, et me suis rapidement endormie. Un battement d'ailes à ma fenêtre me réveilla, semblable à ceux que j'ai commencé à entendre régulièrement après ma crise de somnambulisme, cette fameuse nuit où Mina m'a retrouvée sur la falaise de Whitby.

J'essayai de me rendormir, mais en vain. Mon ancienne peur du sommeil me reprenant, je décidai de rester éveillée. Un bruit dehors, dans les buissons, monta brusquement ; on aurait dit le hurlement d'un chien, mais en plus sauvage. J'allai regarder à la fenêtre, mais je ne vis rien hormis une immense chauve-souris●. C'était elle sans doute qui m'avait réveillée en griffant la vitre de ses ailes. Je retournai au lit, plus déterminée que jamais à ne pas céder au sommeil. La porte de ma chambre s'ouvrit à ce moment-là, et maman passa la tête dans l'entrebâillement.

– Je me faisais du souci pour toi, ma chérie, et je suis venue voir si tout allait bien.

Craignant qu'elle n'attrapât froid, je lui proposai d'entrer et de s'allonger à mes côtés. Comme nous nous tenions blotties l'une contre l'autre, le battement d'ailes reprit à la fenêtre. Surprise et légèrement effrayée, maman demanda :

– Qu'est-ce que c'est ?

Je tentai de la rassurer, et y parvins, mais je sentais son cœur battre à tout rompre. Au bout d'un moment, le hurlement recommença dans les buissons, puis la vitre vola en éclats et la gueule d'un loup apparut dans l'ouverture. Maman poussa un cri d'effroi et, cherchant quelque chose pour se défendre, m'arracha le collier de fleurs que le Pr Van Helsing m'avait ordonné de porter autour du cou la nuit. Pendant une ou deux secondes, elle demeura assise, pointant du doigt le loup, puis elle retomba en arrière, comme frappée par la foudre. Sa tête heurta la mienne et je restai

● Dracula a le pouvoir de se métamorphoser en chauve-souris. De fait, celle-ci est une créature de la nuit.

étourdie un instant. Je gardai les yeux fixés sur la fenêtre ; le loup
se retira et une myriade de minuscules poussières pénétra dans
la chambre et tourbillonna autour de moi●. Je cherchai à m'asseoir, mais j'avais l'impression que l'on m'avait jeté un sort, sans
compter que le corps de ma chère maman, qui déjà refroidissait
– son cœur avait en effet cessé de battre –, pesait sur moi.
Ensuite, je ne me souvins de rien. Quand je repris enfin mes
esprits, j'entendis une cloche sonner au loin, les chiens du voisi-
nage aboyer, et dans les buissons, un rossignol chanter. J'étais
étourdie, hébétée par la douleur, la peur et la faiblesse. Le bruit
avait dû réveiller les servantes, car je perçus leurs pas derrière
ma porte. Je les appelai et, quand elles entrèrent et virent qui
était étendue dans mon lit, elles hurlèrent de terreur. Le vent
s'engouffra brusquement par la fenêtre ouverte, et la porte
claqua. Les servantes soulevèrent le corps de maman pendant
que je me levais, puis le reposèrent sur le lit et la couvrirent avec
un drap. Elles semblaient si effrayées que je leur conseillai d'aller
boire un verre de vin dans la salle à manger. La porte s'ouvrit
soudain et se referma. Affolées, les servantes se sauvèrent. Je
profitai de leur absence pour déposer toutes les fleurs que je
pouvais sur la poitrine de maman puis, surprise de ne pas voir
les servantes remonter, je descendis les chercher. Mon cœur se
brisa quand je compris ce qui s'était passé. Les quatre filles
gisaient, immobiles, par terre, et respiraient péniblement. La
carafe de sherry se trouvait sur la table, à moitié pleine, mais une

● La métamorphose du vampire en
poussière est en rapport avec son
absence de reflet : Dracula, mort depuis
longtemps, n'a pas de réelle consistance
physique.

odeur âcre et étrange flottait dans la pièce. Je jetai un coup d'œil dans le buffet : le flacon de laudanum[1] que le docteur avait prescrit à maman était vide●.

2245 Je suis à présent de retour dans ma chambre avec ma mère. Je ne puis la laisser, et je suis seule avec quatre servantes droguées. Seule avec la mort ! Je n'ose pas sortir, car j'entends le loup gronder sous ma fenêtre. L'air semble plein de ces grains de poussière qui continuent de voleter dans la pièce. Que Dieu me protège. Je vais

2250 cacher ces feuillets contre ma poitrine, on les découvrira quand on fera ma dernière toilette. Ma pauvre maman est partie ! Mon heure ne va pas tarder. Arthur, si je ne dois pas survivre à cette nuit, adieu. Que Dieu vous garde et qu'Il me vienne en aide !

---

1. **Laudanum** : substance inventée au xvie siècle, fréquemment utilisée à l'époque de Stoker pour apaiser les douleurs ou provoquer le sommeil.

● La stupidité de la mère de Lucy, qui a ôté l'ail protecteur, et l'erreur des servantes qui, affolées, confondent vin et somnifère, forment un contraste avec l'intelligence calculatrice et implacable de Dracula. Celui-ci apparaît d'autant plus comme une menace contre l'humanité ordinaire, pleine de fragilités.

꧁

12

Journal du Dr Seward

2255 18 septembre.

Je suis arrivé à Hillingham de bonne heure et frappai doucement à la porte pour ne pas déranger Lucy et sa mère. Comme
au bout d'un moment, personne ne m'avait ouvert, je frappai
plus fort. Toujours pas de réponse. Une crainte terrible s'empara
2260 alors de moi. Ce silence était-il un autre chaînon de la fatalité qui
semblait peser sur nous ? Je décidai de faire le tour de la maison
dans l'espoir de trouver une autre entrée quand j'entendis le
trot d'un cheval qui s'arrêta devant la grille. C'était Van Helsing.

— Comment est-elle ? demanda-t-il aussitôt. N'avez-vous pas
2265 lu mon télégramme● ?

Je lui expliquai que je ne l'avais reçu que ce matin, et que j'avais
accouru aussitôt, mais curieusement, personne dans la maison
ne m'entendait.

— J'ai bien peur dans ce cas qu'il ne soit trop tard, déclara
2270 Van Helsing sur un ton solennel. Mais venez, reprit-il avec son

● Référence à un télégramme
: envoyé la veille.

habituelle capacité de récupération. Si nous n'avons aucun moyen d'entrer, nous l'inventerons. Il n'y a pas une minute à perdre.

Derrière la maison, nous découvrîmes une petite fenêtre qui donnait sur la cuisine. Van Helsing sortit de sa trousse une scie chirurgicale. Il me la tendit et je m'attaquai sans plus tarder aux barreaux. Puis, à l'aide d'un long couteau, nous soulevâmes le taquet du châssis à guillotine et ouvrîmes la fenêtre. J'aidai Van Helsing à entrer et le suivis. Il n'y avait personne dans la cuisine. En revanche, dans la salle à manger, les quatre servantes dormaient profondément à même le plancher. La forte odeur de laudanum ne laissait aucun doute sur leur condition.

– Nous nous occuperons d'elles plus tard. Montons dans la chambre de Lucy, dit le professeur.

Comment décrire ce que nous vîmes ? Sur le lit, gisaient Lucy et sa mère. Cette dernière était recouverte d'un drap blanc, une expression de terreur au visage. Lucy reposait à son côté, les traits tirés, le teint livide. Les fleurs qu'elle devait normalement porter autour du cou se trouvaient sur la poitrine de sa mère, et sa gorge nue révélait les deux piqûres que nous avions déjà remarquées, mais affreusement blanches et suintantes. Le professeur se pencha sur la jeune fille et s'écria :

– Il n'est pas trop tard ! Vite, le cognac !

Je courus au rez-de-chaussée et remontai en vitesse avec le flacon d'alcool. Van Helsing en frotta aussitôt les lèvres de Lucy, ses gencives, ses poignets et ses paumes.

– Pour l'instant, on ne peut rien faire de plus. Allez réveiller les servantes, giflez-les au besoin et demandez-leur d'allumer un feu et de préparer un bain chaud. Cette pauvre enfant est presque aussi froide que sa mère. Nous allons devoir la réchauffer avant d'entreprendre quoi que ce soit.

Je redescendis dans la salle à manger et réveillai sans trop de difficultés trois des jeunes femmes. Au souvenir des événements récents, elles se mirent à crier et à pleurer, mais je me montrai ferme et leur expliquai que tout retard à exécuter les ordres serait

2305 néfaste à Mlle Lucy. Aussi, sans cesser de sangloter, elles firent partir un grand feu et chauffer l'eau du bain. Nous y plongeâmes Lucy et commençâmes à lui frictionner les membres quand on frappa à la porte. L'une des servantes alla ouvrir et revint me dire qu'un gentleman attendait, avec un message de M. Holmwood. Je

2310 la priai de répondre à ce visiteur que nous ne pouvions recevoir personne pour l'heure et, tout occupé que j'étais de notre malade, j'oubliai rapidement sa présence.

Jamais je ne vis le professeur manifester autant de ferveur. Je savais que nous luttions contre la mort et lui fis part de mes

2315 pensées. Je ne compris pas tout à fait sa réponse.

– Si ce n'était que cela, je n'insisterais pas● et laisserais cette pauvre enfant partir en paix, dit-il avant de se remettre à la tâche avec une ardeur peut-être plus furieuse encore.

Au bout d'un moment, nous sentîmes que la chaleur faisait

2320 son effet. Le cœur de Lucy recommençait à battre doucement et sa poitrine à se soulever. Nous la sortîmes alors du bain et, après l'avoir enveloppée dans un drap chaud, la portâmes dans la pièce voisine où nous l'allongeâmes dans le lit qui y avait été préparé. Van Helsing lui noua un petit mouchoir de soie autour

2325 du cou. Lucy, toujours inconsciente, semblait dans un état pire que les fois précédentes. Van Helsing appela l'une des servantes

● À présent, Van Helsing est surtout soucieux d'empêcher Lucy de devenir une vampire, car son âme serait damnée et elle propagerait à son tour le mal dont elle a été victime.

et lui demanda de veiller la jeune fille, puis il me fit signe de le suivre dans le hall.

2330 – Nous devons procéder très vite à une autre transfusion, dit-il. Mais nous sommes l'un et l'autre trop faibles, et je n'ai pas confiance en ces femmes quand bien même l'une d'elles aurait le courage de donner son sang. Qui acceptera d'ouvrir ses veines pour elle ?

– Est-ce que je ne conviendrais pas ?

2335 La voix provenait du sofa, à l'autre bout de la pièce.

– Quincey ! m'écriai-je. Qu'est-ce qui vous amène ici ?

– Arthur, je suppose.

Et il me tendit le télégramme suivant :

Pas de nouvelles de Seward depuis trois jours. Terriblement inquiet.
2340 *Impossible partir. Père toujours aussi mal. Donnez-moi vite des*
nouvelles de Lucy. Holmwood.

– J'ai l'impression que je suis arrivé au bon moment. Vous savez que vous n'avez qu'à me dire ce que je dois faire.

Van Helsing s'approcha de lui, lui prit la main et le regarda
2345 droit dans les yeux en déclarant :

– Le sang d'un brave est la meilleure chose sur terre quand une femme est en danger.

Une fois de plus, nous accomplîmes la pénible opération. Lucy avait subi un choc terrible car, malgré l'important apport
2350 de sang qui passa dans ses veines, son corps ne répondait pas à la transfusion comme auparavant. Van Helsing lui fit toutefois une piqûre de morphine[1], quand il constata que l'état du cœur et des poumons s'améliorait, et bientôt, elle sombra dans un profond sommeil. J'accompagnai Quincey dans le salon et le

---

1. **Morphine** : substance soporifique permettant
   de lutter contre la douleur.

2355 laissai devant un verre de vin pendant que je demandais à la cuisinière de lui préparer un petit déjeuner copieux. Une pensée me traversa alors l'esprit et je retournai dans la chambre de Lucy. Le professeur s'y trouvait, deux ou trois feuilles de papier à la main. Il me les tendit en disant simplement :

2360 — Elles sont tombées du corsage de Lucy quand nous l'avons portée pour lui donner un bain.

Une fois que je les ai lues, je demandai au professeur :

— Que signifie donc tout ceci ? Quel est ce terrible danger ?

— Ne vous en préoccupez pas pour l'instant. Vous comprendrez
2365 tout quand le moment sera venu. Dites-moi plutôt pourquoi vous êtes remonté.

— Je voulais vous entretenir du certificat de décès. Si nous n'agissons pas correctement et avec prudence, il risque d'y avoir une enquête. Mme Westenra souffrait du cœur et nous pouvons
2370 attester qu'elle en est morte. Établissons le certificat dans l'immédiat et j'irai le porter au bureau de l'état civil. Je me rendrai ensuite chez l'entrepreneur des pompes funèbres.

— Très bien, mon ami John. Ne perdez pas un instant.

Dans le hall, je croisai Quincey, avec un télégramme pour
2375 Arthur où il lui annonçait le décès de Mme Westenra et lui disait que Lucy avait été malade, mais se portait mieux. Au moment où je m'apprêtais à sortir, il m'appela et dit :

— John, pourrais-je avoir deux mots en privé avec vous à votre retour ?

2380 J'acquiesçai et partis. Je déposai le certificat de décès au bureau de l'état civil, puis m'arrangeai avec l'entrepreneur des pompes funèbres pour qu'il passe dans la soirée prendre les mesures nécessaires pour l'enterrement.

Quincey m'attendait.

2385 — John, je ne veux pas m'immiscer dans des affaires qui ne me regardent pas, mais le cas n'est pas ordinaire. De quoi souffre Lucy exactement ? Tout à l'heure, le Hollandais a dit qu'il lui fallait une autre transfusion et que vous étiez tous les deux trop faibles. J'en conclus que vous avez déjà accompli ce que j'ai
2390 accompli aujourd'hui. Est-ce que je me trompe ?

— Non.

— Et je suppose qu'Arthur aussi a fait de même. Lorsque je l'ai vu il y a quatre jours, il semblait très fatigué. John, dites-moi. Arthur était le premier, n'est-ce pas ?

2395 Le pauvre garçon paraissait terriblement inquiet. Je marquai une pause avant de lui répondre, car je ne voulais pas lui révéler ce que le professeur souhaitait garder secret. Mais Quincey en savait déjà beaucoup, aussi hochai-je la tête.

— Et depuis combien de temps cela dure-t-il ?

2400 — Dix jours environ.

— Dix jours ! répéta-t-il. Cette pauvre petite créature que nous adorons tous a donc dans les veines le sang de quatre hommes forts. Mais qu'est-ce qui le fait ressortir ?

— C'est là le nœud du problème. Van Helsing en devient fou
2405 et moi, je ne sais plus quoi faire ni penser. Il y a eu toute une série de petits événements qui nous ont empêchés de veiller Lucy correctement. Mais cela ne se reproduira plus, car nous demeurerons ici jusqu'à ce qu'elle soit tout à fait remise... ou pas.

Quincey me tendit la main.

2410 — Vous savez que vous pouvez compter sur moi.

Quand Lucy ouvrit les yeux, en fin d'après-midi, son premier geste fut de porter sa main à sa poitrine. À ma grande surprise, elle sortit de sous sa chemise les feuilles que Van Helsing m'avait fait lire. Il les avait donc replacées là d'où elles étaient tombées,

2415 de peur sans doute d'alarmer la jeune fille à son réveil. Elle posa le regard sur le professeur, puis sur moi, et parut rassurée. Mais quand elle comprit où elle était, elle frémit, poussa un cri et enfouit son visage dans ses mains décharnées : elle venait de se rappeler que sa mère était morte. Nous fîmes notre possible pour

2420 la consoler et lui dîmes que nous resterions auprès d'elle, ce qui parut la rassurer. À la tombée de la nuit, elle s'assoupit. Une chose curieuse se produisit, alors. Tout en dormant, elle prit les feuilles de papier et les déchira●. Van Helsing se précipita aussitôt pour les ramasser, sans pour autant faire le moindre commentaire.

2425   19 septembre.

Lucy a passé la nuit à se tourner et se retourner dans son lit. Nous l'avons veillée à tour de rôle, le professeur et moi, pendant que Quincey montait la garde autour de la maison. Lorsque le jour se leva, nous pûmes constater à quel point ses forces étaient

2430 affaiblies. C'est à peine si elle pouvait bouger la tête, et le peu de nourriture qu'elle prit ne lui fit, apparemment, aucun bien. Parfois, quand elle se rendormait, Van Helsing et moi étions frappés par la différence qui s'opérait en elle. Endormie, elle semblait plus forte, quoique plus hagarde. Sa bouche ouverte lais-

2435 sait voir ses gencives pâles, rétractées, qui faisaient paraître ses dents plus longues et plus pointues que d'habitude. Quand elle se réveillait, elle retrouvait la douceur que nous lui connaissions et redevenait elle-même, bien que mourante. Dans l'après-midi, elle réclama Arthur. Nous lui envoyâmes aussitôt un télégramme et

2440 Quincey alla le chercher à la gare. Il arriva juste avant 18 heures. Le soleil était encore chaud, et sa lumière rouge, qui filtrait à

● Lucy est donc sous l'influence de Dracula.
: Sa transformation en vampire a commencé.

113

travers la fenêtre, donnait un peu de couleur aux joues blafardes de la jeune fille. Quand il la vit, l'émotion étouffa tout simplement Arthur. Sa présence cependant stimula Lucy ; elle reprit des forces et bavarda avec lui avec animation.

M. Hawkins meurt et fait d'Arthur et Mina leurs légataires universels. Ainsi ils deviennent propriétaires de son étude.

Journal du Dr Seward
20 septembre.

Seules la volonté et l'habitude me font tenir mon journal ce soir. Je suis démoralisé, abattu et ne crois plus en rien. D'abord la mère de Lucy, puis le père d'Arthur, et maintenant... Mais reprenons depuis le début.

Je relayai comme prévu Van Helsing et Arthur auprès de Lucy. Le professeur avait déposé de l'ail le long de la fenêtre, comme dans l'ancienne chambre de Lucy, et en avait mis aussi sur le mouchoir de soie qu'il lui avait noué autour du cou. Lucy avait une respiration stertoreuse[1]. Jamais elle n'avait eu une mine aussi effroyable avec sa bouche ouverte qui laissait voir ses gencives exsangues[2] et ses dents qui paraissaient encore plus longues et tranchantes que dans la matinée. Les canines, en particulier. Je m'installai à son chevet. Elle s'agita dans son sommeil. Au même moment, quelque chose vint battre contre le carreau. Je me levai et allai sans bruit jusqu'à la fenêtre pour regarder dehors par un coin du store. La lune brillait et je distinguai une chauve-souris qui tournoyait devant la maison, sans doute attirée par la lumière,

---

1. **Stertoreuse** : respiration bruyante accompagnée de puissants ronflements.
2. **Exsangues** : très pâles, qui ne sont plus irriguées par le sang.

bien que faible. Régulièrement, elle heurtait la vitre de ses ailes. Lorsque je retournai m'asseoir auprès de Lucy, je vis qu'elle avait arraché les fleurs d'ail de sa gorge. Je les replaçai et repris ma garde. Au bout d'un moment, Lucy se réveilla et je lui donnai à manger ce que le professeur lui avait prescrit et qu'elle accepta de mauvais gré. J'observai, étonné, que dès qu'elle revenait à elle, elle pressait les fleurs d'ail contre sa poitrine, mais les repoussait, à peine tombait-elle de nouveau en léthargie.

À 6 heures, Van Helsing vint me remplacer. En voyant le visage de Lucy, il me dit tout bas :

– Relevez le store ! J'ai besoin de lumière.

Puis il se pencha sur la jeune fille, retira les fleurs et le mouchoir de soie.

– *Mein Gott !* s'exclama-t-il●.

Je m'approchai et regardai à mon tour : les deux petites blessures, à la gorge, avaient disparu.

– Elle se meurt, déclara sombrement Van Helsing. Ce n'est plus l'affaire que de quelques instants. Mais écoutez-moi bien, qu'elle meure en état de veille ou dans son sommeil, voilà qui sera tout à fait différent. Allez réveiller ce pauvre Arthur, il s'est endormi dans le salon, et dites-lui de venir lui faire ses adieux.

Après avoir annoncé le plus délicatement possible à Arthur que la fin était proche, je l'accompagnai dans la chambre. Lucy ouvrit les yeux et, voyant son fiancé, murmura doucement :

● « Mon Dieu ! » Il est curieux que cette exclamation soit en allemand et non en néerlandais, langue du pays de Van Helsing. Sans doute s'agit-il là encore d'établir des analogies entre les protagonistes et Dracula car, comme on le voit dans le chapitre 1, l'allemand est parlé en Transylvanie.

– Arthur ! Mon amour, je suis heureuse que vous soyez venu.

Alors qu'il se penchait pour l'embrasser, Van Helsing le retint.

– Non, souffla-t-il. Pas encore. Prenez-lui la main, cela la réconfortera davantage.

2495 Arthur s'agenouilla auprès de Lucy et tint sa main dans la sienne. La jeune fille parut mieux, en effet, et la douceur de ses traits n'eut d'égal que la beauté angélique de ses yeux. Puis, elle sombra doucement dans le sommeil. Alors se produisit l'étrange changement que j'avais observé pendant la nuit. Sa respiration

2500 se fit de nouveau stertoreuse, ses lèvres s'écartèrent, ses dents apparurent. Dans une sorte de demi-sommeil, elle ouvrit les yeux qui maintenant étaient durs et tristes à la fois, et répéta d'une voix voluptueuse que je ne lui avais jamais entendue :

– Arthur, mon amour, je suis si heureuse de vous voir.
2505 Embrassez-moi.

Arthur se pencha mais Van Helsing, surpris comme moi par cette voix, le tira aussitôt en arrière avec violence.

– N'en faites rien ! Surtout pas ! Pour le salut de votre âme et de la sienne⬤ !

2510 Et il se tint entre eux comme un lion aux abois. Arthur fut si décontenancé que l'espace d'un moment, il ne sut que dire ni que faire. Van Helsing et moi-même n'avions pas quitté Lucy du regard. Nous vîmes alors un spasme de rage assombrir ses traits. Ses dents claquèrent, puis elle ferma les yeux et se mit à respirer

2515 difficilement. Bientôt, elle rouvrait les yeux. Ils avaient retrouvé toute leur douceur. Sa main chercha celle du professeur, et quand elle l'eut trouvée, elle l'attira à elle et l'embrassa.

⬤ Le baiser transformerait Arthur
⋮ en vampire.

– Mon ami, murmura-t-elle avec une émotion presque insoutenable. Mon véritable ami, veillez sur lui et apportez-moi la paix.

– Je vous le jure, répondit solennellement Van Helsing en s'agenouillant à son chevet.

Puis, se tournant vers Arthur, il ajouta :

– Approchez, mon enfant. Prenez sa main et déposez un baiser sur son front, mais un seul.

Leurs regards se rencontrèrent et non leurs lèvres, et c'est ainsi qu'ils se firent leurs adieux. Puis Lucy ferma les yeux. Sa respiration redevint bruyante et s'arrêta brusquement.

– C'est fini, murmura Van Helsing. Elle est morte.

Je pris Arthur par le bras et le conduisis dans le salon où il s'assit et, se couvrant le visage de ses mains, éclata en sanglots. Je retournai dans la chambre. Le professeur regardait Lucy, l'air plus sombre que jamais.

– Pauvre enfant, dis-je. Mais elle repose en paix à présent. C'est fini.

– Hélas, non, répliqua le professeur. Cela ne fait que commencer●.

Quand je lui demandai de s'expliquer, il se contenta de secouer la tête et dit :

– Nous ne pouvons rien faire pour l'instant qu'attendre.

● Sous-entendu : le calvaire ne fait que commencer ! Lucy est condamnée à errer en tant que « non-morte » et à transmettre son mal.

13

2540 Journal du Dr Seward (suite)

Il fut décidé que les funérailles de Lucy et de sa mère auraient lieu le surlendemain afin qu'elles soient enterrées ensemble. Comme aucun membre de leur famille n'habitait à proximité, et que Arthur devait s'absenter pour assister à l'enterrement de son
2545 père, je m'occupai de toutes les formalités nécessaires pendant que Van Helsing, qui avait insisté sur ce point, examinait personnellement les affaires de Lucy. Je venais à peine de sceller ma lettre au notaire de Mme Westenra que Van Helsing me rejoignit et dit :

– Puis-je vous aider, ami John ? Je suis libre, à présent.

2550 – Avez-vous trouvé ce que vous cherchiez ?

– Je ne cherchais rien de spécifique, mais j'ai découvert quelques lettres et un journal à peine commencé. Dès le retour du pauvre fiancé, je lui demanderai l'autorisation de les lire. Mais pour l'instant, allons dormir. Cela nous fera le plus grand bien à
2555 tous deux. Nous aurons fort à faire demain.

Avant de partir, nous retournâmes voir Lucy. La chambre où elle reposait avait été transformée en chapelle ardente[1]. Un

---

1. **Chapelle ardente** : lieu aménagé pour accueillir le corps d'un défunt en attendant l'enterrement.

linceul recouvrait le visage de la défunte. Van Helsing le souleva
et nous sursautâmes devant la beauté qui s'offrit à notre regard.
560 Lucy avait retrouvé, avec la mort, tout son charme, et les dernières
heures qui s'étaient écoulées, au lieu de laisser sur son visage les
traces du trépas, lui avaient rendu l'éclat de la vie, à tel point que
je ne pouvais croire être en présence d'un cadavre.

Le professeur semblait grave.

565 — Ne bougez pas, dit-il en sortant brusquement de la chambre.

Il revint avec une poignée d'ail sauvage qu'il disposa au milieu
des fleurs qui se trouvaient autour et sur le lit. Puis il détacha le
petit crucifix qu'il portait autour du cou et le plaça sur la bouche
de Lucy. Après quoi, il remit le suaire en place et nous partîmes.

570 Je me préparais à me coucher quand on frappa à la porte de
ma chambre. C'était le professeur.

— J'aurais besoin que vous m'apportiez demain, avant la tombée
de la nuit, des instruments d'autopsie, dit-il en entrant.

— Devons-nous en pratiquer une ?

575 — Oui et non. Que cela reste secret, mais je veux lui couper la
tête et lui retirer le cœur●. Comment, vous, un chirurgien, cela
vous choque ! Bien sûr, j'oublie que vous étiez amoureux d'elle.
Aussi n'ayez crainte, c'est moi qui opérerai. Vous m'assisterez.

— Mais pourquoi ?

580 — Mon ami John, si je le pouvais, je prendrais sur moi le fardeau
qui vous pèse. Mais il est des choses que vous ne savez pas, et
que je vous révélerai bientôt. Vous m'en remercierez alors, même
s'il s'agit de choses déplaisantes. John, mon enfant, vous me
connaissez depuis des années. M'avez-vous déjà vu faire quoi que
585 ce soit sans raison ? Je puis me tromper, je suis un homme après

● Seule manière de tuer définitivement le vampire et,
⋮ ainsi, de sauver l'âme de Lucy.

tout, mais je crois en tout ce que je fais. N'est-ce pas pour cela que vous m'avez appelé ? N'avez-vous pas été surpris, voire scandalisé, que j'interdise à Arthur d'embrasser sa fiancée, alors qu'elle se mourait ? Et pourtant, vous avez entendu Lucy me remercier

2590 et, de ses yeux qui s'éteignaient, de sa voix qui s'affaiblissait, me bénir ? Ne m'avez-vous pas ensuite entendu lui jurer de tenir ma promesse ? Eh bien, j'ai de bonnes raisons d'accomplir ce que je veux accomplir à présent. Faites-moi confiance, mon ami John. Il est encore trop tôt pour que je vous dise le fond de ma pensée,

2595 mais sachez que des jours étranges et terribles nous guettent. Soyons unis pour les affronter et en venir à bout. M'accorderez-vous votre confiance ? insista-t-il.

Je lui pris la main et hochai la tête. Il se retira et, tandis que je le regardais regagner sa chambre et fermer sa porte, je vis l'une

2600 des servantes passer discrètement dans le couloir et se diriger vers la pièce où reposait Lucy. J'en fus touché. La pauvre fille, mettant de côté la peur qu'elle devait tout naturellement avoir de la mort, allait se recueillir seule auprès de la maîtresse qu'elle avait aimée.

Je dus dormir d'un sommeil profond car le soleil entrait à flots

2605 quand Van Helsing me réveilla.

– Inutile de vous déranger pour les instruments. Nous n'en aurons pas besoin.

– Pourquoi ?

– Car il est trop tard... ou trop tôt[●]. Voyez, dit-il en me tendant

2610 le petit crucifix en or. Il a été volé cette nuit.

[●] *Trop tard* car, le crucifix destiné à repousser Dracula ayant été dérobé, Lucy est pratiquement devenue une vampire ; *trop tôt* car, n'étant pas tout à fait vampire, il faut attendre sa transformation complète. L'état actuel de Lucy est donc intermédiaire entre celui d'être humain et celui de vampire. Pour la tuer efficacement, il faut qu'elle soit l'un ou l'autre.

– Comment cela, volé, puisque vous l'avez ?

– Parce que je l'ai repris à la misérable qui l'avait dérobé. Son châtiment viendra plus tard, ce n'est pas à moi de le lui infliger. Elle ne savait pas ce qu'elle faisait. À présent, nous devons attendre.

Sur ces mots, il me laissa seul face à un nouveau mystère, une nouvelle énigme.

La matinée fut des plus lugubres, mais à midi, le notaire se présenta et nous apprit que Mme Westenra, sentant la fin proche, avait réglé toutes ses affaires et légué la totalité de ses biens à Arthur Holmwood, devenu à la mort de son père Lord Godalming.

Arthur arriva à 5 heures. Pauvre garçon ! Il était si désespérément triste et brisé. Je le savais très attaché à son père, et de le perdre, à un moment pareil, devait être un coup encore plus dur pour lui. Je l'accompagnai à la chambre mortuaire et m'apprêtai à le laisser seul, mais il me prit par le bras et dit d'une voix rauque :

– Vous l'aimiez aussi, mon ami. Elle me l'a dit. Je ne sais comment vous remercier de tout ce que vous avez fait pour elle.

Il éclata alors en sanglots et tomba dans mes bras.

– John, oh ! John, que vais-je devenir ? Il me semble avoir tout perdu. Je n'ai plus aucune raison de vivre.

Je le réconfortai du mieux que je pus et, une fois ses larmes séchées, je l'invitai doucement à entrer. Nous nous approchâmes ensemble du lit et je soulevai le linceul. Mon Dieu, comme elle était belle ! On aurait dit que chaque heure passée avait rehaussé sa beauté●. J'en fus surpris et légèrement effrayé. Arthur, lui, se mit à trembler et, comme saisi d'un doute, me demanda :

● Le véritable vampire reprend vigueur et beauté grâce au sang des autres. Ici, on sous-entend que Lucy a absorbé beaucoup de sang.

– John, est-elle vraiment morte ?

Je hochai tristement la tête et lui expliquai qu'il arrivait souvent que les visages des défunts s'adoucissent et retrouvent même, avec la mort, la beauté de leur jeunesse. Après s'être agenouillé un moment près du lit, il prit la main de Lucy dans la sienne et l'embrassa, puis se pencha sur elle et déposa un baiser sur son front. Puis nous sortîmes, mais pas avant qu'il ne lui jetât un dernier regard aimant par-dessus l'épaule.

Je le laissai dans le salon et allai avertir Van Helsing qu'Arthur avait fait ses adieux à sa fiancée. Le professeur prévint l'entrepreneur des pompes funèbres qu'il pouvait fermer le cercueil et nous dînâmes tous ensemble. Van Helsing demeura silencieux pendant tout le repas, mais une fois les cigares allumés, il se tourna vers Arthur et dit :

– Puis-je vous poser une question ?

– Certainement.

– Je voudrais que vous me donniez la permission de lire le courrier de Lucy. Croyez-moi, ce n'est pas par simple curiosité. J'ai mes raisons, des raisons d'ailleurs qu'elle aurait approuvées. Je garderai ces lettres, si vous m'y autorisez, et vous les rendrai quand le moment sera venu. Je sais que ce n'est pas une décision facile à prendre, mais c'est pour le bien de Lucy.

– Professeur Van Helsing, agissez comme bon vous semble. Je sais qu'en disant cela, je ne fais que ce que ma chère Lucy aurait voulu.

– Vous ne pouvez pas imaginer comme vous êtes dans le vrai. Nous aurons tous à endurer bien des souffrances, et vous, plus que nous, mon cher enfant, devrez manifester courage et noblesse d'âme pour accomplir notre devoir. Alors, seulement, tout se terminera bien !

Journal de Mina Harker

22 septembre.

Dans le train pour Exeter. Jonathan dort. L'enterrement de M. Hawkins fut très simple et très émouvant. Nous avons pris un bus pour rentrer et sommes descendus à Hyde Park Corner[1]. Alors que nous marchions vers Piccadilly[2], Jonathan me serra tout à coup le bras si fort qu'il me fit mal. Je me tournai aussitôt vers lui et vis qu'il était très pâle ; ses yeux sortaient presque de leurs orbites, de terreur et d'étonnement à la fois. Il regardait un homme grand, mince, avec un nez crochu, une moustache noire et une barbe taillée en pointe. L'homme avait un visage désagréable – dur, cruel et sensuel –, et ses dents, qui paraissaient d'autant plus blanches que ses lèvres étaient écarlates, évoquaient des crocs de bête. Jonathan ne le quittait pas des yeux. Je lui demandai la raison de son trouble.

– J'ai l'impression que c'est le comte, mais en plus jeune, répondit-il comme s'il se parlait à lui-même. Mon Dieu, mon Dieu ! Si seulement je savais...

Il était si profondément bouleversé que je n'osais lui poser d'autres questions et l'attirai doucement vers Green Park où nous nous assîmes sur un banc. Après avoir fixé le vide pendant un moment, Jonathan ferma les yeux et ne tarda pas à s'assoupir. Au bout d'une vingtaine de minutes, il se réveilla et me dit, presque gaiement :

1. **Hyde Park Corner** : grande place de Londres, important carrefour.
2. **Piccadilly** : avenue partant de Hyde Park Corner à Londres. La place de Piccadilly Circus est si importante qu'elle fut longtemps considérée comme le « centre » symbolique de tout l'empire britannique. Dracula y possède une maison, dont la fonction est stratégique.

– Mina, me serais-je endormi ? Pardonne-moi. Viens, allons prendre une tasse de thé.

2695 Il avait visiblement tout oublié de ce sombre étranger. Je n'aime pas ces pertes de mémoire car j'ai peur qu'elles n'endommagent son cerveau. Je ne dois pas cependant lui en parler, mais savoir ce qui s'est passé durant son voyage à l'étranger. Le temps est venu, je le crains, d'ouvrir le journal de mon mari.

Plus tard.

2700 Triste retour sous tous les points de vue : la maison paraissait bien vide sans ce cher M. Hawkins, et un télégramme d'un certain Van Helsing nous annonçait la mort de Mme Westenra et de Lucy. Oh ! que Dieu nous aide à supporter nos malheurs.

Journal du Dr Seward

2705 22 septembre.

Tout est fini. Arthur est reparti. Il a emmené Quincey avec lui. Quant à Van Helsing, il se repose avant de retourner à Amsterdam cette nuit, où il veut s'occuper personnellement de certaines affaires. Il m'a dit qu'il reviendrait toutefois dès demain soir. Pauvre 2710 professeur. La tension de cette dernière semaine semble avoir épuisé même sa santé de fer. Pendant les funérailles, j'ai remarqué à quel point il se contenait, et après la cérémonie, quand Arthur évoqua la transfusion et nous confia qu'il avait véritablement eu l'impression que ce geste les unissait l'un et l'autre comme les 2715 liens du mariage, je le vis pâlir et rougir tour à tour. Dès que nous fûmes seuls – Arthur et Quincey étaient allés à la gare –, une terrible crise de nerfs s'empara de lui. Il commença par rire puis se mit à pleurer, et à rire encore. Quand son visage prit enfin une expression grave, je l'interrogeai sur la raison de cet éclat.

2720   — Mon ami John, je ne montre jamais mes sentiments aux autres quand je sais qu'ils peuvent les blesser, mais je me suis laissé aller en votre présence parce que j'ai confiance en vous. Si vous aviez pu lire dans mon cœur lorsque je riais, vous auriez peut-être eu plus pitié de moi que d'Arthur.

2725   Touché par la douceur de son ton, je lui demandai pourquoi.

  — Parce que je sais ! dit-il seulement.

Nous voilà maintenant tous séparés. Je peux clore ce journal. Si jamais un jour, j'en entreprenais un autre ou ouvrais de nouveau celui-ci, ce serait pour évoquer d'autres personnes ou d'autres

2730 sujets. À présent qu'il ne me reste plus qu'à reprendre le cours normal de ma vie, il n'est qu'un mot que je puis dire tristement et sans espoir : FIN.

La *Westminster Gazette*, 25 septembre.

Mystère à Hampstead

2735   Les environs de Hampstead[1] connaissent une série d'événements qui ne sont pas sans rappeler ce que l'on surnomma à l'époque « L'Horreur de Kensington » ou « La Femme au poignard » ou « La Dame en noir ». Depuis deux ou trois jours, a été signalé le cas de jeunes enfants qui ont fugué ou ont tardé

2740 à rentrer après être allés jouer sur la lande. Chaque fois, ils donnaient la même excuse : ils étaient avec « la belle dame »●, et par deux fois, on ne les a retrouvés que le lendemain matin. L'affaire pose un sérieux problème car certains de ces enfants — ceux qui ne sont pas rentrés de la nuit — ont été légèrement

2745 blessés à la gorge. Il semble qu'il s'agisse de morsures de rat ou

---

1. **Hampstead** : quartier chic de Londres.

● L'étonnante beauté de Lucy,
  précédemment évoquée, trouve ici une
  partie de sa justification.

de chien, et bien que celles-ci ne présentent aucune gravité, tout laisse à penser que l'animal procède selon une méthode qui lui est propre. La police a reçu l'ordre de surveiller les enfants qui s'aventureraient sur la lande de Hampstead, ainsi que tout chien errant qui viendrait s'y promener.

La *Westminster Gazette*, 25 septembre
Édition spéciale

Nous venons d'apprendre qu'un autre enfant, qui n'était pas rentré chez lui de la nuit, a été découvert tard ce matin sous un buisson d'ajoncs, à un endroit de la lande peu fréquenté. Comme dans les autres cas, il avait à la gorge deux petites morsures. Terriblement affaibli et émacié, il raconta, une fois partiellement rétabli, avoir suivi lui aussi « la belle dame ».

14

Journal de Mina Harker

23 septembre.

Après une nuit agitée, Jonathan va mieux. Il est parti ce matin et ne rentrera que tard ce soir. Je vais profiter de son absence pour lire son journal de voyage...

24 septembre.

Je n'ai pas eu le courage d'écrire hier soir tant le récit de Jonathan m'a bouleversée. Je ne sais si ce qu'il raconte est vrai ou pas, mais il est certain qu'il a énormément souffert. A-t-il été victime de sa fièvre cérébrale avant de décrire ces horreurs ou bien celles-ci en sont-elle la cause ? Pourtant, cet homme que nous avons vu hier... Jonathan semblait sûr de lui... Si ce terrible comte se trouvait à Londres, nous ne pouvons rester les bras ballants. Je vais d'ores et déjà sortir ma machine à écrire et transcrire les notes de Jonathan. Ainsi, nous pourrons les montrer à d'autres personnes si cela s'avérait nécessaire.

2775 Lettre de Van Helsing à Mme Harker (confidentiel)

Le 24 septembre.

Chère Madame,

Je vous prie de m'excuser de vous importuner à nouveau, mais avec l'aimable permission de Lord Godalming, et parce 2780 que je m'intéresse à des affaires d'une importance vitale, j'ai eu accès au courrier de Miss Lucy et j'ai ainsi découvert que vous étiez très proches. Au nom de l'amitié qui vous liait, Madame Mina, je vous implore de m'aider. Sachez que j'agis pour le salut de tous et pour combattre un mal qui pourrait se 2785 révéler pire que ce que vous pouvez imaginer. Me permettez-vous de vous rencontrer ? Je suis un ami du Dr Seward et de Lord Godalming (le Arthur de Miss Lucy), mais souhaite garder ma démarche secrète pour l'instant. Je sais également que votre mari a beaucoup souffert. Aussi, pour ne pas nuire 2790 à sa santé, je préférerais que vous ne le teniez pas au courant de ma lettre.

Van Helsing.

Télégramme de Mme Harker à Van Helsing

25 septembre.

2795 *Venez aujourd'hui par le train de 10h15 si cela vous est possible. Je vous attends. Wilhelmina Harker.*

Journal de Mina Harker

25 septembre.

Il était 14 heures quand on frappa à la porte. Mary alla ouvrir 2800 et annonça le Pr Van Helsing.

– Madame Harker ? dit-il en s'avançant vers moi.

Je répondis d'un hochement de tête.

– Comme je vous le disais dans ma lettre, j'ai lu votre correspondance avec Miss Lucy. Pardonnez-moi, mais il fallait bien commencer mes recherches quelque part. Je sais donc que vous vous trouviez avec elle à Whitby. Elle tenait un journal, malheureusement de façon irrégulière, dans lequel elle y mentionne une crise de somnambulisme dont vous l'auriez sauvée. Auriez-vous l'obligeance de me raconter ce que vous vous rappelez de cet épisode ?

– Certainement.

Je pris l'exemplaire dactylographié et le lui tendis.

– Pour ne pas vous faire attendre, car j'imagine que votre temps est précieux, j'ai tout retranscrit à la machine.

Ses yeux brillèrent.

– Puis-je le lire dès à présent ? J'aurais peut-être des questions à vous poser ensuite.

– Bien entendu. Lisez à votre aise. Je vais m'occuper du déjeuner. Vous pourrez m'interroger pendant que nous mangerons.

Il s'inclina et s'installa sans plus tarder dans un fauteuil. Lorsque je vins le chercher, il arpentait le salon, le visage enflammé. Il se précipita aussitôt vers moi.

– Oh ! Madame Mina, comment vous exprimer ma reconnaissance ? Ce journal m'ouvre de nouvelles portes. Si jamais Abraham Van Helsing peut vous rendre service, à vous ou à l'un des vôtres, sachez que vous pouvez compter sur moi. Ce sera un plaisir et un honneur de vous servir comme un ami. Et votre mari ? Se porte-t-il mieux ? Sa fièvre est-elle tombée ?

Je vis là l'occasion de lui parler de Jonathan.

– Il était presque rétabli, commençai-je, mais la mort de M. Hawkins l'a sans doute fortement ébranlé car lorsque nous nous trouvions à Londres, jeudi, il a subi une sorte de choc.

– De choc ? répéta le Pr Van Helsing.

– Il a cru voir quelqu'un qui lui rappelait les événements
2835 terribles qui ont provoqué sa fièvre cérébrale.

À ce moment-là, je sentis que je ne pouvais en supporter davantage. La pitié que m'inspirait Jonathan, l'horreur dont il avait été
témoin et son mystérieux journal, tout s'abattit brusquement
sur moi. Je tombai à genoux et suppliai le professeur de guérir
2840 mon mari. Il me prit par la main, m'aida à me relever, puis me
fit asseoir sur le sofa.

– Je vous promets de faire tout ce qui est en mon pouvoir
pour l'aider. Je resterai à Exeter, cette nuit, car il me faut encore
réfléchir à tout ce que vous m'avez révélé. Pour l'instant, vous
2845 devez manger. Vous êtes épuisée. Vous me parlerez des troubles
de votre mari après.

Une fois le déjeuner terminé, nous retournâmes au salon.

– Bien, dit-il. Je vous écoute.

– Professeur Van Helsing, ce que j'ai à vous dire est si insolite
2850 que, depuis hier, je ne sais plus quoi penser et suis prise d'un
affreux doute. Je vous en prie, ne vous moquez pas de moi si j'ai
cru à des choses bien étranges.

– Ma chère, si seulement vous saviez à quel point la raison
pour laquelle je suis ici aujourd'hui est étrange, c'est vous qui
2855 vous moqueriez de moi.

– Merci. Vous venez de me débarrasser d'un poids énorme. Si
vous me le permettez, j'aimerais vous donner autre chose à lire.
Comme c'est assez long, je l'ai également tapé à la machine.
Cela vous fera comprendre de quels troubles souffre Jonathan.
2860 C'est la copie du journal qu'il a tenu à l'étranger. Lisez-le et
jugez par vous-même. Vous me direz alors ce qu'il faut en
penser.

– Je vous le promets, répondit-il tandis que je lui remettais les feuilles.

– Jonathan sera là à 11h30, demain. Venez déjeuner avec nous.

Journal de Jonathan Harker
26 septembre.

Moi qui pensais ne plus jamais tenir ce journal, me voilà aujourd'hui à l'ouvrir de nouveau. Quand je suis rentré hier soir, Mina m'a parlé de la visite de Van Helsing, à qui elle a remis une copie de nos deux journaux, et m'a confié à quel point elle s'était fait du souci pour moi. Elle m'a montré ensuite la lettre du professeur. Il semble donc que tout ce que j'ai écrit soit vrai. J'ai l'impression de renaître. C'était le doute qui me terrassait. Mais maintenant, *je sais*, et je n'ai plus peur, même du comte. C'est bien lui que j'ai vu à Londres. D'après Mina, Van Helsing est l'homme qui peut le démasquer et le traquer.

Quand je suis allé chercher le professeur à son hôtel, il m'expliqua qu'il avait une grande tâche à accomplir mais qu'il devait pour cela connaître tout de l'affaire depuis le début.

– Pouvez-vous me raconter ce qui s'est passé avant votre départ pour la Transylvanie ?

– Cela a-t-il un rapport avec le comte ?

– Tout à fait.

– Dans ce cas, vous pouvez compter sur moi. Je vous donnerai tous les documents concernant mon voyage. Vous pourrez les lire dans le train.

Après le petit déjeuner, je l'accompagnai à la gare. Je lui avais acheté les journaux du matin et, tandis que nous bavardions à la fenêtre de son compartiment, je vis son regard se poser sur le titre d'un des articles de la *Westminster Gazette*. Il pâlit et murmura :

– *Mein Gott !* Déjà ?

Au même moment, le sifflet du chef de gare retentit, le train s'ébranla et Van Helsing agita la main en criant :

2895 – Mes amitiés à Madame Mina. Je vous écrirai dès que possible.

Dracula et Lucy Westenra, illustration de Wilfred Sätty tirée de *The Annotated Dracula*, édition commentée par Leonard Wolf, Crown Publishing, 1975.

$\maltese$

15

Journal du Dr Seward

26 septembre.

Pas même une semaine ne s'est écoulée depuis que je pensais en avoir fini avec mon journal, et voilà que je le reprends, ou plutôt que je l'enregistre sur mon phonographe. Je commençais à me dire que la douleur laissée par la mort de Lucy commençait à cicatriser, mais hélas, elle vient de se rouvrir. Comment toute cette histoire se terminera, Dieu seul le sait. Et peut-être Van Helsing aussi, bien qu'il ne veuille rien révéler pour l'instant, ou que des bribes, bref de quoi exciter ma curiosité. Il est allé à Exeter hier et y a passé la nuit. Il est entré aujourd'hui en trombe dans mon bureau en me tendant l'édition d'hier soir de la *Westminster Gazette*.

– Que pensez-vous de ceci ? dit-il en me montrant un article sur des enfants retrouvés à Hampstead après avoir disparu toute une nuit.

Je ne savais que répondre jusqu'à ce que je lise un passage décrivant les petites morsures qu'ils présentaient à la gorge.

– C'est comme cette pauvre Lucy. Il doit y avoir une cause commune. Ce qui l'a blessée les a blessés aussi.

– Oui et non, répondit Van Helsing.

– Je ne comprends pas et je ne puis émettre aucune supposition puisque je n'ai pas de données sur lesquelles les fonder.

– C'est Mlle Lucy qui les leur a faites.

2920 – Professeur, avez-vous perdu la raison ?

– Si seulement c'était le cas, la folie serait bien plus facile à supporter. Oh ! mon ami, pourquoi, selon vous, ai-je mis autant de temps à vous révéler quelque chose d'aussi simple ? Je voulais tout simplement vous l'annoncer en douceur sachant que vous
2925 aimiez cette adorable jeune fille. Pourtant, je ne m'attends pas encore à ce que vous me croyiez. Mais ce soir, si vous m'accompagnez, je vous le prouverai.

Je frémis. Devant mon hésitation, il ajouta :

– Le raisonnement est simple. Si j'ai tort, notre expédition
2930 nous apportera le soulagement, mais si j'ai raison... Là, il faudra craindre le pire. Voilà ce que je vous propose : nous irons voir cet enfant à l'hôpital et ensuite nous passerons la nuit dans le cimetière où repose Lucy. J'ai la clé du caveau. Le fossoyeur me l'a remise pour que je la donne à Arthur.

2935 Mon cœur se serra car je compris qu'une terrible épreuve nous attendait et que je ne pouvais que m'y soumettre.

Nous trouvâmes l'enfant éveillé. Le médecin retira le pansement autour de son cou et nous montra les deux petites morsures : c'étaient bien les mêmes que celles que nous avions
2940 observées chez Lucy. D'après le médecin, un rat●, peut-être, ou une chauve-souris, si nombreuses dans cette partie-là de Londres, en était la cause.

● Le rat est l'une des formes que Dracula peut revêtir. De fait, cet animal est traditionnellement associé à la sorcellerie. De plus, il vit caché et transmet des maladies, notamment la peste.

— Mais généralement, elles sont inoffensives, dit-il. Il se peut aussi que l'enfant ait été mordu par un spécimen échappé du ²⁹⁴⁵ Jardin zoologique. Dans ce cas, il s'agirait d'une chauve-souris vampire. Ce sont des choses qui arrivent. Il y a une dizaine de jours, un loup s'est sauvé du zoo et a été vu dans les environs de Hampstead. Les jours qui ont suivi, les enfants ont joué au Petit Chaperon Rouge sur la lande, et c'est là qu'ils ont rencontré « la ²⁹⁵⁰ belle dame ». Ils ont dû bien s'amuser avec elle car ce pauvre petit l'a réclamée dès qu'il s'est réveillé.

— J'espère que lorsque vous renverrez l'enfant chez ses parents, vous leur direz de bien le surveiller. Une nouvelle sortie nocturne pourrait lui être fatale.

²⁹⁵⁵ — Ne vous inquiétez pas, répliqua le médecin.

Notre visite à l'hôpital dura plus longtemps que prévu et le soleil était couché quand nous partîmes. Après avoir dîné dans une auberge, nous nous mîmes en route. Il faisait nuit noire, mais le professeur avait manifestement préparé notre itinéraire car il ²⁹⁶⁰ avança sans la moindre hésitation jusqu'au mur du cimetière. Une fois que nous l'eûmes escaladé, nous nous dirigeâmes vers la tombe de Lucy. Là, le professeur ouvrit la porte du caveau et, quand nous fûmes l'un et l'autre entrés, la referma. Il fouilla alors dans son sac et en sortit des allumettes et une bougie qu'il alluma.

²⁹⁶⁵ — Qu'allez-vous faire ? demandai-je.

— Ouvrir le cercueil, répondit-il en saisissant un tournevis.

Et sans plus tarder, il dévissa le couvercle et le souleva. Je crus que j'allais défaillir. Il me semblait que nous infligions à la morte un affront pire que si, de son vivant, nous l'avions désha- ²⁹⁷⁰ billée pendant son sommeil. Van Helsing approcha la bougie et me fit signe. Je m'avançai, regardai : le cercueil était vide. Si la surprise provoqua en moi un choc terrible, le professeur demeura impassible. Il était à présent plus sûr que jamais de la justesse de sa théorie.

2975   – Êtes-vous satisfait, ami John ?

– Je suis satisfait de ne pas voir le corps de Lucy dans ce cercueil, mais cela n'atteste qu'une chose.

– Laquelle ?

– Qu'elle n'est pas dans son cercueil.

2980   – Oh ! merveilleuse logique ! Comment expliquez-vous alors qu'elle n'y soit pas ?

– Un déterreur de cadavre, peut-être. Ou bien l'un des employés des pompes funèbres a volé le corps...

– Très bien, fit Van Helsing. Je vois que vous avez besoin d'une 2985 preuve supplémentaire. Venez avec moi.

Il remit le couvercle en place, rassembla ses affaires et éteignit la bougie. Une fois que nous fûmes tous deux sortis, il referma la porte du caveau et me dit de surveiller un côté du cimetière pendant que lui ferait le guet de l'autre côté. Je venais à peine de 2990 m'installer derrière un if[1] que minuit sonna au loin, puis ce fut 1 heure, puis 2 heures. J'avais froid, j'étais énervé, j'en voulais au professeur de m'avoir entraîné dans cette aventure et je m'en voulais de m'être laissé faire.

Soudain, je crus voir comme une traînée blanche entre deux 2995 ifs, du côté du cimetière le plus éloigné du caveau. Au même moment, une masse sombre bougea, là où le professeur se tenait tapi, et se précipita vers la traînée blanche. Je pris le parti de la suivre, mais pour cela, il me fallut contourner les tombes. Le ciel était couvert ; un coq chanta●. À quelques mètres à peine, au-delà

---

1. If : genre de conifère que l'on trouve couramment dans les cimetières.

● Cela signifie que le jour se lève et que la vampire, qui craint la lumière du soleil, doit regagner son caveau.

3000 d'une rangée de genévriers qui bordaient le sentier menant à l'église, une silhouette blanche se dirigeait avec légèreté vers le caveau. Comme celui-ci était caché par les arbres, je ne pus voir où la silhouette disparut. Mais j'entendis un bruissement où je l'avais aperçue et quand j'arrivai, je trouvai le professeur, un

3005 enfant dans les bras. Il me le montra en disant :

– Et maintenant, êtes-vous satisfait ?

– Non, répondis-je d'une voix que je sentis agressive.

– Même en voyant cet enfant ?

– Qui l'a amené ici ? Et est-il blessé, d'abord ?

3010 – C'est ce que nous allons vérifier.

Nous sortîmes du cimetière et, à l'abri d'un bosquet, craquâmes une allumette avant de nous pencher sur la gorge de l'enfant. Elle ne portait pas la moindre trace de blessure.

– N'avais-je pas raison ! m'écriai-je triomphalement.

3015 – C'est parce que nous sommes arrivés à temps, déclara le professeur.

Il nous fallait à présent décider quoi faire de l'enfant. Après nous être consultés, nous nous résolûmes à le porter sur la lande et, dès que nous entendrions un policier passer, à le laisser bien

3020 en vue sur le chemin de sorte que celui-ci ne manque pas de le découvrir ; ensuite, nous n'aurions plus qu'à rentrer. Tout se passa exactement comme nous l'avions espéré.

Je n'arrive pas à dormir. Il faut pourtant que je me force à prendre quelques heures de repos car demain Van Helsing veut

3025 que je l'accompagne de nouveau au cimetière.

27 septembre.

Il était 14 heures quand nous trouvâmes enfin l'occasion de mettre à exécution ce que nous voulions entreprendre. Un

enterrement avait eu lieu à midi et venait de se terminer. Dès
3030 que nous vîmes le sacristain[1] fermer la grille derrière lui, Van
Helsing ouvrit le caveau et nous entrâmes. L'endroit était moins
lugubre qu'en pleine nuit. Le professeur se dirigea vers le cercueil
de Lucy, força le couvercle. La surprise et la consternation s'abat-
tirent sur moi.

3035 Lucy gisait là, exactement comme nous l'avions vue la veille de
son enterrement. Elle était même peut-être plus belle encore, au
point que j'eus du mal à la croire morte. Ses lèvres étaient rouges,
plus rouges que de son vivant, et ses joues fraîches.

– Êtes-vous convaincu maintenant ? demanda le professeur
3040 tout en écartant les lèvres de Lucy. Regardez ses dents. Elles sont
plus pointues qu'avant, et c'est avec celle-ci et celle-là que les
enfants ont été mordus. N'oubliez pas qu'elle est morte depuis
une semaine. La plupart des gens dans son cas auraient une tout
autre apparence.

3045 À cela, je n'eus pas de réponse. Van Helsing ne parut pas
remarquer mon silence. Il examinait attentivement le visage de
Lucy, soulevait ses paupières, regardait ses yeux et une fois de
plus ses dents. Enfin, il se tourna vers moi et dit :

– Nous sommes en présence d'une dualité de vie hors du
3050 commun. Lucy a été mordue par un vampire alors qu'elle était
en état d'hypnose, en pleine crise de somnambulisme... Oh !
vous sursautez ? Il est vrai que vous l'ignoriez, mais bientôt
vous saurez tout. Elle est morte en transe[2], et en transe elle est
devenue une non-morte. C'est en cela qu'elle diffère des autres.

---

1. **Sacristain** : personne chargée de s'occuper d'une
   église et des objets sacrés qui y sont conservés.
2. **Transe** : sorte d'état second au cours duquel
   l'individu perd plus ou moins conscience
   de ce qui l'entoure.

3055 Normalement, quand le non-mort dort, son visage reflète ce qu'il est. Avec Lucy, nous n'avons aucune trace du Malin. Quand elle est non-morte, elle retourne au royaume des morts. C'est pourquoi, et c'est une souffrance pour moi, je vais la tuer pendant son sommeil.

3060 Mon sang se figea à mesure que je commençais à accepter la théorie de Van Helsing. Mais si Lucy était vraiment morte, pourquoi cette terreur à l'idée de la tuer ? Le professeur leva les yeux vers moi et, à l'expression de mon visage, comprit qu'il m'avait enfin gagné à sa cause.

3065 — Vous y croyez à présent ?

— Je suis prêt à y croire. Comment allez-vous vous y prendre ?

— Je vais lui couper la tête, remplir sa bouche d'ail et je lui enfoncerai ensuite un pieu dans le corps.

La perspective de mutiler le corps de la femme que j'avais aimée 3070 me fit frémir, mais curieusement, mon émotion était moins forte que je ne l'aurais pensé. En fait, je me rendis compte que ce qui m'inspirait de la répugnance, c'était cet être, cette non-morte, comme l'appelait le professeur. J'attendis en silence que Van Helsing exécute son horrible tâche mais il semblait plongé dans 3075 ses pensées. Finalement, d'un geste sec, il ferma son sac et dit :

— J'ai réfléchi. Il vaut mieux procéder autrement. Si je m'écoutais, j'agirais dès maintenant et sans hésiter. Mais il nous faut tenir compte d'autres facteurs. Arthur, notamment. Comment lui expliquer tout cela ? Si vous-même, qui avez vu les morsures 3080 sur la gorge de Lucy et de cet enfant, à l'hôpital, puis qui avez vu le cercueil vide hier et occupé aujourd'hui par une femme qui n'a pas changé après la mort, si vous-même avez aperçu cette silhouette blanche la nuit dernière conduisant l'enfant dans le cimetière, et avez toujours du mal à me croire, comment puis-je

3085 espérer qu'Arthur, qui n'est au courant de rien, me croie, lui ? Il pensera que nous l'avons tuée. En même temps, il ne serait jamais certain de rien, ce qu'il y a de pire pour un homme. A-t-on enterré vivante sa bien-aimée ou était-elle bel et bien une non-morte ? Bref, ma décision est prise. Rentrez chez vous. Quant

3090 à moi, je passerai la nuit ici, et demain soir, nous reviendrons avec Arthur et ce jeune Américain qui a donné son sang. Nous aurons beaucoup à faire, tous les quatre.

Note laissée par Van Helsing dans sa valise, à son hôtel, pour le Dr Seward (non remise)

3095 Le 27 septembre.

Mon ami John,

Je vous écris au cas où il m'arriverait quoi que soit. Je m'apprête à aller au cimetière. Je vais m'arranger pour que la non-morte, Mlle Lucy, ne sorte pas ce soir afin que la nuit prochaine, elle se

3100 sauve à la première occasion. Pour cela, je vais placer sur la porte du caveau de l'ail et un crucifix, deux choses qu'elle n'aime pas, et je monterai la garde jusqu'au matin. Je n'ai pas peur pour Mlle Lucy ni de Mlle Lucy, mais bien de l'autre, celui qui a fait d'elle une non-morte. Il est rusé, fort et peut en outre convoquer les

3105 loups ou que sais-je encore. Mais s'il venait s'aventurer ici cette nuit, je l'attendrai de pied ferme.

Aussi, adieu,

Van Helsing.

Journal du Dr Seward

3110 28 septembre.

Merveilleux comme une bonne nuit de sommeil peut être bénéfique. Hier, j'étais prêt à adhérer aux monstrueuses idées de

Van Helsing, mais aujourd'hui, elles me paraissent des outrages au bon sens. Je me demande s'il a encore toute sa raison. Il y a sûrement une explication rationnelle[1] à tous ces mystérieux événements. Je répugne à l'écrire, et pourtant ce serait presque aussi incroyable que l'idée qu'il défend, mais je me demande si Van Helsing n'est pas fou. Je vais devoir le surveiller de près.

29 septembre, matin.

La nuit dernière, un peu avant 22 heures, nous nous sommes tous retrouvés, Arthur, Quincey et moi-même, dans la chambre de Van Helsing pour qu'il nous explique ce qu'il comptait faire.

— Je voudrais que vous m'accordiez l'autorisation d'accomplir ce soir ce que je crois être juste, dit-il à Arthur. C'est beaucoup vous demander, je le sais, d'autant plus que je sollicite votre accord sans que vous sachiez de quoi il retourne. Mais j'agis de la sorte pour le cas où, si vous m'en vouliez par la suite, vous n'auriez rien à vous reprocher.

— Voilà qui est parler franchement, intervint Quincey. Je ne vois pas très bien où veut en venir le professeur, mais je le tiens pour un honnête homme.

— Merci, répondit Van Helsing non sans fierté.

Arthur prit alors la parole.

— Si vous m'assurez que vos intentions n'entacheront ni mon honneur ni ma foi de chrétien, je vous donne mon consentement.

— Je comprends vos restrictions, déclara Van Helsing. Aussi, avant de juger mes actes condamnables, je vous demande juste de bien réfléchir.

---

1. **Rationnelle** : fondée sur la raison. Il s'agit ici de la recherche d'une explication scientifique, typique des récits fantastiques.

3140 – C'est entendu. À présent, puis-je savoir ce que vous attendez de nous ?

– Je voudrais que vous m'accompagniez dans le plus grand des secrets au cimetière de Kingstead.

– Là où est enterrée cette pauvre Lucy ? Et une fois là ?

– Nous entrerons dans le caveau.

3145 Arthur se leva.

– Professeur, parlez-vous sérieusement ou s'agit-il d'une plaisanterie macabre ? Pardonnez-moi, je vois que vous êtes sérieux. Et une fois dans le caveau ?

– Nous ouvrirons le cercueil.

3150 – C'en est trop ! s'exclama Arthur. Je veux bien être patient pour ce qui me paraît raisonnable, mais cette... cette profanation de tombeau...

L'indignation l'empêcha de poursuivre. Van Helsing le considéra avec pitié et dit :

3155 – Si je pouvais vous épargner la moindre souffrance, croyez bien que je le ferais. Mais Lucy est morte, n'est-ce pas ? Aucun mal ne peut lui être fait. Mais si elle n'était pas morte...

– Grand Dieu ! s'écria Arthur. Que voulez-vous dire ? A-t-elle été enterrée vivante ?

3160 – Je n'ai pas dit qu'elle était vivante, car je ne le pense pas. Mais je la crois non-morte.

– Non morte ? Pas vivante ? Je n'y comprends rien !

– Il y a des mystères que les hommes ne font qu'entrevoir et qui, avec le temps, se révèlent peu à peu. Nous sommes face à l'un 3165 d'eux. Mais je n'ai pas fini. Puis-je couper la tête de Miss Lucy ?

– Par le ciel et la terre, non ! hurla Arthur. Pour tout l'or du monde, jamais je ne consentirais à ce qu'on mutile son corps ! Êtes-vous devenu fou ou suis-je moi-même fou de vous écouter ?

Vous pouvez renoncer dès à présent à vos projets. J'ai le devoir
de protéger Lucy, et Dieu m'est témoin que je le remplirai.

Le professeur se leva et dit, d'une voix grave et ferme :

– Lord Godalming, moi aussi, j'ai un devoir à accomplir, envers
les autres*, envers vous et envers les morts. Tout ce que je vous
demande, c'est de m'accompagner, de regarder et d'écouter. Et
si, quand je vous adresserai la même requête, vous me la refusez,
sachez que j'accomplirai quand même mon devoir. Je me tiendrai
ensuite à votre disposition...

La voix du professeur se brisa à ce moment-là, et c'est avec un
accent de pitié qu'il reprit :

– Mais je vous en supplie, ne m'en voulez pas. S'il m'est arrivé
dans ma longue vie de devoir effectuer des tâches déplaisantes,
jamais je ne me suis trouvé devant une mission aussi terrible.
Réfléchissez. Pourquoi m'infligerais-je un tel tourment ? Je suis
venu ici sur la demande de mon ami John pour aider une jeune
fille pour qui, moi aussi, je me suis pris d'affection. Pour elle, j'ai
donné ce que vous avez donné : mon sang. Et je lui ai consacré
mes nuits et mes jours, avant et après sa mort.

Profondément touché par ces paroles, Arthur murmura :

– Il m'est difficile de penser à tout cela, et je n'y comprends
rien. Mais je vous accompagnerai au cimetière.

● Le combat de Van Helsing ne se limite
pas au seul cas de Lucy : héros
au sens plein du terme, il se bat pour
la protection de l'humanité entière.

16

Journal du Dr Seward (suite)

Il était minuit moins le quart quand nous franchîmes le mur du cimetière. Arrivé devant le caveau, je jetai un coup d'œil à Arthur : il semblait tenir bon. Le mystère même de ce que nous nous apprêtions à faire agissait sans doute comme un antidote à son chagrin. Le professeur ouvrit la porte et nous entrâmes. Après l'avoir refermée, il alluma une lanterne et indiqua le cercueil. Arthur s'avança d'un pas hésitant.

– Vous étiez là hier, n'est-ce pas ? dit Van Helsing en s'adressant à moi. Le corps de Miss Lucy se trouvait-il dans le cercueil ?

– Oui, répondis-je.

Le professeur se tourna vers Arthur et Quincey.

– Vous avez entendu.

Il sortit alors son tournevis et entreprit de dévisser le couvercle. Arthur suivit l'opération en silence, quoique livide. Une fois le couvercle ôté, il s'avança. Le sang lui afflua au visage puis se retira aussitôt, de sorte que le pauvre garçon demeura d'une pâleur cadavérique.

Le cercueil était vide.

Pendant plusieurs minutes, personne ne dit mot. Puis Quincey brisa le silence.

– Professeur, je vous crois et votre parole me suffit. Mais nous voilà face à une énigme qui dépasse tout entendement. Est-ce vous qui en êtes à l'origine ?

– Par tout ce que j'ai de plus cher au monde, je vous jure que je n'y suis pour rien. Nous sommes venus ici, le Dr Seward et moi-même, il y a deux nuits. J'ai ouvert le cercueil et nous l'avons trouvé, comme ce soir, vide. Nous avons alors monté la garde et aperçu une silhouette blanche entre les arbres. Le lendemain, nous sommes revenus en plein jour et Lucy était là. N'est-ce pas, ami John ?

– Oui.

– Je suis retourné seul au cimetière hier soir, juste avant le coucher du soleil, car c'est à cette heure que les non-morts sortent. J'ai attendu toute la nuit, et je n'ai rien vu. Probablement parce que j'avais disposé autour de la porte de l'ail et d'autres choses encore qui font fuir les non-morts. Mais ce soir, j'ai tout retiré, et c'est pour cela que le cercueil est vide. Je vous demande encore un peu de patience. Jusqu'à présent, tout vous paraît très étrange. Accompagnez-moi dehors et cachons-nous. Alors vous verrez des choses encore plus étranges.

Nous sortîmes tous ensemble et le professeur referma la porte du caveau derrière lui. Puis il prit dans son sac quelque chose qui ressemblait à un biscuit, et qu'il avait soigneusement enveloppé dans un linge blanc, et deux poignées d'une substance blanche, comme de la pâte ou du mastic. Il émietta alors le biscuit et le malaxa entre ses mains avec la pâte. Une fois qu'il eut obtenu une boule, il s'en servit pour boucher toutes les fentes autour de la porte.

– Je scelle le caveau afin que la non-morte ne puisse pas entrer, expliqua-t-il.

– Et qu'est-ce que vous utilisez pour cela ? demanda Arthur.

Van Helsing se découvrit en signe de respect et répondit :

3245 – L'Hostie●. Je l'ai apportée d'Amsterdam.

Chacun de nous sentit alors que, devant un dessein qui l'amenait à avoir recours à la chose la plus sacrée qui soit, plus aucun doute n'était permis. C'est pourquoi, dans un silence tout aussi respectueux, nous prîmes place autour du caveau, à l'abri des regards.

3250 Au bout d'un long moment, le professeur nous indiqua, venant de l'allée des ifs, une silhouette blanche tenant contre elle une forme sombre. Elle s'arrêta un instant, sous un rayon de lune qui perçait les nuages, et nous pûmes distinguer une femme à la chevelure noire, vêtue d'un linceul. Nous ne pouvions pas voir

3255 son visage, car il était penché sur ce qui nous paraissait être un garçonnet aux cheveux blonds. Un petit cri retentit, semblable à ceux que poussent les enfants pendant leur sommeil. Nous allions bondir vers elle quand le professeur nous retint d'un geste de la main. La silhouette repartit et était assez proche à

3260 présent pour que nous discernions ses traits. Mon cœur se glaça aussitôt en même temps que j'entendis Arthur suffoquer : nous venions de reconnaître Lucy Westenra. Mais combien changée ! Sa douceur avait cédé la place à une expression d'extrême cruauté, et la pureté à une impérieuse volupté. Van Helsing

3265 s'avança. Nous le suivîmes et nous nous rangeâmes tous les quatre devant la porte du caveau. Puis le professeur souleva

● Avec la balle bénite et le crucifix, l'hostie est un signe supplémentaire que le combat contre Dracula est sacré et qu'il s'inscrit dans la guerre de Dieu contre Satan.

sa lanterne, éclairant ainsi le visage de Lucy. Ses lèvres étaient écarlates, toutes humides encore de sang frais, dont un filet, lui coulant sur le menton, avait taché son linceul.

3270   Un frisson d'horreur nous parcourut. À la lueur tremblotante de la lanterne, je vis que même Van Helsing, malgré ses nerfs d'acier, se troublait. Arthur se tenait près de moi. Si je ne l'avais retenu par le bras, il se serait très certainement effondré.

    Lorsque Lucy nous vit, elle lâcha un grognement furieux, puis
3275 nous regarda un à un. Ses yeux brillaient d'un éclat terrible tandis que sa bouche se tordait en un sourire voluptueux. D'un geste violent, elle jeta l'enfant à terre et marcha vers Arthur, les bras tendus.

    – Venez à moi, Arthur, dit-elle. Laissez là les autres. Mes bras
3280 ont faim de vous. Venez, que nous reposions ensemble.

    Il y avait quelque chose de diaboliquement doux dans sa voix. Arthur semblait envoûté. Il s'avança vers elle et Lucy s'apprêtait à se blottir contre lui quand Van Helsing s'interposa entre eux, brandissant un petit crucifix doré. Lucy recula aussitôt et, le
3285 visage brusquement déformé par la rage, s'élança entre nous pour rejoindre le caveau.

    Arrivée devant la porte, elle s'arrêta tout à coup, comme paralysée par quelque force invisible. Elle se retourna et, l'espace d'une minute qui parut durer une éternité, elle demeura immo-
3290 bile entre le crucifix et le caveau dont elle ne pouvait franchir l'entrée sanctifiée[1].

    – Répondez-moi, à présent, mon ami, demanda Van Helsing à Arthur. Puis-je poursuivre ce que j'ai entrepris ?

---

1. **Sanctifiée** : la sanctification est un processus
  de purification destiné à sauver l'homme
  du péché.

Arthur se laissa tomber à genoux et répondit :

3295 — Faites comme vous l'entendez. Il ne peut y avoir d'horreur pire que celle-ci.

Van Helsing s'approcha du caveau et commença à retirer la Sainte Hostie. Une fois qu'il eut terminé et qu'il s'écarta, nous vîmes, épouvantés, Lucy passer à travers un interstice trop fin 3300 même pour la lame d'un couteau. Quel soulagement ensuite ce fut pour nous quand le professeur scella à nouveau la porte.

— Venez, dit-il. Nous ne pouvons rien faire jusqu'à demain. Un enterrement est prévu à midi. Nous nous rendrons au cimetière un peu après et attendrons que le sacristain ait refermé la 3305 grille. Quant à ce jeune enfant, il ne craint rien. Nous allons le laisser ici où la police le trouvera et le ramènera chez lui. Arthur, ajouta-il, vous venez de vivre une douloureuse épreuve, mais vous comprendrez bientôt qu'elle était nécessaire.

29 septembre, le soir.

3310 Nous arrivâmes au cimetière à 1h30. Les lieux nous appartenaient. Après nous avoir invités à entrer de nouveau dans le caveau, le professeur sortit la lanterne de son sac ainsi que deux petites bougies qui, une fois allumées, donnaient suffisamment de lumière pour travailler. Quand il souleva une fois de plus le 3315 couvercle du cercueil, nous nous penchâmes et vîmes que le corps de Lucy gisait là, dans toute sa beauté.

— Est-ce vraiment Lucy ou un démon qui a pris sa forme ? demanda Arthur.

— C'est elle et ce n'est pas elle. Mais attendez, et vous la verrez 3320 telle qu'elle était autrefois, et telle qu'elle est encore.

Avec ses habituels gestes méthodiques, Van Helsing retira alors de son sac divers instruments. D'abord, un fer à souder et un peu de soudure, puis une petite lampe à huile, des scalpels de chirurgien, un pieu en bois et un gros marteau. Il porta l'extrémité du pieu à la flamme de la lampe afin de le tailler en une fine pointe.

– Avant de commencer, dit-il, laissez-moi vous expliquer certaines choses. Je tire mes connaissances des anciens et de ceux qui ont étudié les pouvoirs des non-morts. Lorsqu'on devient non-mort, on porte en soi la malédiction de l'immortalité. On ne peut mourir et l'on doit, siècle après siècle, faire de nouvelles victimes et multiplier le mal sur la terre. Car celui qui meurt, victime d'un non-mort, devient non-mort lui-même. Et ainsi, le cercle va en s'agrandissant●. Si vous aviez, Arthur, accepté le baiser de Lucy avant qu'elle ne meure, ou la nuit dernière, quand elle vous a ouvert les bras, vous seriez devenu, au moment de votre mort, un *nosferatu*●, comme on les appelle en Europe orientale, et vous auriez avec le temps accru le nombre des non-morts. Cette malheureuse jeune fille n'est qu'au début de sa carrière. Les enfants dont elle a sucé le sang ne sont pas encore perdus, mais si elle continue de vivre en tant que non-morte, elle leur prendra davantage de sang et ils finiront, à cause de son pouvoir, à aller vers elle. Mais si elle meurt réellement, alors tout cessera. Les petites morsures sur la gorge des enfants disparaîtront, et ils ne se souviendront de rien. Mais surtout, quand cette non-morte

● Le vampire est une sorte d'épidémie, une menace pour l'humanité. Van Helsing et ses compagnons ne se contentent donc pas de combattre une créature maléfique : ils luttent pour la survie de l'espèce humaine.

● Stoker dit que ce nom est tiré du roumain et qu'il signifie « non-mort ». En réalité, il pourrait signifier « innommable » et semble avoir une origine grecque : *nosophoros*, « porteur de maladie », rappelant ainsi que le vampirisme est comme une épidémie mortelle.

3345 ici présente pourra enfin se reposer dans la vraie mort, la Lucy que nous aimions tous verra son âme délivrée et prendra sa place auprès des anges. C'est pourquoi, mon ami, la main qui la libérera sera une main bénie. Je suis prêt à être celui qui la lui tendra. Mais n'y a-t-il pas parmi nous quelqu'un de mieux placé pour
3350 effectuer ce geste ?

Nous regardâmes tous Arthur.

– Dites-moi ce que je dois faire, déclara-t-il.

– Prenez ce pieu dans votre main gauche, la pointe placée sur le cœur, et le marteau dans votre main droite. Puis, quand nous
3355 entonnerons la prière des morts, frappez afin que la mort libère celle que nous aimons et que la non-morte s'éteigne.

Arthur s'empara du pieu et du marteau pendant que Van Helsing ouvrait son missel. Dès qu'il commença à lire, Arthur posa la pointe acérée sur la poitrine et frappa de toutes ses forces.
3360 La Chose dans le cercueil se tordit et un cri atroce, à vous glacer le sang, s'échappa de ses lèvres écarlates. Le corps fut saisi de tremblements, les dents claquèrent et la bouche se couvrit d'une écume rouge. Pas un instant, Arthur ne faillit. Son bras se levait et retombait, enfonçant chaque fois plus profondément le pieu
3365 miséricordieux tandis que le sang jaillissait du cœur transpercé. Son visage exprimait la détermination, le sentiment noble du devoir accompli.

Peu à peu, les contorsions s'atténuèrent, les dents cessèrent de claquer. Le visage ne trembla plus, le corps s'immobilisa. La
3370 terrible tâche était terminée.

Arthur lâcha le marteau. De grosses gouttes de sueur perlaient à son front et sa respiration était haletante. Pendant quelques minutes, nous ne nous préoccupâmes que de lui, mais quand nous nous penchâmes sur le cercueil, un murmure de surprise

375 monta de nous tous. Là, ne gisait plus l'affreuse Chose mais Lucy, comme nous l'avions toujours connue de son vivant, le visage d'une douceur et d'une pureté sans pareilles. Van Helsing posa la main sur l'épaule d'Arthur et dit :

– À présent, mon ami, suis-je pardonné ?

380 – Pardonné ? Que Dieu vous bénisse d'avoir rendu à ma bien-aimée son âme, et de m'avoir permis de retrouver la paix.

– Vous pouvez l'embrasser maintenant. Elle n'appartient plus au monde du diable.

Arthur se pencha et baisa les lèvres de Lucy, puis nous l'en-385 voyâmes dehors avec Quincey. Le professeur et moi entreprîmes alors de scier le haut du pieu pour ne laisser que la pointe dans le corps. Après avoir tranché la tête et rempli la bouche d'ail, nous scellâmes à nouveau le cercueil, rassemblâmes nos affaires et sortîmes à notre tour. Le professeur ferma le caveau et remit la 390 clé à Arthur.

– Nous venons d'accomplir la première étape de notre tâche, déclara-t-il. Il nous reste maintenant à trouver l'auteur de tant de chagrin et à l'éliminer. L'entreprise sera longue et difficile. Êtes-vous prêts à me suivre ?

395 L'un après l'autre nous prêtâmes serment, puis le professeur ajouta :

– D'ici deux jours, vous ferez la connaissance de deux personnes que je tiens à vous présenter. Je vous dévoilerai à ce moment-là mon plan. John, accompagnez-moi à l'hôtel, j'ai à vous parler. 400 Je rentre à Amsterdam ce soir, mais serai de retour demain soir. Notre grande quête pourra alors commencer.

17

Journal du Dr Seward (suite)

Un télégramme attendait le professeur à son hôtel.

Arrive par le train. Jonathan à Whitby. Importantes nouvelles.
3405 *Mina Harker.*

– Ah, merveilleuse Madame Mina ! s'exclama-t-il. Il vous faudra aller la chercher à la gare, ami John, et la recevoir chez vous.

Il me parla alors du journal que Jonathan Harker tint à l'étranger et de celui que Mme Harker écrivit à Whitby, puis il
3410 me donna une copie dactylographiée de chacun d'eux.

– Lisez-les et, si vous pouvez compléter d'une façon ou d'une autre l'histoire qui est ici narrée, faites-le. Je crois que vous teniez vous-même votre journal pendant ces étranges événements, n'est-ce pas ? Nous examinerons tout cela ensemble à mon retour.

3415 Dès le départ du professeur, je me rendis à la gare de Paddington pour y accueillir Mme Harker. La foule commençait à se disperser quand une jeune femme s'approcha de moi et, après un rapide coup d'œil, me dit :

– Docteur Seward ?
3420 – Madame Harker.

CHAPITRE 17

Journal du Dr Seward

30 septembre.

M. Harker● est arrivé à 9 heures. Il semble, à en juger d'après son visage, d'une intelligence hors du commun, et si l'on en croit son journal, d'un courage exceptionnel.

Plus tard.

Après déjeuner, Harker et sa femme sont montés dans leur chambre. En passant devant leur porte, j'ai entendu crépiter la machine à écrire. Ils sont vraiment très assidus. Harker a obtenu les lettres entre le consignataire à Whitby, qui a reçu les caisses, et le transporteur de Londres qui est venu les chercher. Mais le voici...

Incroyable ! Il ne m'était jamais venu à l'esprit que la demeure qui jouxte l'asile fût le repaire du comte. Dieu sait pourtant que la conduite de Renfield aurait dû nous mettre sur la piste. Les documents relatifs à l'achat de la maison se trouvaient avec les lettres de la compagnie de transport. Avant de retourner à ses travaux de classement, Harker m'a suggéré de rendre visite à Renfield. D'après lui, il a été jusqu'ici une sorte d'indication des allées et venues du comte.

J'ai trouvé Renfield tranquillement assis dans sa chambre. Il m'a annoncé qu'il souhaitait rentrer chez lui, et semblait même persuadé que je lui signerais sa décharge dans l'instant. Si je n'avais pas discuté avec Harker, je crois que j'aurais répondu favorablement à sa demande. Les choses étant ce qu'elles sont, j'ai des doutes. Toutes ses crises paraissent effectivement avoir un lien avec la présence du comte à Carfax. Mais comment expliquer

● Dans un extrait de son journal (supprimé de cette
édition), Mina évoque l'envoi d'un télégramme
à Jonathan pour lui dire de la rejoindre.

l'expression de contentement que manifeste Renfield ? Son intuition l'aurait-elle averti de l'ultime triomphe du vampire ?

Journal de Jonathan Harker

3450 29 septembre, dans le train pour Londres.

Quand M. Billington me fit savoir qu'il acceptait de me transmettre les informations en sa possession, je jugeai préférable d'aller à Whitby et de mener sur place mon enquête. Je voulais découvrir où, à Londres, le comte avait fait envoyer son horrible 3455 cargaison. M. Billington avait préparé tous les documents concernant l'expédition des caisses. Je frémis en reconnaissant, sur son bureau, l'une des lettres que j'avais vue chez le comte, à l'époque où j'ignorais ses plans diaboliques. J'examinai la facture pour « cinquante caisses de terre ordinaire destinée à des expériences » 3460 et lus la lettre adressée à Carter & Paterson ainsi que la réponse de la compagnie de transport. Puis je me rendis au port où j'interrogeai les gardes-côtes, les officiers des douanes et le capitaine du port. Tous avaient quelque chose à dire sur l'étrange arrivée du bateau mais aucun ne put me renseigner sur les cinquante caisses. 3465 Je rencontrai ensuite le chef de gare qui me mit en rapport avec les hommes ayant réceptionné les caisses. À part que celles-ci étaient « sacrément lourdes », je n'en appris pas davantage.

30 septembre.

Grâce à Carter & Paterson, je sais à présent que *toutes* les 3470 caisses arrivées à Whitby à bord du *Demeter* ont été déposées dans la vieille chapelle de Carfax. Elles doivent être au nombre de cinquante, à moins que depuis certaines n'aient été enlevées, comme le laisse entendre, je le crains, le journal du Dr Seward.

18

Journal du Dr Seward
30 septembre.

Je rentrai chez moi à 17 heures pour découvrir que non seule-ment Godalming et Morris étaient arrivés mais qu'ils avaient lu les journaux et les divers comptes rendus que Harker et sa femme avaient classés. Harker n'était pas revenu de sa visite aux transporteurs dont le Dr Hennessey m'avait parlé dans sa lettre. Après que nous eûmes bu le thé, Mme Harker dit :

– Docteur Seward, j'ai une faveur à vous demander. Je voudrais rencontrer votre patient, M. Renfield. Ce que vous racontez sur lui dans votre journal m'intéresse beaucoup.

Je l'emmenai donc avec moi et annonçai à Renfield qu'une dame souhaitait le voir.

– Très bien, déclara-t-il. Mais laissez-moi d'abord ranger un peu.

Ce qui consista, chez lui, à avaler les mouches et les araignées enfermées dans ses boîtes. Son ignoble repas terminé, il me dit alors gaiement :

– Faites entrer la dame.

À peine Mme Harker pénétra-t-elle dans la chambre qu'elle alla vers lui, souriante et la main tendue.

– Bonsoir, monsieur Renfield. Je vous connais, vous savez, le
Dr Seward m'a parlé de vous.

Voyant que le patient paraissait assez calme, elle tenta de
l'amener à évoquer son sujet de prédilection. À ma grande
surprise, il répondit à sa question avec l'impartialité d'un homme
en possession de toutes ses facultés mentales.

– Je reconnais que j'ai des idées étranges, et il n'est pas étonnant que mes amis s'en soient alarmés et aient insisté pour me
faire interner. J'avais pour théorie que la vie est une entité posi-
tive et sans fin, et qu'en consommant quantité d'êtres animés,
quels qu'ils soient d'ailleurs, on pouvait la prolonger indéfini-
ment. Il m'est même arrivé d'y croire si fermement que j'ai
attenté à la vie du docteur pour accroître mes forces vitales par
l'absorption de son sang. Les Saintes Écritures ne disent-elles
pas que le sang est la vie● ?

J'acquiesçai en silence, trop stupéfait pour réagir. Se pouvait-il
que cinq minutes plus tôt, je l'aie vu manger ses mouches et ses
araignées ? Je jetai un coup d'œil à ma montre et, constatant que
Van Helsing ne tarderait à arriver, je prévins Mme Harker qu'il
était temps de partir.

– Au revoir, monsieur Renfield, dit-elle. J'espère vous revoir
souvent, et sous de meilleurs auspices.

– Au revoir, ma chère. Moi, je prie Dieu de ne jamais revoir
votre charmant visage●. Et qu'Il vous bénisse et vous protège.

● Cette affirmation figure dans le *Lévitique*, l'un des livres
de l'*Ancien Testament*.

● Renfield se considérant comme l'esclave de Dracula,
il se prépare à mener une existence de « non-mort »
en sa compagnie. Par cette affirmation, il signifie
donc à Mina qu'il lui souhaite de ne pas être, elle aussi,
une esclave du vampire.

Lorsque je retrouvai Van Helsing à la gare, il se précipita vers moi en disant :

20 — Ah, mon ami John, j'ai beaucoup de choses à vous raconter. Madame Mina est-elle arrivée ? Oui ? Son mari aussi ? Et Arthur et Quincey également ? Parfait.

En chemin, je lui expliquai comment Mme Harker s'était servie de mon journal.

25 — Merveilleuse Madame Mina ! s'exclama le professeur. Jusqu'à présent, la chance a voulu que cette femme nous aide, mais après ce soir, elle ne devra plus être mêlée à cette terrible affaire. Le risque est trop grand.

J'approuvai vivement et lui appris que, pendant son absence, 30 nous avions découvert que la demeure achetée par le comte Dracula n'était autre que la maison voisine de l'asile.

— Si seulement nous avions su cela plus tôt, nous aurions pu sauver cette pauvre Lucy, dit-il. Enfin, ce qui est fait est fait. N'y pensons plus et poursuivons notre but.

35 Journal de Mina Harker

30 septembre.

Nous nous sommes retrouvés, le Pr Van Helsing et le Dr Seward, Arthur, M. Morris, Jonathan et moi, à 20 heures, dans le bureau du Dr Seward.

40 — Je pense que nous sommes tous au courant des faits relatés dans ces journaux et ces documents, déclara le professeur.

Devant notre acquiescement, il poursuivit :

— J'aimerais dans ce cas vous décrire l'ennemi que nous combattons. Nous discuterons ensuite de la marche à suivre.
45 Bien. Les vampires sont une réalité, et certains d'entre nous ont malheureusement eu la preuve de leur existence. Le *nosferatu* ne

meurt pas comme l'abeille après avoir piqué sa victime. Il n'en devient au contraire que plus fort. Notre vampire a lui-même la force de vingt hommes, il est rusé, brutal, diabolique et cruel, et
3550 tous les morts dont il s'est approché sont à ses ordres. Il peut, dans certaines conditions, apparaître où il veut et sous différentes formes. Il peut également, toujours dans une certaine mesure, commander les éléments, l'orage, le brouillard, le tonnerre, mais aussi le rat, le hibou, la chauve-souris, la phalène[1], le renard
3555 et le loup. Il peut varier de taille, et devenir parfois invisible. Comment le détruire, alors ? Comment même le localiser ? La tâche qui nous attend est aussi ardue que terrible, car si nous échouons, nous deviendrons comme lui, des créatures de la nuit, sans cœur ni conscience, faisant notre proie des corps et des
3560 âmes de ceux que nous aimons. Pourtant, face à notre devoir, avons-nous le droit de reculer ? Je dis non, mais je suis vieux et ma vie est derrière moi. Vous autres êtes jeunes, et bien que le chagrin ait frappé certains d'entre vous, des jours heureux vous attendent. Que décidez-vous ?

3565 Jonathan se tourna vers moi et comprit, à mon regard, qu'il était inutile que nous nous concertions.

– Je réponds pour Mina et moi, déclara-t-il.

– Comptez sur moi aussi, professeur, dit Quincey Morris.

– Et sur moi, ajouta Lord Godalming. En souvenir de Lucy.

3570 Le Dr Seward se contenta de hocher la tête. Le professeur se leva, posa son crucifix sur la table et nous prêtâmes tous serment.

– Vous savez à présent quel est notre adversaire, reprit le professeur. En ce qui nous concerne, nous ne sommes pas sans force. Nous avons l'avantage du nombre, nous sommes en

---

1. **Phalène** : papillon de nuit.

75 possession d'un amas de connaissances et nous pouvons agir de jour comme de nuit. Et je vous le rappelle, les puissances de notre ennemi sont restreintes. Si le vampire vit et ne meurt pas par le simple passage du temps, s'il prospère tant qu'il peut se nourrir du sang des vivants, s'il rajeunit même, il dépérit sans

80 ce régime. Notre ami Jonathan qui a vécu chez lui pendant plusieurs semaines ne l'a jamais vu manger, jamais ! Par ailleurs, il ne projette pas d'ombre, et ne se reflète dans aucun miroir, encore une fois comme Jonathan l'a remarqué. Il peut également se transformer en loup, en chauve-souris, surgir dans le brouil-

85 lard qu'il a créé – souvenez-vous du récit de ce noble capitaine de bateau –, sauf que ce brouillard s'étend sur un périmètre circonscrit, et uniquement autour de lui. S'il peut apparaître dans un rayon de lune à l'état de poussière, s'il peut entrer et sortir par n'importe quelle ouverture et s'il peut enfin voir dans le noir,

90 il n'est pas libre pour autant car il doit obéir à certaines lois de la nature. Pourquoi ? je ne sais. Pour entrer quelque part, il doit au préalable y avoir été invité* ; ensuite seulement, il peut aller et venir à sa guise. Ses pouvoirs cessent à l'aube. Il jouit donc d'une liberté restreinte, et à des moments précis. Ainsi, s'il ne

95 se trouve pas à l'endroit où il doit être, il ne peut se transformer pour s'y rendre qu'à midi ou au lever ou au coucher du soleil. On prétend également qu'il ne peut franchir une étendue d'eau qu'à marée basse. Et enfin, il existe des choses qui annulent ses pouvoirs, comme l'ail, nous le savons. Quant aux symboles

● Bram Stoker semble être le premier écrivain à signaler cette caractéristique, qu'il invente probablement. La nécessité d'être invité souligne que Dracula doit *séduire* ses victimes avant de les attaquer. Il n'est donc pas simplement un monstre sanguinaire. Il sait se montrer avenant, ainsi que le début du roman l'a montré.

3600 sacrés, tel mon crucifix, que j'ai à ce propos toujours gardé sur
moi, s'ils ne représentent rien pour lui, en leur présence, il recule
avec respect et s'enfuit. Il y a d'autres choses aussi, dont je dois
vous parler, pour le cas où, dans nos recherches, nous en aurions
besoin. Une branche de rosier sauvage sur son cercueil l'em-

3605 pêche de sortir●, une balle bénite tirée sur lui le tuerait●. Un
pieu planté dans son cœur, nous le savons également, lui apporte
la paix, et la décapitation le repos●. Aussi, une fois que nous
aurons découvert la demeure de celui qui était homme, nous
pourrons le maintenir prisonnier dans son cercueil et le détruire.

3610 À présent, nous devons décider ce que nous allons faire. Grâce
à Jonathan, nous savons que cinquante caisses ont été livrées à
Carfax et que certaines ont été emportées. Il me semble qu'il
nous faut d'abord nous assurer du nombre de caisses qui restent
dans la maison et ensuite trouver les caisses manquantes. Alors,

3615 soit nous tuerons le monstre dans l'un de ses repaires, soit nous
stériliserons●, si je puis m'exprimer ainsi, la terre de sorte qu'il
n'y soit plus en sécurité. Ainsi, nous nous affronterons à lui sous
sa forme humaine, entre midi et le coucher du soleil, c'est-à-dire

● Ceci est une invention de Stoker. Peut-être joue-t-il sur
les mots, l'espèce la plus commune de rosier sauvage
se nommant en effet « rosa canina ». Peut-être aussi
confond-il la rose sauvage avec l'aubépine, car cette
dernière aurait servi à tresser la couronne du Christ.

● Stoker adapte une ancienne croyance roumaine,
selon laquelle un poignard béni tue les vampires.

● Autre croyance roumaine, qui veut que la décapitation
libère l'âme du vampire et lui permette de trouver
enfin la mort.

● Cette expression renforce l'image de l'épidémie
précédemment évoquée, car elle montre l'action
du vampire comme une forme de souillure produisant
des germes microbiens.

quand il est le plus faible. En ce qui vous concerne, madame
Mina, à partir de ce soir et jusqu'à ce que tout soit fini, votre
participation à notre entreprise s'arrête là. Vous nous êtes trop
précieuse pour courir un tel risque.

Tous les hommes, Jonathan compris, paraissant soulagés, je ne
pus que m'incliner. C'est alors que M. Morris déclara :

– Je propose que nous nous rendions immédiatement dans
cette maison. Le temps étant l'allié de notre ennemi, si nous
intervenons rapidement, nous l'empêcherons peut-être de faire
une nouvelle victime.

Bien entendu, ils m'ont dit d'aller me coucher. Comme si une
femme pouvait dormir quand ceux qu'elle aime sont en danger !

Chasseurs de vampires dans un cimetière de Transylvanie, gravure anonyme,
fin du XIXᵉ siècle.

Journal du Dr Seward

1ᵉʳ octobre, 4 heures du matin.

Alors que nous nous apprêtions à sortir, le surveillant m'annonça que Renfield souhaitait me voir de toute urgence.

3635 — Permettez-moi de vous accompagner, ami John, déclara le professeur. Son cas m'intéresse, et il n'est pas sans rapport avec *notre* cas.

— Puis-je venir aussi ? demanda Harker.

— Et moi ? demanda à son tour Lord Godalming.

3640 — Et moi aussi ? ajouta Quincey.

J'acquiesçai et nous partîmes tous ensemble. Bien que Renfield fût effectivement très agité, je ne l'avais jamais vu aussi raisonnable dans son discours et ses manières. Il voulait absolument que je le laisse rentrer chez lui. Je me contentai de lui répondre 3645 que si j'étais satisfait de l'amélioration de son état, je préférerais m'entretenir plus longuement avec lui le lendemain matin afin de voir si je pouvais accéder à sa requête.

— Je crains, docteur, que vous ne me compreniez pas. Je désire partir tout de suite, là, maintenant, à cet instant même, non 3650 pour des motifs personnels mais pour le salut d'autrui. Je ne puis vous révéler mes raisons, mais soyez certain qu'elles sont justes, généreuses et reposent sur le sentiment le plus noble du devoir. Si vous pouviez lire dans mon cœur, je suis sûr que vous approuveriez ce qui m'anime.

3655 Persuadé que ce soudain changement dans son comportement n'était qu'une autre phase de sa folie, je m'apprêtais à le laisser poursuivre, mais Van Helsing intervint et dit, sur le ton de celui qui s'adresse à un égal :

— Ne pouvez-vous réellement pas nous donner les raisons qui 3660 vous poussent à vouloir partir ce soir ?

– Si j'étais libre de parler, répondit Renfield, je le ferais sans hésiter. Mais je ne suis pas mon propre maître dans cette affaire. Je vous demande juste de me faire confiance, mais si vous refusez, alors nul ne pourra me tenir pour responsable.

Jugeant qu'il était temps de mettre un terme à la visite, je me dirigeai vers la porte.

– Venez, mes amis, dis-je. Nous avons du travail.

À ce moment-là, Renfield se précipita vers moi et, les mains jointes, m'implora à nouveau.

– Je vous en supplie, docteur Seward. Laissez-moi sortir ce soir ! Envoyez vos gardiens, mettez-moi la camisole de force, jetez-moi en prison, mais de grâce, laissez-moi partir ! Vous ne savez pas ce que vous faites en me gardant ici. Vous ignorez le mal qui en résultera. Pauvre de moi qui ne puis rien dire !

– Allons, cela suffit maintenant, déclarai-je avec fermeté.

Il se tut brusquement, me regarda intensément pendant quelques minutes, puis alla s'asseoir au bord de son lit.

Comme je passais la porte, il me dit encore d'une voix calme :

– J'espère, docteur Seward, que vous vous rappellerez plus tard que j'ai fait tout ce que j'ai pu pour vous convaincre ce soir.

19

Journal de Jonathan Harker

1ᵉʳ octobre, 5 heures du matin.

Nous avons tous été, je crois, très impressionnés par la scène avec M. Renfield.

3685 — Ma foi, dit M. Morris au Dr Seward, une fois dans son bureau, si cet homme ne joue pas la comédie, c'est le fou le plus sain d'esprit que j'aie jamais vu.

— Il est vrai, ami John, que vous connaissez les fous mieux que moi, et j'en suis fort aise, car personnellement, je l'aurais laissé 3690 sortir, déclara Van Helsing.

— Je comprends, répondit le Dr Seward. S'il s'était agi d'un patient ordinaire, je lui aurais sans doute fait confiance, mais Renfield est si lié au comte que j'aurais craint de commettre une erreur en accédant à sa requête. N'oubliez pas qu'il a appelé le 3695 comte « Seigneur et Maître ». Qui sait s'il ne voulait pas sortir pour l'aider de quelque façon diabolique ?

— Soyez en paix, ami John. Nous ne faisons que notre devoir dans cette triste et terrible affaire.

Lord Godalming, qui s'était absenté quelques instants, revint 3700 avec un petit sifflet en argent.

– Cette vieille demeure doit être le paradis des rats, dit-il. Avec cela, nous serons tranquilles.

Après avoir franchi le mur d'enceinte, nous nous dirigeâmes vers la maison en prenant soin de rester dans l'ombre des arbres chaque fois que la lune apparaissait. Arrivé devant la porte, Van Helsing sortit de son sac toutes sortes de choses.

– Mes amis, voici des armes pour nous protéger. Gardez ceci près de votre cœur – tout en parlant, il me tendit un crucifix, car j'étais le plus près de lui –, et mettez ces fleurs d'ail autour de votre cou. Pour affronter des ennemis plus courants, un couteau et un revolver ne seront pas de trop, ainsi qu'une petite lampe électrique. Et enfin, le plus important, qui ne doit pas être profané inutilement.

Il glissa alors un morceau de l'Hostie consacrée dans une enveloppe et me la remit. Une fois que les autres eurent reçu la même chose, il se tourna vers le Dr Seward.

– Ami John, les crochets.

Le Dr Seward en essaya plusieurs. Quand le verrou finit par céder, nous poussâmes la porte qui grinça sur ses gonds et entrâmes. Nos recherches pouvaient commencer.

À la lueur de nos lampes, nous vîmes qu'excepté là où il y avait des traces de pas, l'endroit était recouvert d'une épaisse couche de poussière, avec des toiles d'araignées dans les coins. Sur une table, un trousseau de clés traînait. Le professeur le ramassa et me dit :

– Vous connaissez les plans de la maison, Jonathan. Comment nous rendre à la chapelle ?

Bien que lors de ma première visite je ne l'eusse pas trouvée, je conduisis tout le monde jusqu'à une lourde porte en chêne. Nous découvrîmes rapidement la clé et, alors que nous poussions le battant, une odeur malodorante, mélange de terre, de miasmes, de mort et de sang, s'échappa de la chapelle. Après un mouvement de recul involontaire, nous entrâmes.

Un regard suffit pour constater qu'il restait vingt-neuf caisses sur les cinquante. Nous nous mettions au travail quand, tout à coup, une masse phosphorescente, qui scintillait comme des étoiles, apparut juste derrière Morris : la chapelle était envahie par les rats. Lord Godalming s'empressa d'aller ouvrir la porte et, sortant son sifflet de sa poche, siffla un long coup. Des aboiements montèrent aussitôt de derrière la maison du Dr Seward, et une minute plus tard, trois terriers surgirent. Ils s'immobilisèrent sur le seuil, grondèrent puis hurlèrent à la mort. Les rats s'étaient multipliés. Lord Godalming souleva l'un des chiens et le porta jusque sur le sol de la chapelle. Là, l'animal parut retrouver son courage car il se jeta sur ses ennemis naturels. Mais ceux-ci s'enfuirent si vite qu'il ne put en tuer qu'une vingtaine et que les deux autres chiens, qu'il avait fallu porter aussi, durent se contenter d'une bien maigre pitance.

Les rats disparus, la chapelle parut débarrassée d'une présence maligne, et les chiens coururent ici et là en aboyant gaiement. Nous refermâmes la porte à clé et, emmenant les chiens avec nous, nous entreprîmes de fouiller la maison. À part de la poussière, nous ne découvrîmes rien de particulier. Le jour se levait quand nous sortîmes de la maison. Le professeur ferma la porte et rangea la clé dans sa poche.

– Notre expédition s'est révélée pleine de succès, déclarat-il. Nous savons combien de caisses manquent et nous avons appris que les rats au service du comte ne répondent pas uniquement à sa puissance spirituelle. N'ont-ils pas fui devant trois petits chiens ? Quant au comte, il a préféré filer ailleurs. Parfait. Rentrons à présent.

Mina dormait à poings fermés quand je la rejoignis dans la chambre. Elle semblait plus pâle que d'habitude. J'espère que la réunion de ce soir ne l'a pas trop bouleversée. Je vais m'allonger sur le sofa pour ne pas la déranger.

65   1er octobre, plus tard.

Je suppose qu'il était naturel que nous dormions tous tard ce matin. Même Mina devait être épuisée car j'ai dû l'appeler plusieurs fois avant qu'elle se réveille. L'espace d'une seconde, elle n'a pas paru me reconnaître et m'a regardé avec une sorte de
70 terreur dans les yeux, comme quelqu'un qui s'éveille brusquement d'un cauchemar. J'irai voir Thomas Snelling aujourd'hui.

Journal de Mina Harker
1er octobre.

Cela m'est étrange d'être tenue dans l'ignorance, comme je le
75 suis aujourd'hui, même si je sais qu'un jour, Jonathan me racontera tout. Je me sens curieusement triste, ce matin. Je suppose que c'est le contrecoup de toute cette excitation.

Je ne me souviens pas quand je me suis endormie hier soir. Je me rappelle juste avoir entendu des chiens aboyer et des bruits
80 bizarres, comme des suppliques[1], provenant de la chambre de M. Renfield. Puis le silence s'est abattu, un silence si profond que j'en ai été un peu effrayée au point de me lever et de regarder par la fenêtre. Rien ne bougeait et tout était plongé dans l'obscurité de sorte que, lorsqu'une nappe de brouillard s'approcha lente-
85 ment de la maison, on eût dit qu'elle seule était douée de vie. Je retournai me coucher mais comme je ne parvenais pas à trouver

---

1. **Suppliques** : sortes de prières, de supplications.

le sommeil, j'allai de nouveau regarder dehors. Le brouillard avait progressé ; je le voyais à présent s'épaissir contre le mur, comme s'il cherchait à monter jusqu'à la fenêtre. Renfield hurlait plus
3790 fort que jamais, puis j'entendis un bruit de lutte et j'en conclus que les surveillants étaient intervenus. J'eus si peur que je filai au lit, tirant le drap au-dessus de ma tête et me bouchant les oreilles. Bien que je n'eusse point sommeil, je dus m'endormir car, à l'exception de mes rêves, je n'ai aucune idée de ce qui s'est
3795 passé jusqu'au matin, quand Jonathan m'a réveillée. Il m'a fallu un moment avant de comprendre où j'étais et qui se penchait sur moi. Il faut dire que mon rêve était bien étrange.

J'étais endormie et j'attendais Jonathan. J'avais très peur pour lui mais ne pouvais rien faire ; mes pieds, mes mains, mon
3800 cerveau, tout allait au ralenti. Puis je m'apercevais que l'air était lourd, humide, froid. Je repoussais les draps et découvrais que la lampe à gaz s'était presque éteinte ; seule une petite lueur rouge brillait dans le brouillard, lequel avait envahi la chambre. Pourtant, j'étais sûre d'avoir fermé la fenêtre avant de me coucher.
3805 Au bout d'un moment, le brouillard qui entrait, non par la fenêtre mais par les fentes de la porte, devenait si épais qu'on aurait dit une sorte de colonne de fumée au sommet de laquelle, la flamme de la lampe à gaz formait un œil rouge. Tout tournait dans ma tête, comme tournait à présent dans la chambre la colonne de
3810 fumée. J'étais fascinée par le feu de cet œil rouge et, alors que je le fixais, je le voyais se diviser et se transformer en deux yeux rouges semblables à ceux dont m'avait parlé Lucy. Je me souviens d'avoir été glacée par l'horreur en me rappelant que c'était ainsi que ces affreuses femmes étaient apparues à Jonathan, à travers
3815 les tourbillonnements du brouillard. Je dus ensuite m'évanouir dans mon rêve car tout fut plongé dans l'obscurité. Dans un

dernier effort conscient de mon imagination, j'aperçus un visage livide, penché au-dessus de moi. Je dois me méfier de ces rêves car s'ils se reproduisaient, je pourrais en perdre la raison. Je vais demander au Pr Van Helsing ou au Dr Seward de me prescrire quelque chose pour dormir, mais je ne voudrais pas les alarmer.

2 octobre, 10 heures du soir.

J'ai bien dormi la nuit dernière, et sans rêver. Même Jonathan ne m'a pas réveillée en venant se coucher. Pourtant, ce ne fut pas un sommeil réparateur car j'étais fatiguée aujourd'hui. M. Renfield a demandé à me voir et, quand je l'ai quitté, il m'a baisé la main tout en priant Dieu de me bénir. Après dîner, les hommes m'ont envoyée au lit, sous prétexte d'aller fumer, mais je sais qu'ils voulaient s'entretenir des événements de la journée. J'ai prié le Dr Seward de me donner un léger soporifique. J'espère que j'ai bien fait car, à mesure que le sommeil vient, je suis prise d'angoisse : n'ai-je pas eu tort de m'empêcher de me réveiller si j'en éprouve la nécessité ? Mais je m'endors. Bonne nuit.

20

Journal de Jonathan Harker

3835   1ᵉʳ octobre, le soir.

J'ai trouvé Thomas Snelling chez lui, mais malheureusement, il avait commencé à boire et n'était pas en état de se rappeler quoi que ce soit. Sa femme, en revanche, m'a appris qu'il travaillait pour Joseph Smollet, chez qui je me suis empressé d'aller. Ce

3840 dernier se souvenait très bien de l'incident des caisses et m'indiqua qu'il en avait transporté six de Carfax au 197 Chicksand Street, à Mile End New Town[1], et six autres à Jamaica Lane[2], Bermondsey. Le comte a donc des repaires à l'est de la côte septentrionale, à l'est de la côte méridionale, et au sud. Le nord

3845 et l'ouest ne devraient pas tarder à figurer dans son plan diabolique. Je demandai à Smollet si d'autres caisses avaient été retirées de Carfax.

1. **Mile End New Town** : quartier de Londres où sévit Jack l'Éventreur (trois de ses meurtres y eurent lieu).
2. **Jamaica Lane** : « Voie de la Jamaïque », n'existe pas dans le quartier de Bermondsey, situé le long de la Tamise, mais on y trouve bien une Jamaica Road (« Route de la Jamaïque »), principale artère d'un secteur essentiellement occupé, à l'époque, par des entrepôts.

– Eh bien, j'ai entendu un certain Bloxam raconter qu'il avait dû se rendre dans une vieille maison de Purfleet pour un travail qui lui avait fait agiter beaucoup de poussière. Si vous me notez votre adresse sur une enveloppe, je pourrai vous dire avant demain où trouver Bloxam.

Nous sommes sur la bonne voie. Je suis fatigué ce soir et j'ai envie de dormir. Mina dort déjà. Elle me paraît bien pâle. Ma pauvre chérie. Même si je sais qu'elle souffre d'être ainsi tenue à l'écart, je suis certain que les docteurs ont raison d'insister pour qu'elle ne participe plus à cette affreuse affaire.

2 octobre, le soir.

Voilà une journée bien remplie qui s'achève. Ce matin, au premier courrier, j'ai trouvé dans l'enveloppe que j'avais remise à Smollet l'adresse de Bloxam, mais si mal orthographiée que j'ai eu quelques difficultés à dénicher ce dernier. Quand je lui promis de payer les renseignements qu'il me donnerait, il me raconta qu'il avait fait deux voyages entre Carfax et une maison dans Piccadilly pour y transporter neuf caisses.

– Mais je ne me souviens pas du numéro de la maison. Je me rappelle juste qu'elle est à quelques portes d'une grande église blanche, dit-il.

– Comment êtes-vous entré si la maison de Purfleet et celle de Piccadilly étaient vides ?

– Le vieux bonhomme qui m'avait engagé m'attendait à Purfleet et il était là aussi à Piccadilly. Il m'a aidé à porter les caisses. On aurait dit qu'il soulevait des paquets de thé tandis que moi, je soufflais comme un bœuf.

– Et vous êtes sûr de ne pas vous souvenir du numéro de la maison ?

– Non, mais vous la trouverez facilement. C'est une grande demeure avec un bow-window[1] et un escalier en pierre.

Je partis aussitôt pour Piccadilly. Le temps nous était compté car si le comte avait disséminé ces caisses un peu partout, il pouvait dès lors accomplir tranquillement sa tâche. Arrivé à Piccadilly Circus, je me dirigeai vers l'ouest. Je découvris rapidement la maison, à n'en pas douter l'un des nouveaux repaires de Dracula. Elle semblait inoccupée depuis longtemps et les fenêtres étaient couvertes de poussière. J'en fis le tour pour voir s'il n'y avait rien à glaner de l'autre côté. Il y avait du monde dans la ruelle, toutes les maisons qui la bordaient étant habitées. Je demandai à l'un des domestiques que je croisai s'il savait quoi que ce soit sur la maison. Il m'apprit qu'elle venait d'être achetée, et que Mitchell, Sons & Candy, qui s'étaient chargés de la vente, pourraient me renseigner sur l'acquéreur. Sans perdre une minute, je me rendis à leur bureau, sur Sackville Street.

L'homme qui me reçut se montra affable mais peu communicatif.

– Elle est vendue, monsieur, dit-il.

– Pardonnez-moi d'insister, mais j'ai des raisons de vouloir connaître l'identité de l'acheteur.

– Elle est vendue, répéta-t-il.

– Écoutez, je suis moi-même dans la profession, déclarai-je alors en lui tendant ma carte, et j'agis pour le compte de Lord Godalming, qui désire avoir quelques renseignements sur cette propriété.

Cela suffit à donner une autre tournure à notre entretien.

---

1. **Bow-window** : fenêtre en saillie sur la façade d'une maison.

– Oh ! mais ce serait un plaisir que de vous rendre service, monsieur Harker, et surtout de rendre service à Sa Seigneurie. Laissez-moi son adresse et je lui communiquerai dès ce soir ce qu'il souhaite savoir.

Je le remerciai et pris congé après lui avoir donné l'adresse du Dr Seward.

Lettre de Mitchell, Sons & Candy à Lord Godalming
Le 1er octobre.
Milord

Nous sommes heureux de vous transmettre les renseignements suivants concernant la vente et l'achat de la maison sise 347 Piccadilly Street. L'acquéreur s'appelle le comte De Ville, c'est un gentleman étranger. Il a effectué personnellement l'opération et a payé comptant. Nous ne savons rien d'autre sur lui.

Nous restons, Milord, les humbles serviteurs de Votre Seigneurie,

Mitchell, Sons & Candy.

Journal du Dr Seward
2 octobre.

J'ai posté un surveillant dans le couloir la nuit dernière avec pour ordre de noter tous les bruits qui lui parviendraient de la chambre de Renfield. Ce matin, l'homme m'a raconté qu'un peu après minuit, le patient a commencé à s'agiter et à prier à voix haute. Harker est parti suivre sa piste, et Art et Quincey sont allés chercher des chevaux, de façon à être prêts à agir le moment venu. Quant à Van Helsing, il est allé consulter des ouvrages de médecine au British Museum. Je me dis parfois que nous sommes tous fous.

Plus tard.

Il semble que nous soyons sur la bonne voie. Notre tâche de demain marquera peut-être le début de la fin. Je me demande si le calme de Renfield a un lien avec tout cela. Son humeur a si souvent suivi les mouvements du comte qu'il a peut-être deviné que le monstre ne tarderait pas à être détruit.

Le surveillant vient d'entrer en trombe dans mon bureau : Renfield a eu un accident. Il gît sur le sol de sa chambre, couvert de sang.

Dracula de Francis Ford Coppola avec Tom Waits (Renfield) et Richard E. Grant (Dr Seward), 1992.

²⁂

21

Journal du Dr Seward

3 octobre.

Je dois noter le plus précisément possible ce qui s'est passé depuis hier soir. Quand j'arrivai à la chambre de Renfield, je le trouvai couché dans une mare de sang. Son visage portait la marque de nombreuses blessures, comme si sa tête avait heurté à plusieurs reprises le sol.

– Je crois qu'il a la colonne vertébrale cassée, dit le surveillant. Regardez, tout le côté droit est paralysé. Mais quelque chose m'intrigue. S'il s'est fracturé la colonne vertébrale en tombant du lit, comment, le dos brisé, a-t-il pu se blesser autant au visage ? Et si celui-ci était dans cet état-là avant qu'il ne tombe, il y aurait des traces de sang sur les draps.

– Allez chercher le Pr Van Helsing.

Le professeur arriva quelques minutes plus tard en robe de chambre et pantoufles. Je crois qu'il lut dans mes pensées car il déclara, manifestement à l'attention du surveillant :

– Ah, quel triste accident ! Il nécessite beaucoup de soin. Je vais rester avec vous, mais avant laissez-moi le temps de me changer.

Van Helsing revint très vite, sa trousse de chirurgien à la main.

– Renvoyez le surveillant, me dit-il tout bas. Nous devons être seuls avec lui quand il se réveillera de l'opération.

L'homme se retira et nous procédâmes à un examen complet de Renfield. Les lésions au visage étaient superficielles ; en ³⁹⁶⁵ revanche, il présentait une fracture du crâne qui s'étendait sur toute la zone motrice.

– Nous allons le trépaner[1] avant qu'il ne soit trop tard.

On frappa à la porte à ce moment-là. J'allai ouvrir : c'était Arthur et Quincey.

³⁹⁷⁰ – Nous avons entendu le surveillant appeler le Pr Van Helsing. Pouvons-nous nous joindre à vous ?

J'acquiesçai et ils entrèrent. Je les mis au courant de la situation en ajoutant que nous espérions que Renfield reprendrait conscience après l'intervention, brièvement tout du moins. ³⁹⁷⁵ Le pauvre homme avait du mal à respirer. À chaque instant, il semblait sur le point d'ouvrir les yeux et de parler, puis retombait dans une prostration profonde.

– Il n'y a plus de temps à perdre, déclara Van Helsing. Ce qu'il a à dire peut sauver beaucoup de vies. Qui sait si une âme n'est ³⁹⁸⁰ pas en jeu ! Nous opérerons juste au-dessus de l'oreille.

Sur ces paroles, il pratiqua la trépanation. Pendant quelques minutes, Renfield respira bruyamment puis nous entendîmes un long râle qui parut lui déchirer la poitrine. Il ouvrit alors les yeux et de ses lèvres s'échappa un soupir de soulagement.

³⁹⁸⁵ – Je suis calme, professeur, dit-il. J'ai fait un rêve affreux et je me sens si faible que je puis à peine bouger.

– Parlez-nous de ce rêve, monsieur Renfield, dit Van Helsing.

---

1. **Trépaner** : opération chirurgicale consistant à pratiquer un trou dans le crâne afin d'accéder au cerveau.

Reconnaissant la voix du professeur, Renfield sourit.

– Ah, professeur Van Helsing, comme c'est bon de vous savoir
ici. Donnez-moi un peu d'eau, j'ai la bouche sèche. J'ai rêvé…

Il s'interrompit et sembla défaillir. Je me tournai vers Quincey.

– Vite, le brandy ! Dans mon bureau.

Quincey sortit en vitesse et revint avec un verre, le flacon de
brandy et une carafe d'eau. Nous humectâmes les lèvres de
Renfield, et il revint à lui.

– Ce n'était pas un rêve, dit-il, mais la triste réalité. Professeur,
je sens qu'il ne me reste que quelques minutes. Humectez à
nouveau mes lèvres. J'ai quelque chose à vous dire avant de
mourir. Merci ! C'était ce soir-là, le soir où je vous ai imploré
de me laisser partir. Je ne pouvais pas parler alors, mais j'étais
lucide, aussi lucide qu'à présent. Longtemps après votre départ,
j'ai connu les affres du désespoir, puis une paix soudaine s'est
emparée de moi et j'ai su où j'étais. J'ai entendu les chiens aboyer
derrière la maison, mais non où il se trouvait. Il est apparu à ma
fenêtre dans le brouillard, comme je l'avais souvent vu par le
passé. Cette fois, ce n'était pas un fantôme, et ses yeux brillaient
de colère. Il riait, et quand il se retourna pour regarder au-delà
des arbres où les chiens aboyaient, ses dents blanches et pointues
scintillèrent au clair de lune. Je me refusai à le laisser entrer, bien
qu'il ne souhaitât que cela. Il se mit alors à me promettre des
choses, non en paroles, mais en les faisant se réaliser.

– C'est-à-dire ? demanda le professeur.

– Ce qu'il disait s'accomplissait. Comme quand il envoyait les
mouches lorsque le soleil brillait. Il murmura : « Des rats, des
centaines, des milliers de rats, et chacun d'eux une vie. Et des
chiens pour les dévorer, des chats aussi. Toutes ces vies, tout
ce sang gorgé d'années de vie, et pas seulement des mouches

bourdonnantes ! » Je me moquai de lui car je voulais voir ce qu'il pouvait faire. Les chiens ont hurlé de plus belle et il m'a fait signe de regarder par la fenêtre. Il a levé les mains et une masse sombre s'est étalée sur la pelouse, comme une langue de feu, puis il a écarté le brouillard et j'ai vu des milliers de rats. D'un geste, il les a stoppés, et j'ai cru l'entendre dire : « Toutes ces vies, je vous les donne et plus encore si vous m'adorez ! » Un nuage rouge, rouge comme le sang, s'est abattu sur mes yeux et, avant que je ne comprenne ce que je faisais, j'ouvris le châssis à guillotine et dis : « Entrez, Seigneur et Maître ! » Les rats avaient disparu. Il se glissa dans la chambre et se dressa devant moi dans toute sa splendeur.

Comme sa voix s'affaiblissait, j'humectai une fois de plus ses lèvres, et il poursuivit :

– Toute la journée, j'ai guetté un signe de lui, mais rien. Quand la lune s'est levée, il est de nouveau entré dans ma chambre bien que la fenêtre fût fermée. Il se comportait comme s'il était chez lui, et quand je me mis en colère, il ricana. Curieusement, j'eus l'impression que Mme Harker se trouvait là.

Arthur et Quincey s'approchèrent aussitôt. Le professeur sursauta.

– Lorsqu'elle était passée dans l'après-midi, continua Renfield, elle me parut changée. On aurait dit que tout son sang s'était écoulé hors d'elle. Je n'y prêtai pas attention sur le moment mais après son départ, à l'idée qu'il lui ait pris sa vie, je devins fou.

Nous frémîmes tous mais demeurâmes calmes.

– Aussi, quand il est revenu ce soir, je l'attendais de pied ferme. Dès que le brouillard pénétra dans ma chambre, je le serrai de toutes mes forces. J'avais entendu dire que les déments ont une force surnaturelle et j'étais prêt à m'en servir. Mais il avait dû deviner mes intentions car lorsqu'il émergea du brouillard, il se jeta sur moi. Je tins bon et je crus même que j'allais le battre. C'est alors que je vis ses yeux. Je les sentis qui brûlaient en moi et mes forces m'abandonnèrent. Il m'échappa et, lorsque je tentai de l'attraper, il me souleva et me lança à terre. Un nuage rouge se forma devant moi, avec un bruit de tonnerre, puis le brouillard se dissipa et glissa sous la porte.

La voix de Renfield devenait de plus en plus faible, et sa respiration de plus en plus bruyante. Van Helsing se leva.

– Nous savons le principal, dit-il. Il est ici et nous connaissons ses intentions. Il n'est peut-être pas trop tard. Armons-nous comme l'autre nuit et ne perdons pas un instant.

Arrivés devant la porte des Harker, nous nous arrêtâmes.

– Faut-il vraiment la déranger ? demanda Quincey.

– Oui, répondit le professeur. C'est une question de vie ou de mort.

Il tourna alors la poignée. Comme la porte ne céda pas, nous l'enfonçâmes d'un coup d'épaule et elle s'ouvrit en grand. Le clair de lune était si brillant qu'il suffisait à éclairer la pièce. Jonathan Harker dormait sur le lit à côté de la fenêtre, le visage empourpré et la respiration difficile. Agenouillée sur l'autre lit qui nous faisait face, nous distinguâmes la blanche silhouette de sa femme. Un homme grand, mince, tout de noir vêtu se tenait près d'elle. Bien qu'il fût de dos par rapport à nous, nous reconnûmes le comte. De sa main gauche, il serrait les deux avant-bras de Mme Harker et de sa main droite, il l'agrippait par la nuque et la forçait à se pencher sur son torse nu le long duquel coulait un mince filet de sang*. Au moment où nous fîmes irruption

⬤ Mina est forcée de boire le sang de
⋮ Dracula, afin que, par cette contamination,
⋮ elle devienne à son tour une vampire.

4075 dans la chambre, il tourna la tête. Ses traits se figèrent en cette expression diabolique dont j'avais entendu parler. Ses yeux flamboyaient d'une passion terrible, les narines de son nez aquilin palpitaient, et ses dents blanches et acérées, derrière des lèvres dégouttantes de sang, claquaient comme les crocs d'une bête

4080 sauvage. D'une torsion de la main, il rejeta sa victime sur le lit et fondit sur nous. Mais le professeur brandissait déjà l'enveloppe contenant l'Hostie consacrée. Le comte s'arrêta net, tout comme Lucy devant la porte du caveau, et recula. Et recula encore tandis que nous avancions vers lui, nos crucifix à la main. Un épais

4085 nuage noir obscurcit brusquement la lune et quand Quincey ralluma la lampe, nous ne vîmes plus rien qu'une légère vapeur disparaissant sous la porte, qui s'était refermée toute seule. Mme Harker avait entre-temps retrouvé son souffle. Elle poussa un cri déchirant et, pendant quelques secondes, demeura dans une

4090 attitude prostrée, en proie à la plus grande confusion. Son visage était livide, sa gorge tachée de sang et ses yeux exprimaient une vive terreur. Alors qu'elle se couvrait le visage de ses pauvres mains meurtries et sanglotait doucement, Van Helsing s'avança vers elle et ramena la couverture sur ses épaules tandis qu'Arthur,

4095 après lui avoir jeté un regard désespéré, sortait précipitamment de la chambre, suivi de Quincey.

– Jonathan est tombé dans un état de stupeur provoqué par le vampire, déclara Van Helsing. En ce qui concerne Madame Mina, nous ne pouvons rien faire qu'attendre qu'elle revienne à

4100 elle, mais lui, nous devons le réveiller !

Là-dessus, il plongea une serviette dans de l'eau froide avec laquelle il donna de petits coups à Jonathan. J'allai soulever le store. La lune brillait à nouveau. J'aperçus alors Quincey courir sur la pelouse et se cacher derrière un if. Je me demandai ce qu'il pouvait bien fabriquer quand j'entendis Harker se réveiller. Il parut hébété pendant quelques secondes puis, quand il eut tout à fait repris conscience, il se leva d'un bond. Sa femme sursauta en l'entendant, et se tourna vers lui. Elle tendit alors les bras, comme pour l'enlacer, mais les retira aussitôt et enfouit son visage dans ses mains en tremblant de tous ses membres.

– Au nom du Ciel, que signifie tout cela ? s'exclama Harker. Docteur Seward, professeur Van Helsing ? Mina, qu'y a-t-il, ma chérie ? Pourquoi tout ce sang ? Mon Dieu, serait-il venu ici ? Dieu tout-puissant, aidez-la ! Professeur Van Helsing, vous qui aimez Mina, faites quelque chose, sauvez-la pendant que je vais le chercher !

– Non, Jonathan ! s'écria tout à coup Mme Harker. Ne me laisse pas. J'ai suffisamment souffert cette nuit sans craindre maintenant pour toi ! Reste. Nos amis veilleront sur toi.

Elle semblait dans tous ses états mais quand elle vit qu'il renonçait à son projet, elle le força à s'asseoir à son côté et le serra de toutes ses forces.

Le professeur leva son crucifix et dit d'une voix merveilleusement calme :

– Ne craignez rien, ma chère. Nous sommes là, et tant que ceci sera près de vous, rien ne peut vous arriver. Vous êtes hors de danger ce soir. Nous devons garder notre calme et réfléchir à ce que nous allons faire.

Elle frémit et se blottit contre son mari. Lorsqu'elle redressa la tête, la chemise de Harker était tachée du sang de ses lèvres et de sa blessure au cou.

– Impure ! Je suis impure ! gémit-elle. Je ne peux plus ni le toucher ni l'embrasser. Oh ! comment puis-je être à présent son ennemie, celle qu'il doit redouter ?

4135 — Ne parle pas ainsi, Mina, déclara Jonathan en étreignant sa femme. Que Dieu me punisse d'une souffrance plus grande que celle que je vis en cette heure si, par mes actes ou ma volonté, nous venions à être séparés.

Par-dessus sa tête penchée, il nous regarda, les yeux remplis 4140 de larmes, la mâchoire serrée avec détermination. Au bout d'un moment, les sanglots de Mme Harker s'espacèrent puis s'atté-nuèrent peu à peu.

— Et maintenant, docteur Seward, dites-moi ce qui s'est passé.

Les yeux flamboyants de haine, il m'écouta lui raconter 4145 comment le comte avait contraint sa femme à plaquer sa bouche contre sa poitrine où suintait une plaie. Si la fureur lui contractait les traits, je remarquai toutefois qu'il ne cessait de caresser avec tendresse les cheveux ébouriffés de son épouse. Je venais de terminer quand Quincey et Lord Godalming nous rejoignirent. 4150 Van Helsing leur demanda ce qu'ils avaient vu ou fait.

— Je l'ai cherché partout. Il n'était ni dans le couloir ni dans aucune des chambres. Mais il est allé dans votre bureau, John, et s'il n'y est resté que quelques secondes, il en a néanmoins profité pour brûler tous les manuscrits et jeter vos cylindres[1] au feu.

4155 — Grâce à Dieu, j'ai une copie dans le coffre, interrompis-je.

Le visage d'Arthur s'éclaira et il reprit :

— J'ai ensuite jeté un coup d'œil dans la chambre de Renfield, il n'y était pas plus. Mais le pauvre homme est mort.

Mme Harker releva la tête à ce moment-là et nous dévisagea 4160 tous à tour de rôle avant de dire d'une voix solennelle :

— Que la volonté de Dieu soit faite.

---

1. **Cylindres** : il s'agit des cylindres de cire sur lesquels le Dr Seward enregistre ses paroles au moyen du phonographe.

Je sentais qu'Arthur nous cachait quelque chose, mais devinant qu'il le faisait à dessein, je restai coi[1].

– Et vous, ami Quincey, qu'avez-vous à nous dire ? demanda Van Helsing.

– Peu de choses. J'ai vu une chauve-souris s'envoler de la fenêtre de Renfield. Je pensais qu'elle se dirigerait vers Carfax mais elle est partie vers l'ouest. Il ne reviendra pas ce soir, le ciel rougeoie déjà à l'est et l'aube est proche.

– À présent, madame Mina, racontez-nous exactement les événements de cette nuit, demanda enfin le professeur à Mme Harker. Dieu sait que je ne tiens pas à vous infliger une souffrance supplémentaire, mais il est nécessaire que nous sachions tout. Le jour approche où cette histoire, je l'espère, s'achèvera, et vous êtes notre chance aujourd'hui d'en apprendre davantage.

La pauvre femme trembla, puis elle leva la tête fièrement. Après une pause durant laquelle elle mettait manifestement ses pensées au clair, elle commença :

– J'ai pris le soporifique que vous m'avez si gentiment donné, mais il n'agit pas tout de suite. Aussi, me suis-je résolue à faire appel à ma volonté pour me forcer à dormir. Le sommeil a fini par venir, car je ne me souviens plus de rien. J'ai dû toutefois me réveiller à un moment puisque j'ai vu que Jonathan, en montant se coucher, s'était allongé sur l'autre lit. Un fin brouillard, semblable à celui que j'avais déjà remarqué, flottait dans la chambre, et j'éprouvais ce même sentiment de terreur qui, à plusieurs reprises, s'était emparé de moi, mais avec l'impression d'une présence dans la pièce. Je tentai de réveiller Jonathan. Il dormait si profondément qu'on aurait dit que c'était lui qui avait

1. **Rester coi** : garder le silence.

4190 pris le soporifique et non moi. La peur commençait à me gagner et je regardai autour de moi. Je crus avoir un coup au cœur quand je distinguai, à côté du lit, comme jailli du brouillard, un homme grand, mince, habillé tout en noir. Je reconnus aussitôt le comte, et même la cicatrice à son front que Jonathan lui avait 4195 faite. J'étais pétrifiée. D'une voix sourde, tranchante, il dit tout en pointant Jonathan de la main : « Si vous poussez le moindre cri, je lui fracasse la tête sous vos yeux ! »

Puis, un sourire moqueur aux lèvres, il posa une main sur mon épaule et me dénuda la gorge de l'autre. « Mais d'abord, un petit 4200 rafraîchissement pour me récompenser de mes efforts. Inutile de vous débattre. Ce n'est pas la première fois que vos veines apaiseront ma soif. »

Curieusement, je ne cherchai pas à le repousser. Je suppose que cela fait partie de l'horrible malédiction qui s'abat sur ses 4205 victimes. Et oh ! mon Dieu ! Il posa sa bouche infecte sur mon cou.

Jonathan gémit et, après l'avoir regardé avec pitié, comme si c'était lui, la victime, elle poursuivit :

– Je sentis mes forces me quitter, et m'évanouis à moitié. 4210 Combien de temps cela dura-t-il, je ne sais, mais il me sembla qu'une éternité s'écoula avant qu'il ne se relève. Ses lèvres gouttaient de mon sang !

Ce souvenir parut l'anéantir et elle se serait effondrée si son mari ne l'avait soutenue dans ses bras. Avec un grand effort, elle 4215 se ressaisit et reprit :

– Il me dit alors d'un air moqueur : « Ainsi, vous avez voulu aider ces hommes à contrecarrer mes plans. Eh bien, maintenant, vous savez ce qu'il en coûte de vous placer en travers de mon chemin. Vous êtes à moi, à présent, la chair de ma chair, le sang de

220 mon sang, ma compagne et ma servante. Vous devez être punie de vos actes. Vous répondrez désormais à mon appel. Quand mon esprit vous ordonnera de venir, vous traverserez terres et mers pour exécuter ma volonté. Et voilà pour commencer ! » Sur ces paroles, il défit sa chemise, et de ses ongles longs et pointus,
225 il s'ouvrit une veine de la poitrine. Quand le sang se mit à jaillir, il me plaqua la bouche contre sa plaie !

Tandis qu'elle nous faisait le terrible récit de ce qu'elle venait de vivre, l'aube s'annonçait. Harker était demeuré tout le temps calme et silencieux, une expression sombre au visage. Mais
230 quand les premières lueurs du jour parurent, ses cheveux avaient blanchi.

22

Journal de Jonathan Harker
3 octobre.

Il faut que j'écrive sans quoi je vais devenir fou, et que je note
tout, les événements de premier plan comme ceux de moindre
importance. Qui sait si nous n'en apprendrons pas plus grâce
aux petits détails.

Lorsque nous nous retrouvâmes tous dans le bureau du
Dr Seward, nous décidâmes d'un commun accord de ne plus
rien cacher à Mina.

– Oui, plus de secrets, déclara-t-elle. Rien de toute façon ne
pourra m'être plus douloureux que ce que j'ai déjà enduré, et
quoi qu'il arrive, je devrai y voir le signe d'un espoir et d'un
courage nouveaux.

– Mais chère madame Mina, n'avez-vous pas peur ? demanda
Van Helsing. Non pour vous-même mais pour les autres ?

– Non. Ma décision est prise. Si je m'aperçois que je veux faire
du mal à ceux que j'aime, je mourrai.

– Vous n'attenterez tout de même pas à vos jours ?

– Si, à moins que je ne trouve un ami pour m'épargner pareil
tourment et accomplir à ma place un geste aussi désespéré !

– Mon enfant, pour votre salut, je serai cet ami, offrit Van Helsing, un sanglot dans la gorge. Mais vous ne devez pas mourir. Aussi longtemps que celui qui a souillé votre sang sévira, vous devez vivre car votre mort ferait de vous une non-morte. Vous devez lutter et vous efforcer à vivre même si la mort vous paraît préférable, vous devez la refuser, qu'elle vous vienne dans la douleur ou la joie, de jour comme de nuit, dans la paix ou le danger. Je vous demande de ne pas mourir, ni de songer à la mort, tant que le mal ne sera pas anéanti.

– Je vous le promets, répondit Mina doucement mais avec une immense tristesse dans la voix.

Elle était si noble et courageuse que nos cœurs à tous furent plus déterminés que jamais à nous battre pour elle. Je lui dis alors qu'elle devait conserver tous les documents qui se trouvaient dans le coffre et continuer de tenir son journal. Puis Van Helsing nous exposa son plan.

– Nous savons maintenant tellement plus de choses concernant la localisation des caisses que, lorsque nous nous rendrons dans la maison de Piccadilly, nous pourrons retrouver la trace de celles qui restent. Cette journée nous appartient. Le soleil qui s'est levé ce matin sur notre chagrin nous protège à présent tout le long de sa course. Jusqu'à ce qu'il se couche, ce soir, le monstre est prisonnier de son enveloppe terrestre. Il ne peut se fondre dans le brouillard ni se glisser par la plus petite fissure qui soit. S'il veut franchir une porte, il doit l'ouvrir, comme n'importe quel mortel. Aussi, devons-nous profiter de cette journée pour découvrir tous ses repaires et les rendre inefficaces.

Je me levai à ce moment-là, ne supportant pas de gâcher une seconde de plus qui pourrait sauver Mina. Mais Van Helsing m'arrêta :

– Non, ami Jonathan, dit-il. Nous agirons quand le moment sera venu. La solution de toute cette affaire se trouve dans cette maison de Piccadilly. Le comte a sans doute acheté d'autres demeures, dont il doit conserver les actes d'achat, les clés et d'autres documents quelque part. Pourquoi pas à Piccadilly, un endroit central où, à la faveur de la circulation, il peut aller et venir sans que personne le remarque ? Nous fouillerons cette maison et, quand nous aurons découvert ce qu'elle contient, il ne nous restera plus qu'à traquer le renard.

– Ne perdons pas plus de temps, alors ! m'écriai-je.

– Et comment vous introduirez-vous dans la maison ?

– Par n'importe quel moyen. En forçant la porte, s'il le faut.

– Vous oubliez la police. Supposez, en revanche, que vous soyez le propriétaire mais que vous ne pouvez pas entrer chez vous. Que feriez-vous ? questionna Van Helsing.

– J'irais chercher un serrurier !

– Et que dirait la police, dans ce cas ?

– Rien, puisqu'elle saurait que je suis dans mon droit, répondis-je.

– Exactement. On peut pénétrer dans toutes les maisons vides de Londres tant que l'on fait les choses correctement. Bref, une fois dans les lieux, nous trouverons sans doute de nouvelles pistes et, pendant que certains d'entre nous resteront sur place, les autres se chargeront des caisses de Bermondsey et de Mile End.

Mina prenait un vif intérêt à la discussion et je me réjouissais de constater que l'imminence de ce qui se préparait lui permettait d'oublier les terribles événements de la veille. Finalement, nous décidâmes qu'avant de nous rendre à Piccadilly, nous détruirions d'abord le repaire du comte à Purfleet, puisqu'il se trouvait juste à côté.

— Sommes-nous tous bien armés, comme lors de notre première visite à Carfax ? demanda le professeur.

Quand nous lui assurâmes que oui, il ajouta :

— Quant à vous, madame Mina, sachez que vous êtes en sécurité ici jusqu'au coucher du soleil. Avant de partir, laissez-moi toutefois m'assurer que vous êtes prémunie contre une attaque personnelle. J'ai placé dans votre chambre de quoi empêcher le comte d'entrer et je vais à présent vous protéger, vous, en posant sur votre front un peu de l'Hostie consacrée.

À peine le professeur avait-il approché la main de Mina qu'un hurlement terrible, qui nous glaça le sang, s'éleva. L'Hostie lui avait brûlé le front comme au fer rouge.

— Impure ! Je suis vraiment impure si même Dieu tout-puissant fuit ma chair souillée ! Je dois supporter mon opprobre jusqu'au jour du Jugement dernier !

Je me précipitai aussitôt vers elle, au désespoir, et la serrai dans mes bras. Pendant quelques secondes, nos cœurs battirent à l'unisson tandis que les autres détournaient leurs yeux remplis de larmes.

— Cette cicatrice disparaîtra quand Dieu jugera le moment venu de nous libérer de ce fardeau, déclara gravement Van Helsing.

Nous pénétrâmes dans Carfax sans trop de difficultés et constatâmes que rien n'avait changé depuis notre dernière visite.

— Nous allons à présent, mes amis, rendre stérile la terre de ces caisses, dit le professeur une fois dans l'ancienne chapelle.

Tout en parlant, il sortit de son sac une clé anglaise et un tournevis, grâce auxquels il força le couvercle d'une première caisse. La terre sentait le moisi et le renfermé. Prenant un morceau de l'Hostie consacrée, il le posa alors avec déférence sur la terre, puis referma la caisse. Nous traitâmes chacune d'elles de la même manière puis, quand nous eûmes fini et refermé la porte de la chapelle, le professeur déclara :

4345 — Voilà une bonne chose de faite. Si nous rencontrons le même succès avec les autres, au coucher du soleil le front de Madame Mina brillera d'un éclat aussi blanc que l'ivoire.

Piccadilly, 12 heures 30.

Juste avant d'atteindre Fenchurch Street, Lord Godalming me
4350 dit :

— Quincey et moi allons chercher un serrurier. Il vaudrait mieux que vous, en tant qu'homme de loi, ne soyez pas à nos côtés si nous devions forcer la porte. Attendez-nous avec John et le professeur dans Green Park, d'où vous pourrez observer
4355 la maison. Et quand vous verrez la porte ouverte et le serrurier parti, vous nous rejoindrez tous les trois.

— Excellent conseil ! déclara Van Helsing.

Sur cette exclamation, Godalming et Morris prirent un fiacre, et nous, un autre qui nous laissa au coin d'Arlington Street d'où
4360 nous gagnâmes Green Park[1]. Après avoir patienté pendant ce qui nous parut une éternité, nous vîmes enfin une voiture s'arrêter devant la maison. Lord Godalming et Morris en descendirent, suivis d'un homme, une trousse à outils à la main. Une fois devant la porte, l'homme s'agenouilla et sortit de son sac un
4365 énorme trousseau de clés. Il en essaya une, puis une autre. À la troisième tentative, la porte s'ouvrit. Ils pénétrèrent tous les trois à l'intérieur, puis l'homme ressortit et glissa dans la serrure une

---

1. **Green Park** : quartier chic de Londres.
   Dracula s'est installé dans des endroits qui
   conviennent à son origine aristocratique.

clé qu'il tendit à Lord Godalming. Celui-ci le paya, et l'homme
ramassa son sac et repartit. Personne n'avait rien remarqué de
370 ce qui venait de se passer.

Une fois le serrurier suffisamment loin, nous traversâmes
la rue et frappâmes à la porte. Quincey nous ouvrit aussitôt.
Derrière lui, Lord Godalming allumait un cigare.

– Ça empeste ici, dit-il alors que nous entrions.

375 Il régnait en effet dans la maison la même odeur nauséabonde
que dans la chapelle de Carfax. De toute évidence, le comte y était
venu récemment. Nous commençâmes à explorer les lieux en
prenant soin de bien rester groupés en cas d'attaque. Il y avait huit
caisses dans la salle à manger, huit sur les neuf que nous cher-
380 chions. Tant que nous n'aurions pas localisé la caisse manquante,
notre tâche ne serait pas finie. Sans perdre un instant, nous
nous occupâmes de celles-ci et, après les avoir toutes ouvertes,
nous procédâmes comme à Carfax. Puis nous inspectâmes les
autres pièces et retournâmes dans la salle à manger car tout ce
385 qui appartenait au comte se trouvait manifestement là. De fait,
nous découvrîmes les titres d'achat de la maison de Piccadilly
ainsi que ceux de Mile End et de Bermondsey, plus diverses clés
de taille différente, sans doute celles des autres maisons. Lord
Godalming et Quincey notèrent leurs adresses et, munis des
390 clés, partirent aussitôt là-bas pour y détruire les caisses sur place.

Nous attendons leur retour – ou l'arrivée du comte.

23

Journal du Dr Seward
3 octobre.

Pendant l'absence de Godalming et de Morris, le professeur,
cherchant probablement à nous occuper l'esprit, et surtout à
distraire Harker de l'abattement dans lequel il semblait avoir
sombré, nous fit part de plusieurs choses qui, étant donné les
circonstances, s'avérèrent passionnantes. Pour autant que je
m'en souvienne, voici en gros ses paroles :

– J'ai étudié tout ce que j'ai pu trouver sur ce monstre, et plus
j'ai étudié, plus la nécessité de le détruire me paraissait grande.
J'ai ainsi appris de mon ami Arminius[1], de Budapest, que le comte
fut, pendant sa vie, un homme remarquable – soldat, homme
d'État, alchimiste. C'était un esprit supérieur, un érudit hors du
commun dont le cœur ne connaissait ni la peur ni le remords.
Ses facultés cérébrales ont survécu à sa mort physique, bien qu'il

1. **Arminius** : Arminius Vambéry, professeur de
langues orientales à Budapest, venu en Angleterre
faire une série de conférences à succès. Il a rencontré
Stoker à Londres et a longtemps été considéré comme
sa source d'informations sur le mythe du vampire.
En réalité, il semble qu'il lui ait surtout communiqué
ses idées anti-russes.

semble que la mémoire lui fasse parfois défaut. À certains égards, il n'est encore qu'un enfant. Certes, un enfant qui a grandi et mûri, et qui avance grâce à l'expérience. Si nous n'avions pas croisé son chemin, il serait – et sera si nous échouons – le père d'un nouvel ordre d'êtres marchant non pas vers la vie mais vers la mort. Depuis son arrivée ici, il n'a fait qu'exercer sa force. Son intelligence est sans cesse en mouvement, mais il prend son temps, et il peut se le permettre, lui qui a plusieurs siècles d'avance. Seulement, toutes les connaissances qu'il a acquises par le biais de l'expérience arrivent trop tard. Nous avons détruit ses repaires hormis un qui le sera sans doute avant le coucher du soleil. Alors, il n'aura plus d'endroit où se terrer.

Tandis que le professeur parlait, un coup frappé à la porte nous fit sursauter. Van Helsing alla ouvrir. Un petit télégraphiste se tenait sur le seuil. Il tendit au professeur un message que celui-ci lut à voix haute dès la porte refermée :

– *Attention à D. A quitté Carfax 12h45 avec précipitation. S'est dirigé vers le sud. Vient peut-être vers vous. Mina.*

– Parfait ! s'écria Harker. Nous allons bientôt pouvoir l'affronter.

– Ne vous réjouissez pas si vite, dit Van Helsing. Ce que nous souhaitons en ce moment pourrait causer notre perte.

– Plus rien ne m'importe que débarrasser la terre de cette brute. Je suis prêt à vendre mon âme !

– Doucement, mon enfant. Pensez à Madame Mina et à la peine qu'elle éprouverait si elle vous entendait. Nous sommes tous voués à cette cause, et aujourd'hui verra sa fin, car aujourd'hui les pouvoirs du vampire sont limités à ceux des hommes, et jusqu'au coucher du soleil, il ne peut changer. Il lui faudra donc du temps pour venir. Il est déjà 13h20. Prions juste pour que Lord Arthur et Quincey arrivent avant lui.

Une demi-heure après avoir reçu le télégramme de Mme Harker, on frappa de nouveau à la porte. Munis de nos diverses armes – la spirituelle dans la main gauche, la mortelle dans la droite –, nous gagnâmes le hall. Van Helsing entrouvrit la porte. La joie dut se lire sur nos visages quand nous vîmes Lord Godalming et Quincey Morris.

– Tout s'est bien passé. Nous avons détruit les caisses dans les deux maisons, annonça Arthur.

– Le comte ne devrait pas tarder, déclara Van Helsing. Qu'il se soit dirigé vers le sud, comme nous le précise Madame Mina, signifie qu'il ne se doute de rien et que de Carfax, il est allé là où il craignait le moins une intervention de notre part. Vous avez dû le précéder à Bermondsey. Et s'il n'est pas encore ici, c'est qu'il s'est rendu ensuite à Mile End. Croyez-moi, mes amis, nous n'allons pas l'attendre longtemps.

Il leva alors la main en signe d'avertissement car nous venions d'entendre le bruit d'une clé dans la serrure de la porte d'entrée. Nous nous plaçâmes, Van Helsing, Harker et moi-même, juste derrière la porte de la salle à manger, de sorte que, lorsqu'elle s'ouvrirait, le professeur pourrait la garder tandis que Harker et moi empêcherions le comte de ressortir. Godalming et Quincey, eux, se tenaient cachés, prêts à bloquer la fenêtre. Notre angoisse était alors telle que les secondes s'écoulaient avec la lenteur d'un cauchemar. Dans le corridor, résonnaient les pas prudents du comte. De toute évidence, il s'attendait à quelque chose.

Soudain, d'un bond, il surgit dans la pièce et s'y faufila avant qu'aucun de nous n'eût le temps de l'arrêter. Il y avait quelque chose de félin dans son mouvement, de si peu humain que sa brusque irruption sembla nous sortir de notre torpeur. Harker se propulsa vers la porte menant à la pièce en façade. Quand le comte nous vit, une horrible grimace, révélant des dents acérées, se peignit sur son visage. Le sourire diabolique se transforma en une expression de profond mépris, et celle-ci changea à nouveau lorsque, d'un même élan, nous nous avançâmes vers lui. J'étais incapable de savoir si nos armes meurtrières nous seraient de quelque utilité. Harker, apparemment, voulut s'en assurer car, brandissant son long poignard, il lui porta un coup violent. Seule la rapidité du comte qui recula au dernier moment le sauva, mais de son manteau déchiré par l'entaille s'échappèrent une liasse de billets de banque et des pièces d'or. Le regard du comte était si plein de fureur que j'eus peur pour Harker. Aussi, m'élançai-je pour le protéger, le crucifix et l'Hostie dans la main gauche. Le monstre frémit et battit en retraite en voyant que mes camarades présentaient les leurs à leur tour. Il est impossible de décrire la haine et la malveillance, la fureur et la rage qu'exprimait alors le visage du vampire. Son teint de cire, devenu verdâtre, contrastait avec le feu qui lui sortait des yeux, et sa cicatrice rouge au front battait comme une plaie ouverte. L'instant suivant, il plongeait habilement sous le bras de Harker sans laisser à celui-ci le temps de lui asséner un nouveau coup et, ramassant une poignée de billets et de pièces par terre, fila à travers la salle à manger, sauta par la fenêtre et atterrit dans la cour au milieu des éclats de verre et de l'or qui tintait sur le sol dallé. Nous courûmes derrière lui et le vîmes se relever et se ruer vers la porte des écuries. Juste avant de l'ouvrir, il se retourna et lança :

— Vous pensez pouvoir me défier, vous croyez m'avoir privé de tous mes lieux de repos, mais j'en ai d'autres ! Ma vengeance ne fait que commencer et durera des siècles, car le temps est mon allié. Vos femmes m'appartiennent déjà. Par elles, vous serez vous aussi mes créatures, vous exécuterez mes ordres et me servirez de chacals quand j'aurai soif de sang.

Et avec un ricanement méprisant, il franchit la porte. Nous entendîmes le verrou grincer quand il le poussa derrière lui. Une autre porte, plus loin, s'ouvrit et se referma. Le professeur fut le premier à prendre la parole.

– Nous avons appris beaucoup de choses ! Malgré ses menaces, il nous craint et il craint le temps et le manque. Sinon, pourquoi se serait-il empressé de partir ? Pourquoi se munir d'argent ? Suivez-le. De mon côté, je vais faire en sorte que cette demeure ne lui soit plus d'aucune utilité si jamais il revenait.

Godalming et Morris se précipitèrent dans la cour pendant que Harker se glissait par la fenêtre, mais le comte ayant tiré le verrou de la porte des écuries, le temps de l'ouvrir, il avait disparu.

La fin de l'après-midi approchait et le soleil n'allait pas tarder à se coucher. Nous avions perdu la partie. Le cœur lourd, nous acquiesçâmes quand le professeur dit :

– Allons retrouver Madame Mina. Nous ne pouvons rien faire de plus ici.

Quand Mme Harker vit nos visages, elle blêmit et ferma les yeux un instant, comme si elle priait en secret. Puis elle déclara d'une voix enjouée :

– Je ne vous remercierai jamais assez. Oh ! mon chéri, ajouta-t-elle en étreignant son mari.

Le pauvre garçon gémit doucement. Il n'y avait pas de place pour les mots tant son désespoir était grand.

Pendant le dîner, fidèles à notre promesse, nous racontâmes à Mme Harker tout ce qui s'était passé. Une fois notre récit terminé, elle se leva et dit :

– Jonathan, et vous tous, mes amis, je voudrais que vous gardiez à l'esprit quelque chose pendant tout le temps que durera cette effroyable aventure. Votre quête ne doit pas reposer sur la haine. Cette âme à l'origine de tous ces malheurs est finalement la plus à plaindre de toutes. Songez à la joie du comte quand il sera à son tour libéré de ce qu'il y a de pire en lui, et qu'il pourra enfin atteindre l'immortalité spirituelle. Vous devez avoir pitié de lui, sans que cette pitié vous empêche de le détruire.

– Que Dieu me le laisse entre les mains suffisamment long-temps pour que je l'anéantisse, s'écria Harker quand sa femme eut fini de parler. Et si je peux par la même occasion envoyer son âme en enfer, je le ferai !

– Tais-toi, ne parle pas ainsi. Mais songe, mon chéri... J'y ai moi-même songé toute la journée... Un jour... peut-être... moi aussi, j'aurai besoin de cette pitié, et un autre que toi, peut-être, me la refusera.

À ces mots, Harker se jeta à genoux devant elle et, l'entourant de ses bras, enfouit son visage dans les plis de sa robe.

Avant qu'ils ne se retirent dans leur chambre, le professeur protégea la pièce contre une éventuelle venue du vampire et assura à Mme Harker qu'elle pouvait dormir en paix. Puis il plaça une sonnette à portée de leurs lits à tous deux de sorte qu'ils puissent appeler en cas de danger. Quincey, Godalming et moi-même convînmes de monter la garde à tour de rôle afin de veiller à la sécurité de la pauvre jeune femme.

Quincey se charge du premier quart. En attendant de le relayer, Godalming est allé se coucher. Je vais faire de même maintenant que mon travail est fait.

Journal de Jonathan Harker
3-4 octobre, bientôt minuit.
J'ai cru que la journée d'hier ne finirait jamais. Avant de nous séparer, nous avons discuté de la marche à suivre sans pouvoir

toutefois arriver à un résultat. Tout ce que nous savons, c'est qu'il reste une caisse et que seul le comte en connaît la localisation. S'il décide de s'y cacher, il peut se jouer de nous des années durant et pendant ce temps... non, je préfère ne pas y penser, c'est trop horrible. Mina dort paisiblement. Je n'ai pas sommeil, pourtant, je suis bien las. Mais je dois me reposer car, à partir de demain, je n'en aurais plus le loisir tant que...

4 octobre, au matin.

Mina m'a réveillé quand le gris de l'aube naissante soulignait les losanges des fenêtres et que la flamme de la lampe à gaz n'était plus qu'une minuscule tache de lumière.

– Va chercher le professeur, dit-elle. J'ai eu une idée pendant la nuit. Il doit m'hypnotiser[1] avant que le jour se lève, ainsi je serai à même de parler. Va vite, mon chéri.

Le Dr Seward, qui se reposait sur un matelas, dans le couloir, se leva d'un bond en me voyant.

– Il y a un problème ? demanda-t-il, inquiet.

– Non. Mais Mina veut voir le professeur.

– Je vais le chercher.

Deux minutes plus tard, Van Helsing pénétrait dans la chambre. Sur le pas de la porte, M. Morris et Lord Godalming s'enquéraient de ce qui se passait auprès du Dr Seward.

– Eh bien, madame Mina, que puis-je pour vous ? demanda Van Helsing.

– Je veux que vous m'hypnotisiez. Maintenant, car je sens que je peux parler librement.

1. **Hypnotiser** : l'hypnose est une technique destinée à modifier l'état de conscience du patient afin, notamment, de faire revenir des souvenirs oubliés.

Sans un mot, il lui fit signe de s'asseoir et, la regardant fixement, il se mit à bouger les mains devant son visage, de haut en bas, une main à la fois. Mina ne le quitta pas des yeux pendant quelques minutes, puis elle abaissa les paupières et demeura totalement immobile. Seule sa poitrine qui se soulevait doucement indiquait qu'elle était en vie. Le professeur fit encore quelques gestes, puis cessa. Quand Mina ouvrit les yeux, on aurait dit une autre femme ; son regard était lointain et sa voix avait quelque chose de rêveur et de triste que je ne lui connaissais pas. Levant la main pour imposer le silence, le professeur m'invita à faire entrer les autres dans la chambre. Mina ne semblait pas les voir. Le calme absolu qui régnait alors fut rompu par la voix de Van Helsing qui demanda tout bas, pour ne pas troubler le cours des pensées de Mina :

– Où êtes-vous ?

– Je ne sais pas. Je ne reconnais rien.

– Que voyez-vous ?

– Rien. Tout est plongé dans l'obscurité.

– Qu'entendez-vous ?

– Le clapotis de l'eau, qui murmure tout près. Le bruit de petites vagues dehors.

– Vous êtes donc sur un bateau ?

Nous nous interrogeâmes tous du regard. Que penser de cela ? Mais la réponse vint rapidement :

– Oui ! Des hommes marchent au-dessus de moi. J'entends aussi le bruit d'une chaîne et le cliquetis d'un câble qu'on bloque autour du cabestan[1].

– Que faites-vous ?

---

1. **Cabestan** : treuil pour lever l'ancre d'un bateau.

4610 — Je ne bouge pas. Je suis immobile, aussi immobile que la mort.

Sa voix s'atténua pour se confondre avec le profond soupir de celui qui dort, puis elle ferma de nouveau les yeux. Le soleil s'était levé entre-temps et éclairait la chambre. Le Pr Van Helsing 4615 posa ses mains sur les épaules de Mina et l'allongea délicatement sur le lit. Au bout de quelques instants, elle se réveilla et nous dévisagea avec étonnement.

— Ai-je parlé pendant mon sommeil ? demanda-t-elle.

Après que le professeur lui eut répété ce qu'elle avait dit, elle 4620 déclara :

— Alors, il n'y a pas une minute à perdre. Il n'est peut-être pas trop tard.

M. Morris et Lord Godalming se précipitèrent vers la porte mais le professeur les rappela.

4625 — Attendez, mes amis, dit-il. Ce bateau, où qu'il soit, levait l'ancre quand Madame Mina parlait, et ils sont nombreux à se préparer à partir dans le port de Londres. Comment savoir de quel bateau il s'agit ? Quelque chose nous a échappé car si nous reconsidérons les événements passés, ce que le comte avait 4630 à l'esprit quand il a ramassé l'argent devient évident. Il cherchait à fuir. Oui, à FUIR ! Avec une seule caisse et une meute d'hommes à ses trousses, il n'était plus en sécurité à Londres. Il a embarqué cette caisse et quitte le pays. Notre vieux renard est rusé, et nous devons nous montrer tout aussi rusés que lui. 4635 Pour l'instant, nous pouvons nous reposer en paix car il ne peut traverser l'étendue d'eau qui nous sépare de lui, sauf si le bateau touche terre, et seulement à marée haute ou lorsque la mer est étale. Sans compter que le soleil s'est levé, ce qui signifie que nous avons toute la journée devant nous.

— Mais pourquoi le poursuivre puisqu'il s'en va ? demanda Mina.

— Parce qu'il peut vivre pendant des siècles et que vous n'êtes qu'une mortelle, répondit le professeur gravement. À présent que le comte a laissé cette marque sur votre gorge, le temps est notre ennemi.

Dracula de Tod Browning avec Bela Lugosi dans le rôle de Dracula, 1931.

24

Message du Pr Van Helsing enregistré par le Dr Seward
À l'attention de Jonathan Harker.

Vous devez rester avec votre chère Mina. De notre côté, nous mènerons les recherches. Le comte ne viendra pas aujourd'hui.
4650 Mais laissez-moi vous expliquer ce que j'ai déjà dit aux autres. Notre ennemi est parti. Il est retourné dans son château en Transylvanie. Il s'était sans doute préparé à cette éventualité car la dernière caisse de terre attendait d'être chargée à bord d'un bateau. C'est pour cette raison qu'il a emporté de l'argent et s'est
4655 empressé de fuir avant que le soleil ne se couche et que nous le rattrapions. Il nous faut trouver l'embarcation qu'il a empruntée. Nous rentrerons dès que nous saurons son nom. Notre combat ne fait que commencer, et nous le remporterons, aussi sûrement que Dieu observe ses enfants de là-haut●.
4660 Van Helsing

● Van Helsing et ses compagnons évoquent fréquemment la volonté de Dieu. Leur combat contre le vampire est donc une guerre sacrée, symbolisant la lutte éternelle de Dieu contre Satan, de la lumière contre les ténèbres.

Journal de Jonathan Harker
4 octobre.

Lorsque j'ai fait entendre à Mina le message de Van Helsing, son visage s'est éclairé. De savoir le comte hors du pays la rassure et la rend plus forte. Quant à moi, j'ai presque du mal à croire que nous sommes délivrés de ce terrible danger. Hélas ! Il m'a fallu déchanter quand mes yeux se sont posés sur la cicatrice qui barre le front de ma pauvre chérie. Tant qu'elle sera là, croire est vain.

Journal de Mina Harker
5 octobre, 5 heures de l'après-midi.
Compte rendu de notre réunion.

Étaient présents : le Pr Van Helsing, Lord Godalming, le Dr Seward, M. Quincey Morris, Jonathan Harker, Mina Harker.

Le Pr Van Helsing a expliqué comment a été découvert le bateau sur lequel le comte Dracula a embarqué pour s'échapper :

– Comme je savais qu'il voulait retourner en Transylvanie, j'étais sûr qu'il passerait par l'estuaire du Danube ou par la mer Noire. Nous avons donc d'abord cherché quels bateaux avaient levé l'ancre la nuit dernière pour la mer Noire. D'après les paroles de Madame Mina, il ne pouvait s'agir que d'un voilier. Ce genre d'embarcation n'étant pas assez importante pour figurer dans la liste des bateaux du *Times*, Lord Godalming nous a suggéré de nous rendre à la Lloyd[1] où sont notés les noms de tous les

1. **Lloyd** : siège de la célèbre compagnie d'assurances Lloyd's of London, qui publie un journal (*Lloyd's List*) indiquant les mouvements des navires et donnant toutes sortes d'informations dans le domaine des affaires maritimes.

4685 bateaux qui prennent la mer, aussi petits soient-ils. Nous avons ainsi découvert que le seul bateau qui avait mis les voiles vers la Mer Noire s'appelait le *Tsarine Catherine*, et qu'il était parti du quai Doolittle pour Varna[1], et de là pour d'autres ports le long du Danube[2]. Nous nous sommes donc aussitôt rendus au quai

4690 Doolittle où là, nous avons appris tout ce que nous voulions savoir. Ainsi donc, chère madame Mina, nous pouvons tous nous reposer car notre ennemi est en mer, en route vers l'estuaire du Danube. Naviguer prend du temps, nous le rattraperons plus vite par voie de terre. Nous avons quelques jours pour nous préparer

4695 et nous savons où il va grâce au propriétaire du bateau qui nous a montré tous les documents qu'il détenait. La caisse que nous cherchons sera débarquée à Varna et remise à un certain Ristics.

Une fois que le Pr Van Helsing eut terminé de parler, je lui demandai s'il était sûr que le comte fût toujours à bord du bateau.

4700 — Votre témoignage, lors de notre séance d'hypnose ce matin, en est la meilleure preuve.

J'insistai une fois de plus sur la nécessité de poursuivre le comte.

— Oui, c'est indispensable, répondit le professeur. Pour votre

4705 salut et le salut de l'humanité. Il vous a marquée de telle sorte que, même s'il ne se présente plus jamais devant vous, la mort, qui est notre lot à tous, fera de vous un être semblable à lui.

Après une discussion générale, nous décidâmes d'aller nous coucher et de réfléchir aux conclusions que nous pouvions tirer

4710 de tout cela.

---

1. **Varna** : ville de Bulgarie située au bord
de la Mer Noire.
2. **Danube** : important fleuve, par lequel
il est possible de se rendre dans la région
des Carpates.

Je me sens merveilleusement en paix ce soir, comme délivrée d'une présence obsédante. Mais je ne dois pas rêver : je viens d'apercevoir dans le miroir la cicatrice sur mon front. Je suis toujours impure.

Journal du Dr Seward
5 octobre.

Nous nous sommes tous levés de bonne heure. J'ai l'impression que le sommeil nous a fait le plus grand bien. Nous devons nous retrouver dans mon bureau d'ici une demi-heure pour décider de la marche à suivre. Je ne vois dans l'immédiat qu'une seule difficulté : comme nous allons devoir parler franchement, j'ai peur que pour quelque mystérieuse raison, Mme Harker n'ait la langue liée. Je me demande même si l'horrible poison qui coule dans ses veines ne commence pas à agir. Van Helsing doit me rejoindre avant les autres pour que nous en discutions.

Plus tard.
Dès l'arrivée du professeur, nous avons commenté la situation.
– Madame Mina est en train de changer, déclara-t-il. Les traits caractéristiques des vampires apparaissent peu à peu sur son visage, de façon très légère pour l'instant, certes, mais elles sont visibles néanmoins à celui qui sait regarder. Ses dents sont plus pointues et ses yeux parfois plus durs. Mais ce n'est pas tout. Il y a ses silences, à présent, plus fréquents, comme avec mademoiselle Lucy. Si elle peut, en état d'hypnose, nous dire ce que voit et entend le comte, ma crainte, c'est que lui, qui l'a hypnotisée le premier, qui a bu son sang et l'a fait boire le sien, ne l'oblige à lui révéler ce qu'elle sait. Nous devons empêcher cela, et la tenir à nouveau dans l'ignorance de nos intentions. Tant qu'elle ne

saura rien, elle ne pourra rien dire. Quand nous nous retrouve-
4740 rons tous tout à l'heure, je lui annoncerai que, pour une raison
qu'il m'est impossible de divulguer, elle ne pourra plus assister
à nos réunions.

Plus tard.

Van Helsing et moi-même avons été bien soulagés quand,
4745 juste avant la réunion, Harker nous signala que sa femme ne
se joindrait pas à nous afin que nous nous sentions plus libres
pour parler sans sa présence. Étant donné les circonstances, nous
convînmes d'un regard de ne rien dire aux autres dans l'immédiat, et abordâmes aussitôt notre plan de campagne.

4750 — Le *Tsarine Catherine* a quitté la Tamise hier matin. Il lui faudra
trois semaines au moins pour rejoindre Varna. Par voie de terre,
nous pouvons y être en trois jours. À présent, si nous lui retirons
deux jours de voyage grâce à l'influence que le comte a sur les
conditions atmosphériques, plus un jour supplémentaire dû à
4755 un retard ou à un autre de notre part, il nous reste presque deux
semaines. C'est-à-dire que nous devons partir le 17 pour arriver
à Varna un jour avant le bateau.

— Comme j'ai cru comprendre que le comte venait d'un pays
de loups, je propose que nous ajoutions des Winchester[1] à notre
4760 armement, intervint Quincey Morris.

— Excellente idée ! répondit Van Helsing. Cela dit, puisque
aucun de nous ne connaît Varna, nous pourrions tout aussi bien
partir plus tôt. L'attente nous paraîtra aussi longue ici que là-bas.
Entre ce soir et demain, nous pouvons être prêts et si tout va bien,
4765 entreprendre tous les quatre notre voyage.

---

1. **Winchester** : célèbre carabine anglaise.

— Tous les quatre ? répéta Harker.

— Oui, s'empressa de répondre le professeur, car vous devez bien évidemment rester ici pour vous occuper de votre adorable épouse.

70 Harker demeura silencieux un moment, puis déclara d'une voix caverneuse :

— Reparlons de tout cela demain matin. Je veux consulter Mina d'abord.

Pensant que le moment était venu de mettre les autres au 75 courant de nos soupçons, j'attirai l'attention de Van Helsing. Celui-ci se contenta de poser un doigt sur ses lèvres et il se détourna.

Journal de Jonathan Harker
5 octobre, dans l'après-midi.
80 Impossible de me concentrer après la réunion de ce matin tant la tournure des événements me déconcerte.

Plus tard.
Comme c'est étrange. Je regardais Mina dormir paisiblement quand, tout à coup, elle ouvrit les yeux et dit :
85 — Jonathan, je veux que tu me promettes quelque chose, et que tu t'engages à ne jamais rompre cette promesse quand bien même je t'en supplierais à genoux.

— Mina, voyons, je ne peux rien te promettre de la sorte.

— Mon chéri, ce n'est pas pour moi que je te le demande, 90 insista-t-elle, les yeux brillants. Interroge le Pr Van Helsing, et s'il me désapprouve, tu pourras faire comme bon te semble. Mieux : si vous me désapprouvez tous, je te rends ta promesse.

— Très bien, tu as ma parole.

4795 — Je veux que tu me promettes de ne rien me dire des plans que vous élaborez contre le comte tant que cette cicatrice sera sur mon front !

Il y avait une telle ferveur dans sa voix que je promis solennellement.

Une porte venait de se fermer entre nous⬤.

4800 6 octobre.

Une autre surprise. Mina m'a de nouveau réveillé tôt ce matin et m'a prié d'aller chercher le Pr Van Helsing. Dès qu'il est entré dans la chambre, il lui a demandé s'il devait appeler les autres.

— Ce n'est pas nécessaire, répondit-elle. Vous pourrez leur 4805 rapporter notre conversation plus tard. Voilà. Je dois vous accompagner.

— Mais pourquoi ?

— Parce que je suis plus en sécurité avec vous et vous avec moi.

— Mais madame Mina, permettez-moi de vous rappeler que 4810 nous allons au-devant de dangers pour lesquels vous êtes plus exposée que nous.

— Je sais, et c'est pour cela que je dois venir avec vous. Je puis parler librement en ce moment, pendant que le soleil se lève. Je ne suis pas sûre de le pouvoir après car lorsque le comte me 4815 sommera de le rejoindre, je lui obéirai. J'irai à lui par quelque artifice que ce soit, par quelque tromperie, même aux dépens de Jonathan. Par ailleurs, je puis vous être utile. En m'hypnotisant, vous pourrez apprendre des choses que j'ignore moi-même.

⬤ Cela signifie que le lien entre les deux personnages est en train de se rompre. La « possession » de Mina par Dracula commence à opérer. D'épouse de Jonathan, elle devient progressivement la « compagne et servante » du comte.

– Madame Mina, vous êtes, comme toujours, la sagesse même.
Oui, vous nous accompagnerez, et tous ensemble, nous accomplirons cette mission que nous nous sommes fixée.

Mina était alors retombée endormie sur son oreiller. Elle ne se réveilla même pas quand je soulevai le store et que la lumière du soleil entra à flots dans la chambre. Van Helsing me fit signe de le suivre et nous allâmes retrouver les autres. Une fois qu'il leur eut rapporté les propos de Mina, il ajouta :

– Nous partirons demain matin pour Varna afin d'être prêts à agir dès l'arrivée du bateau.

– Et comment procéderons-nous ? demanda M. Morris.

– Nous monterons à bord et, la caisse trouvée, nous placerons une branche de rosier sauvage dessus, ce qui empêchera le comte de sortir. Puis nous attendrons le moment adéquat où personne ne nous surveillera. Nous soulèverons alors le couvercle… et tout ira bien. Pour l'instant, allons mettre nos affaires en ordre. Je m'occuperai des billets de train.

Plus tard.

Tout est fait. J'ai écrit mon testament. Si Mina doit me survivre, elle sera ma seule héritière. Et si nous devons mourir tous les deux, les autres, qui ont été si bons avec nous, seront nos légataires.

25

Journal du Dr Seward
11 octobre, le soir.

Jonathan Harker m'a prié d'enregistrer cela car il a peur de ne pas savoir s'y prendre, et il veut un rapport complet des derniers événements.

Je crois qu'aucun de nous ne fut surpris quand Mme Harker demanda à nous voir avant le coucher du soleil. Le lever et le coucher du soleil sont pour elles des moments de liberté, où elle peut s'exprimer sans qu'aucune force ne la contraigne. Ce soir, cependant, elle paraissait en proie à une lutte interne. Faisant signe à son mari de venir s'asseoir près d'elle, sur le sofa, elle nous invita à rapprocher nos chaises puis déclara :

– Nous voici tous réunis, peut-être pour la dernière fois. Demain matin, nous partirons accomplir notre tâche et Dieu seul sait ce qu'elle nous réserve. Vous êtes tous si bons de m'accepter parmi vous, mais n'oubliez pas que je ne suis pas des vôtres. Mon sang et mon âme sont souillés par un poison qui peut me détruire. Certes, il existe une autre solution, mais ni vous ni moi ne devons la choisir !

– Quelle solution ? demanda Van Helsing.

– Que je meure maintenant, par ma propre main ou celle d'un ami, avant qu'un mal plus grand ne survienne. Je sais que vous libéreriez mon âme immortelle comme vous l'avez fait pour ma pauvre Lucy. Je ne crains pas la mort, mais la mort n'est pas tout. Je ne puis croire qu'en mourant à présent, alors que l'espoir est là et que nous devons nous acquitter d'une mission difficile, la volonté de Dieu s'accomplisse. Aussi, vais-je vous dire en toute sincérité ce que j'attends de vous. Vous devez me promettre, tous, et même toi, mon cher époux, que le moment venu, vous me tuerez.

– De quel moment parlez-vous ? demanda Quincey.

– Lorsque vous serez convaincus que j'ai à ce point changé qu'il sera préférable pour moi d'être morte. Et quand je serai morte dans ma chair, vous me transpercerez d'un pieu et me couperez la tête.

Quincey fut le premier à rompre le silence qui suivit cette déclaration.

– Je vous jure, par tout ce que j'ai de plus sacré, de ne pas me soustraire au devoir que vous nous imposez.

– Merci, mon ami, murmura Mina, le visage ruisselant de larmes.

– Vous pouvez compter sur moi aussi, déclara Van Helsing.

– Et sur moi également, ajouta Lord Godalming.

Chacun à leur tour, ils s'agenouillèrent devant elle pour prêter serment. Je les imitai. Puis son mari s'approcha et, les yeux humides, dit :

– Dois-je te faire cette promesse ?

– Oui, mon chéri. Et si je dois mourir de la main de quelqu'un, qu'elle soit de celui qui m'aime le plus.

4890 Journal de Jonathan Harker
15 octobre, Varna.

Nous avons quitté Charing Cross[1] le 12 au matin et sommes arrivés à Paris le soir même où, là, nous attendaient des places dans l'Orient-Express[2]. Nous avons voyagé toute la journée 4895 et toute la nuit, et avons atteint Varna vers 5 heures. Lord Godalming est allé aussitôt voir au consulat si l'on avait reçu un télégramme pour lui pendant que nous nous installions à l'hôtel. Dieu merci, Mina a l'air en forme et semble même reprendre des forces. Comme elle est particulièrement alerte avant le lever et le 4900 coucher du soleil, Van Helsing a pris l'habitude de l'hypnotiser à ces moments-là. Au début, cela nécessitait quelques efforts, mais à présent, elle n'offre quasiment plus de résistance et cède presque machinalement. Van Helsing lui demande toujours ce qu'elle voit et ce qu'elle entend.

4905 – Rien. Tout est sombre. J'entends les vagues lécher le bateau, les voiles et les cordages se tendre, les mâts et les vergues[3] grincer. Le vent souffle.

Le *Tsarine Catherine* est donc encore en haute mer et se dirige vers Varna. Lord Godalming vient de rentrer. Avant de partir, il 4910 a prié l'agent de la Lloyd, à Londres, de lui télégraphier tous les jours pour le tenir au courant de la traversée du *Tsarine Catherine*.

Demain, nous irons voir le vice-consul pour qu'il nous autorise à monter à bord du bateau dès qu'il accostera.

---

1. **Charing Cross** : gare de Londres.
2. **Orient-Express** : train qui assurait la liaison entre Paris et Istanbul. Varna était l'une des étapes du voyage.
3. **Vergue** : pièce de bois fixée au mât et portant une voile.

16 octobre.

Les rapports de Mina sont toujours les mêmes : vagues, obscurité, vents favorables. Comme le bateau doit bientôt passer les Dardanelles, nous aurons sûrement des nouvelles sous peu.

17 octobre.

Nous sommes prêts à accueillir le comte. Godalming a raconté aux affréteurs[1] que la caisse contenait des objets qui avaient été volés à un de ses amis, et a obtenu plus ou moins l'autorisation de l'ouvrir à ses risques et périls. Nous avons déjà pris nos dispositions au cas où la caisse serait ouverte. Si le comte s'y trouve, Van Helsing et Seward lui trancheront la tête et lui planteront un pieu dans le cœur, pendant que Morris, Godalming et moi monterons la garde. D'après le professeur, après un tel traitement, le corps du comte se réduira en poussière ; ainsi, il n'y aura aucune preuve contre nous si l'on nous accusait de meurtre. Nous nous sommes arrangés avec les autorités pour être prévenus dès que le *Tsarine Catherine* sera en vue.

24 octobre.

Une semaine entière d'attente. Les télégrammes de Godalming disent toujours la même chose : *Pas encore signalé.* Pareil pour les informations obtenues quand Mina est en état d'hypnose : vagues qui lèchent le bateau, mâts qui grincent.

---

1. **Affréteur** : personne qui loue un navire. Il s'agit ici des gens qui ont loué le *Tsarine Catherine* pour le transport de leurs marchandises.

Télégramme de Rufus Smith, Lloyd, Londres à Lord Godalming
aux bons soins de Son Excellence le vice-consul de Varna
24 octobre.
Tsarine Catherine *signalé ce matin aux Dardanelles.*

4940 Journal du Dr Seward
25 octobre.

Comme mon phonographe me manque ! Je déteste écrire à la
main, mais Van Helsing insiste pour que je tienne mon journal.
Nous étions tous fous de joie hier quand Godalming a reçu le
4945 télégramme de la Lloyd. Seule Mme Harker était calme. Ce qui
n'est pas si surprenant, finalement, puisque nous avons fait en
sorte de ne rien lui dire à ce sujet. Je suis sûr qu'autrefois, elle
aurait remarqué quelque chose, mais elle a énormément changé
au cours des trois dernières semaines. La léthargie la gagne de
4950 plus en plus, et bien qu'elle semble forte et en bonne santé, Van
Helsing et moi ne sommes pas satisfaits. Van Helsing, qui profite
des séances d'hypnose pour examiner ses dents, prétend que tant
qu'elles ne deviennent pas pointues, il n'y a pas de danger. Mais
si un tel changement survenait, il faudrait prendre des mesures...
4955 D'après l'allure du *Tsarine Catherine* depuis son départ de Londres,
il lui faudra à peu près vingt-quatre heures de navigation entre les
Dardanelles et Varna. Le comte devrait donc arriver demain matin.

25 octobre, midi.

Aucune nouvelle pour l'instant du bateau et description sous
4960 hypnose de Mme Harker au lever du jour identique aux autres.
Son état nous alarme quelque peu, Van Helsing et moi. Un peu
avant midi, elle a sombré dans une sorte de léthargie qui ne nous
a pas plu.

26 octobre.

Le *Tsarine Catherine* n'est toujours pas là alors qu'il aurait dû aborder au port aujourd'hui. Il doit sans doute continuer de naviguer puisque le rapport de Mme Harker ne différait pas des précédents.

27 octobre, midi.

Étrange. Nous n'avons pas la moindre nouvelle du bateau. Hier soir et ce matin, Mme Harker nous a livré son habituel compte rendu, quoiqu'elle ait ajouté que les vagues étaient très faibles. Van Helsing est inquiet. Il vient de me confier qu'il craignait que le comte ne nous ait échappé.

— Et puis, je n'aime pas cette apathie dans laquelle a sombré Madame Mina.

Je m'apprêtai à l'interroger, mais Harker est arrivé et le professeur m'a fait signe de garder le silence. Nous essaierons de faire parler davantage Mme Harker ce soir.

Télégramme de Rufus Smith, Londres, à Lord Godalming, aux bons soins de Son Excellence le vice-consul de Varna

28 octobre.

Tsarine Catherine *entré à Galati[1] à 1 heure aujourd'hui.*

Journal du Dr Seward

28 octobre.

Lorsque nous apprîmes que le bateau était à Galati, nous ne fûmes pas finalement si surpris que cela. Bien sûr, nous ne savions pas d'où, quand ni comment le coup viendrait, mais

---

1. **Galati** : ville de Roumanie située sur les rives du Danube.

à mon avis, nous nous attendions tous à quelque événement
4990 étrange. Le retard du *Tsarine Catherine* nous avait sans doute
persuadés que les choses ne se déroulaient pas comme prévu.

– Quand part le prochain train pour Galati ? demanda Van
Helsing.

– À 6h30 demain matin, répondit Mme Harker.

4995 – Comment le savez-vous ? interrogea Arthur.

– J'ai la passion des trains. À Exeter, je notais toujours leurs
horaires afin de les communiquer à mon mari. J'ai trouvé cela
si utile que, depuis, je le fais systématiquement.

– Merveilleuse femme, murmura le professeur. Bien. Nous
5000 devons nous organiser, continua-t-il. Ami Arthur, vous vous
occuperez des billets. Vous, Jonathan, allez au bureau maritime
et débrouillez-vous pour vous y faire remettre une autorisation
afin de fouiller le bateau à Galati comme celle que nous avions
obtenue ici. Morris Quincey, courez chez le consul et priez-le
5005 d'intervenir auprès de son confrère à Galati pour qu'il nous faci-
lite le trajet et que nous ne perdions pas de temps une fois sur le
Danube. John restera avec Madame Mina et moi-même.

– Et moi, déclara Mme Harker avec l'entrain que nous lui
connaissions autrefois, je vais essayer de me rendre utile en
5010 prenant des notes comme je le faisais naguère. Je ne sais pas ce
que j'ai, mais je me sens plus libre que je ne l'ai été ces derniers
temps !

Les trois jeunes hommes parurent ravis de la nouvelle tandis
que Van Helsing et moi échangeâmes un regard inquiet. Une
5015 fois qu'il les eut envoyés accomplir leur mission, il demanda à
Mme Harker de chercher dans le journal de Jonathan la partie
qui se déroulait dans le château de Dracula. À peine fut-elle
sortie qu'il dit :

– Nous pensons la même chose. Je vous écoute.

5020 – Elle a changé. C'est un espoir qui me rend malade car il peut nous tromper.

– Tout à fait. Lors de la séance d'hypnose d'il y a trois jours, le comte s'est emparé de son esprit et s'est montré à elle dans sa caisse, sur le bateau qui fendait les vagues. C'est ainsi qu'il 5025 a appris notre présence car, avec ses yeux pour voir et ses oreilles pour entendre, elle sait bien plus de choses que lui, enfermé, dans son cercueil. À présent, il fait tout ce qu'il peut pour nous échapper, et il n'a plus besoin d'elle. Il est persuadé qu'elle répondra à son appel, mais pour l'instant, il a rompu 5030 toute communication avec elle afin qu'elle ignore où il se trouve. Mais voilà Madame Mina. Chut, pas un mot, elle ne sait rien. Laissez-moi parler, et vous comprendrez.

Mme Harker entra et remit à Van Helsing plusieurs feuillets dactylographiés qu'il parcourut d'un air grave. Mais à mesure 5035 qu'il avançait dans sa lecture, son visage s'illumina.

– Ami John, et chère madame Mina, dit-il enfin, sachez qu'il ne faut jamais craindre de réfléchir. Une demi-pensée me tracassait depuis quelque temps et j'avais peur de la laisser s'envoler. Or, avec quelques informations supplémentaires, je me suis aperçu 5040 que ce n'était pas du tout une demi-pensée mais bien une pensée complète. Écoutez ce que Jonathan a écrit : « Ce descendant de cette race qui envahit à maintes reprises la Turquie, qui, même battu, n'eut de cesse de revenir, bien qu'il fût le seul à quitter les champs ensanglantés où ses troupes avaient été massacrées, 5045 certain qu'il finirait par triompher... » Que nous apprennent ces quelques lignes ? Que le vrai criminel accomplit toujours le même crime. Il est intelligent, malin, plein de ressources, mais son esprit n'est pas celui d'un homme. C'est, à bien des égards,

celui d'un enfant. Le criminel qui nous intéresse a lui aussi
5050 l'esprit d'un enfant et se comporte comme tel. Cependant, il suffit
d'agir une fois pour que l'esprit d'un enfant devienne l'esprit
d'un adulte. Mais tant qu'il ne se fixe pas pour but d'accomplir davantage, il répète la même chose, comme il l'a toujours
fait. Oh ! je vois, ma chère, que votre regard brille, dit-il à Mme
5055 Harker. À vous de parler à présent. Dites à deux hommes de
science ce que vos yeux voient.

Il lui prit alors la main et ne la lâcha pas de tout son discours.
Je remarquai qu'il n'avait pas pu s'empêcher de poser le pouce
sur son pouls. Par déformation professionnelle, sans doute.

5060 — Le comte est un criminel de type classique, commença Mme
Harker, mais son esprit est imparfait. Face à une difficulté, il
cherche dans la répétition comment s'en sortir. Il est venu à
Londres où ses espoirs de victoire se sont envolés et où son
existence s'est trouvée en danger. Aussi, s'est-il empressé de
5065 retourner chez lui, tout comme il retraversait le Danube après
avoir été battu en Turquie.

— Excellent ! s'exclama Van Helsing avec enthousiasme puis il
ajouta, aussi calmement que si nous tenions consultation dans
la chambre d'un malade : soixante-douze, malgré l'excitation. J'ai
5070 bon espoir. Mais continuez, je vous prie, madame Mina.

— En tant que criminel, il est égoïste, et comme son intelligence est limitée, il ne vise qu'un seul but, et pour l'atteindre, il
est sans pitié. C'est parce qu'il est égoïste qu'il m'a libérée. Oh !
comme je l'ai sentie ! Ma seule crainte, c'est que, lors d'un rêve
5075 ou d'une séance d'hypnose, il ne se soit servi de mes connaissances à ses fins.

— Il l'a fait, ce qui explique pourquoi nous l'avons attendu à
Varna tandis qu'il filait vers Galati, déclara Van Helsing. Il est

persuadé qu'il nous a échappé et comme il pense avoir plusieurs heures d'avance, son esprit d'enfant va lui suggérer de se reposer. Par ailleurs, en se coupant de vous, il croit que vous ne savez plus rien de lui. C'est là qu'il se trompe ! Ce terrible baptême par le sang vous permet de le rejoindre en esprit, comme vous l'avez de nombreuses fois fait au lever ou au coucher du soleil. Sauf qu'à ces moments-là, c'est à moi que vous obéissez et non à lui. Ami John, ce qui vient d'être dit est d'une extrême importance. Notez-le pour que les autres en soient informés à leur retour.

Vue de la ville et du port de Galati en Roumanie, gravure.

26

Journal du Dr Seward
29 octobre.

5090 J'écris dans le train en direction de Galati. Hier soir, quand Van Helsing a hypnotisé Mme Harker, il a dû se montrer assez ferme pour l'obliger à parler alors que d'habitude, il lui suffisait d'une simple allusion.

– Je ne distingue rien, a-t-elle fini par dire au bout d'un
5095 moment. Nous ne bougeons pas, il n'y a pas de vagues mais seulement le mouvement régulier de l'eau contre l'aussière[1]. J'entends des voix d'hommes et le bruit des rames dans les dames de nage[2]. On tire un coup de feu ; l'écho semble venir de loin. Des pas résonnent au-dessus de moi, on traîne des cordages
5100 et des chaînes. Qu'est-ce que c'est ? Je vois un rayon de lumière, je sens le souffle de l'air sur moi.

Elle s'interrompit à ce moment-là et se redressa, les mains tendues en avant, comme si elle soulevait un poids.

---

1. **Aussière** : cordage employé pour l'amarrage des bateaux.
2. **Dame de nage** : objet sur une embarcation servant à fixer une rame et jouant le rôle de pivot lorsque cette dernière est manipulée.

– Mes amis, vous l'avez compris, il approche de la terre. Il a abandonné sa caisse mais il lui faut encore gagner le rivage. La nuit, il peut se cacher, mais si on ne le porte pas ou si le bateau n'accoste pas, il ne peut rien faire. Bien sûr, il pourrait dès le coucher du soleil se transformer et voler, comme à Whitby. Mais si le jour se lève avant qu'il n'atteigne la terre, il ne peut quitter le bateau. Bref, s'il ne parvient pas à rejoindre la grève ce soir, ce sera une journée de perdue pour lui. Nous pouvons, dans ce cas, encore arriver à temps et le surprendre en plein jour dans sa caisse.

Comme il n'y avait plus rien à ajouter, nous attendîmes jusqu'à l'aube d'en savoir davantage grâce à Mme Harker. Elle mit encore plus de temps que les jours précédents à tomber en état d'hypnose, et quand enfin, elle céda aux suggestions de Van Helsing, le jour était si proche que nous étions tous au bord du désespoir.

– Tout est sombre, dit-elle. J'entends le clapotis de l'eau et le bruit du bois qui craque.

Elle s'arrêta, et le soleil se leva. Il ne nous restait plus qu'à patienter jusqu'au soir.

Nous voyageons donc vers Galati, tourmentés par l'attente. Nous devons y arriver entre 2 et 3 heures du matin, ce qui nous permettra d'interroger encore deux fois Mme Harker. Peut-être alors en saurons-nous davantage ?

Plus tard.

J'ai peur que la faculté de Mme Harker de lire dans les pensées du comte ne disparaisse au moment où nous en avons le plus besoin. Lorsque, enfin, elle a parlé, ce fut de façon très énigmatique.

– Il se passe quelque chose, je le sens, comme si un vent frais soufflait sur moi. J'entends au loin des bruits confus – des hommes qui parlent une langue étrangère, des torrents impétueux, des loups qui hurlent.

Elle s'interrompit. Un frisson la parcourut, dont l'intensité décupla si rapidement qu'elle fut frappée de paralysie. Lorsqu'elle se réveilla, elle était glacée et épuisée, mais avait l'esprit alerte[1]. Elle ne se souvenait de rien et, quand nous lui rapportâmes ses paroles, elle réfléchit longtemps, en silence.

30 octobre, 7 heures du matin.

Nous approchons de Galati et je n'aurai peut-être plus le temps d'écrire. À cause de ses difficultés à hypnotiser Mme Harker, Van Helsing s'y est pris plus tôt que d'habitude.

– Tout est sombre, dit-elle. J'entends l'eau, au niveau de mes oreilles, et le bois qui craque. Du bétail meugle au loin. Il y a un autre bruit, un bruit étrange, comme...

Elle se tut et son visage blêmit.

– Continuez ! Parlez, je vous l'ordonne ! s'écria le professeur.

Au même moment, le soleil, qui se levait, rosissait ses joues pâles. Elle ouvrit les yeux et nous sursautâmes tous quand elle dit :

– Professeur, vous savez que je n'ai pas le pouvoir de révéler ces choses. Pourquoi me le demander ? Je ne me souviens de rien.

Le sifflet du chef de gare vient de sonner. Nous entrons dans Galati, plus inquiets et impatients que jamais.

---

1. **Alerte** : vigilant.

Journal de Mina Harker

160 30 octobre.

M. Morris m'a accompagnée à l'hôtel où nous avons réservé des chambres par télégramme. Lord Godalming est allé voir le vice-consul, tandis que Jonathan et les deux docteurs se sont rendus au bureau maritime pour s'enquérir du *Tsarine Catherine*.

165 Plus tard.

Lord Godalming vient de rentrer. Le consul est absent et le vice-consul malade. Il a dû s'adresser à un employé qui s'est montré très obligé[1] et a promis de faire son possible.

Journal de Jonathan Harker

170 30 octobre.

À 9 heures, le Pr Van Helsing, le Dr Seward et moi-même sommes allés chez Mackenzie & Steinkoff, les agents de la compagnie Hapgood de Londres. Ils avaient reçu un télégramme de Londres, en réponse à la demande de Lord Godalming, les 175 priant de nous aider dans nos démarches. Ils ont été plus que courtois et nous ont conduits à bord du *Tsarine Catherine* qui était ancré dans le port fluvial. Là, nous avons rencontré le capitaine du bateau, un certain Donelson, qui nous a raconté que jamais de sa vie il n'avait eu une navigation aussi favorable.

180 – C'est qu'on a eu peur, pardi ! C'est pas prudent de faire Londres–la Mer Noire avec le vent en poupe, comme si le diable lui-même y soufflait dans nos voiles. Et pis, on y voyait rien. Dès qu'on s'approchait d'un bateau, d'un port ou d'une côte, le brouillard nous tombait dessus. On a passé Gibraltar sans

---

1. **Obligé** : empressé de rendre service.

5185 pouvoir se signaler. Y a qu'aux Dardanelles, quand on attendait les papiers, qu'on a pu aller à terre. Après le Bosphore, les
hommes ont commencé à râler. Certains, les Roumains, m'ont
demandé de jeter à l'eau une grosse caisse qu'un drôle de type
avait montée à bord avant qu'on quitte Londres. J'avais vu les
5190 gars lever deux doigts pour se protéger du mauvais œil quand
ils le croisaient, mais je les ai renvoyés à leurs postes. Sauf que
juste après, voilà le brouillard qui revient. Du coup, je me suis
demandé si y avait pas du vrai dans ce que disaient les hommes.
Bref, on a continué, dans le brouillard et porté par les vents.
5195 Sûr qu'on a eu une bonne navigation et des eaux profondes
tout le temps. Quand on est arrivés à Galati, y a deux jours, les
Roumains étaient comme fous et voulaient se débarrasser de
la caisse, que je sois d'accord ou pas. Ils l'avaient montée sur le
pont et s'apprêtaient à la mettre à l'eau, mais une heure avant le
5200 lever du soleil, un homme est monté à bord avec un ordre envoyé
d'Angleterre pour réceptionner une caisse pour un certain comte
Dracula. Ses papiers étaient en règle et moi, j'étais bien content
qu'il emporte cette fichue caisse car moi non plus, je commençais
à pas me sentir à l'aise.

5205   – Comment s'appelait l'homme qui l'a emportée ? demanda
Van Helsing.

   – Je vous dis ça tout de suite.

   Il descendit dans sa cabine dont il remonta avec un reçu signé
Immanuel Hildesheim, 16 Burgenstrasse.

5210   Nous le trouvâmes à son bureau. Il nous expliqua qu'il avait
reçu une lettre de M. De Ville, à Londres, lui demandant d'aller
chercher, si possible avant le lever du soleil pour éviter la douane,
une caisse qui arriverait à Galati sur le *Tsarine Catherine.* Il devait
la remettre à un certain Petrof Skinsky, qui était en relation avec

215 les Slovaques, lesquels se livraient à la contrebande le long du fleuve. Ce qu'il avait fait.

Nous nous rendîmes chez ce Skinsky, mais l'un de ses voisins nous apprit qu'il était parti deux jours auparavant. Cette information nous fut corroborée par son propriétaire qui avait reçu, 220 par le biais d'un messager, la clé de la maison ainsi que le loyer, réglé en monnaie anglaise.

Alors que nous discutions avec eux, quelqu'un arriva en courant et annonça qu'on avait découvert le corps de Skinsky dans le cimetière de Saint-Pierre, la gorge tranchée comme par 225 un animal sauvage. « C'est un Slovaque qui a fait le coup ! » s'écrièrent les femmes tandis que leurs hommes s'empressaient d'aller voir le spectacle. Nous nous dépêchâmes de regagner l'hôtel, de peur d'être impliqués dans cette triste affaire, et d'être retenus.

230 De toute évidence, la caisse poursuivait son chemin, par voie maritime, mais pour quelle destination ? Nous allons devoir le découvrir.

Journal de Mina Harker
30 octobre, le soir.

235 Les hommes étaient si fatigués et découragés quand ils sont rentrés que je les ai obligés à se reposer. Je vais en profiter pour reprendre tout ce qui a été noté jusqu'à présent. Je bénis l'inventeur de la machine à écrire de voyage, et M. Morris pour m'en avoir procuré une. J'aurais perdu beaucoup de temps si j'avais 240 dû rédiger à la main.

Voilà, j'ai fini. Mon pauvre Jonathan. Comme il a dû souffrir, et comme il doit souffrir encore. Il est allongé sur le sofa. Il respire si faiblement qu'il semble prostré. Ses sourcils sont froncés, son

visage est contracté par la douleur. Même dans son sommeil, il
5245 paraît préoccupé, je le vois bien à ses traits tendus. Oh ! si seulement je pouvais l'aider.

J'ai demandé au Pr Van Helsing de me confier tous les documents que je n'avais pas encore lus. Je voudrais les consulter. Qui
sait si je n'arriverai pas à quelque conclusion ? Je vais essayer de
5250 suivre l'exemple du professeur et réfléchir sans idées préconçues
à partir des faits que j'ai sous les yeux...

Je crois que je viens de découvrir quelque chose. Il me faut
consulter les cartes...

Je suis plus que certaine de ne pas me tromper. Voici ce que j'ai
5255 trouvé. Je le lirai aux autres quand nous nous réunirons. À eux
de juger. Il est important d'être précis, et chaque minute compte.

Mémorandum[1] de Mina Harker (inclus dans son journal)
Données de base. Le comte Dracula veut rentrer chez lui.
Comment peut-il s'y prendre ?
5260 (a) Il doit être *transporté* par quelqu'un. C'est évident. S'il
avait le pouvoir de se déplacer à sa guise, il pourrait le faire
sous la forme d'un homme, d'un loup, d'une chauve-souris,
que sais-je encore. Il a manifestement peur d'être découvert ou
que quiconque n'intervienne alors qu'il est impuissant, enfermé
5265 entre l'aube et le coucher du soleil dans sa caisse de bois.

(b) *Comment peut-il voyager ?* Procédons ici par élimination,
cela nous aidera. En voiture, en train, en bateau ?

1. *En voiture.* Les difficultés sont innombrables, surtout pour
quitter une ville.

---

1. **Mémorandum** : document aide-mémoire
rédigé plus ou moins rapidement.

270 (x) Il y a des gens, et les gens sont curieux et posent des questions. Un soupçon, un signe, un doute quant au contenu de la caisse, et c'en serait fini de lui.

(y) Il faut passer la douane et payer les droits d'octroi, donc rencontrer le personnel de ces administrations.

275 (z) Ses poursuivants sont sur ses traces. C'est là sa pire crainte, et pour leur échapper, il a rompu, autant que possible, tout contact, même avec sa victime, c'est-à-dire moi !

2. *En train.* Personne ne s'occupe de la caisse. Il doit prendre en compte un éventuel retard, ce qui lui serait fatal, avec ses ennemis à ses trousses. Certes, il pourrait fuir de nuit ; mais que deviendrait-il s'il se trouvait en terre étrangère sans refuge où se cacher ? Ce n'est pas son intention et il ne prendra pas ce risque.

3. *En bateau.* Le moyen le plus sûr pour lui, mais qui présente des dangers. Sur l'eau, il est impuissant, sauf la nuit, et même alors, il ne peut que faire appel au brouillard, à la tempête, à la neige et aux loups. En cas de naufrage, les eaux vives l'engloutiraient et il ne pourrait en réchapper. Il pourrait également conduire le bateau jusqu'au rivage, mais s'il accostait en terre ennemie, il ne serait pas libre d'aller et venir à sa guise et se retrouverait dans une position désespérée.

Nous savons, d'après les documents, qu'il se trouvait sur l'eau. Reste maintenant à déterminer de *quelles eaux* il s'agit.

La première chose à faire, c'est comprendre exactement ce qu'il a accompli jusqu'à présent. Cela nous permettra de découvrir ce qu'il compte faire par la suite.

Primo, nous devons analyser son comportement à Londres comme faisant partie de son plan d'action général, alors qu'il était pressé par le temps et à la recherche de la meilleure solution à adopter.

5300   *Secundo*, nous devons, grâce à ce que nous avons appris, revoir systématiquement ce qu'il a fait ici.

En ce qui concerne le premier point, il est évident qu'il avait l'intention d'arriver à Galati et qu'il a adressé son courrier à Varna pour nous tromper, au cas où nous chercherions depuis
5305 l'Angleterre à savoir comment il partirait. Son seul et unique but alors était la fuite. La preuve, la lettre qu'il a envoyée à Immanuel Hildesheim dans laquelle il lui demandait de récupérer la caisse *avant le lever du soleil*. Il y a également les instructions données à Petrof Skinsky. Nous ne pouvons qu'émettre des hypothèses à ce
5310 sujet, mais des messages ont dû être échangés puisque Skinsky est allé chez Hildesheim.

Jusqu'à présent, tout a marché comme il l'avait prévu. Le *Tsarine Catherine* a fait la traversée à une allure phénoménale – au point d'éveiller les soupçons du capitaine Donelson, mais sa
5315 superstition unie à sa prudence a finalement joué en la faveur du comte car il s'est laissé porter par un vent favorable et à travers le brouillard jusqu'à Galati. Il a été ensuite prouvé que les dispositions prises par le comte se sont bien déroulées : Hilddesheim est venu chercher la caisse et l'a remise à Skinsky, lequel l'a ensuite
5320 emportée. C'est là que la piste se perd. Nous savons uniquement que la caisse se trouve sur l'eau et poursuit sa route. La douane et les droits d'octroi, s'il y en a eu, ont été évités.

À présent, voyons ce que le comte a fait après son arrivée, *sur terre*, à Galati.

5325   Skinsky a pris possession de la caisse avant le lever du soleil. À ce moment-là, le comte peut apparaître sous sa propre forme. On peut se demander, à ce point de la démonstration, pourquoi Skinsky a été choisi dans cette affaire. D'après le journal de mon mari, Skinsky est lié aux Slovaques qui font de la contrebande le long de la rivière jusqu'au port ; quant à la remarque des femmes, selon laquelle sa mort est l'œuvre d'un Slovaque, elle témoigne du sentiment général contre ces gens-là. Le comte cherchait donc à s'isoler.

Voici mon hypothèse : le comte a décidé, à Londres, de regagner sa demeure en Transylvanie par voie maritime, celle-ci étant la plus sûre et la plus secrète. Ce sont les Tziganes qui l'ont sorti de son château et qui ont ensuite probablement livré leur cargaison aux Slovaques, lesquels ont transporté les caisses jusqu'à Varna, d'où elles ont été embarquées pour Londres. Le comte savait donc à qui s'adresser pour son retour. Une fois la caisse à terre, avant le lever du soleil ou après son coucher, il en est sorti, a rencontré Skinsky et lui a donné ses instructions pour que la caisse poursuive sa route sur un fleuve ou un autre. Cela fait, il a voulu brouiller les pistes, du moins l'espérait-il, en le tuant.

J'ai examiné la carte. Les deux fleuves que les Slovaques peuvent remonter le plus facilement sont le Prut[1] et le Siret[2]. D'après les comptes rendus que j'ai lus, j'ai entendu, pendant une séance d'hypnose, des vaches meugler, et l'eau couler à la hauteur de mes oreilles ainsi que le bois craquer. Ce qui signifie que le comte se trouvait dans sa caisse, sur un bateau non ponté[3], avançant sans doute à la rame ou à la gaffe[4]. On n'entendrait pas ce bruit-là s'il descendait le courant.

Bien sûr, il peut s'agir d'un autre fleuve, ce que nous vérifierons plus tard. Des deux fleuves que j'ai repérés, le Prut est le plus

1. **Prut** : fleuve prenant sa source dans les Carpates.
2. **Siret** : le plus important fleuve de Roumanie, qui récupère lui aussi les eaux coulant des Carpates.
3. **Bateau non ponté** : bateau dépourvu de pont, c'est-à-dire d'un plancher recouvrant la cale.
4. **Gaffe** : longue tige de bois munie d'un crochet.

5355 facilement navigable, mais à Fundu[1], il est rejoint par la Bistrita[2] qui contourne le col de Borgo. La boucle qu'elle fait à cet endroit est manifestement le point le plus proche du château de Dracula que l'on puisse atteindre par voie maritime.

Journal de Mina Harker (suite)

5360 Quand j'ai eu fini de lire mes notes, Jonathan m'a prise dans ses bras et m'a embrassée. Les autres m'ont serré la main et le Pr Van Helsing a dit :

– Notre chère Madame Mina est une fois de plus notre guide. Ses yeux ont vu là où nous avons été aveugles. Nous voilà de 5365 nouveau sur la piste, et cette fois, nous avons des chances de gagner. Notre ennemi est dans la plus mauvaise passe qui soit. Si nous pouvons le surprendre en plein jour, sur l'eau, notre tâche sera terminée. Il a une longueur d'avance sur nous, mais il ne peut accélérer sa fuite comme il ne peut quitter sa caisse sans 5370 éveiller les soupçons de ceux qui le transportent, car ces derniers n'hésiteraient pas à le jeter par-dessus bord, où il périrait. Il le sait très bien, et c'est pour cela qu'il n'en fera rien. À présent, messieurs, notre conseil de guerre[3], car nous devons, à présent, décider du rôle de chacun.

5375 – Je vais louer une vedette à vapeur et le suivre, déclara Lord Godalming.

– Et moi, longer la berge à cheval au cas où il accosterait, dit M. Morris.

---

1. **Fundu** : ville de Roumanie.
2. **Bistrita** : rivière de Roumanie reliée au Danube.
3. **Conseil de guerre** : au sens propre, il s'agit d'une réunion d'officiers organisée afin d'élaborer une stratégie.

– Parfait ! s'exclama le professeur. Mais vous ne devez pas
rester seuls. Au cas où cela serait nécessaire, il nous faut être en
force pour vaincre l'ennemi. Le Slovaque est un rude guerrier,
armé jusqu'aux dents.

Les hommes sourirent à ce moment-là, car ils avaient tous un
petit arsenal sur eux.

– J'ai apporté quelques Winchester, rappela M. Morris. Cela
peut être utile au milieu de la foule et face aux loups. Le comte,
si vous vous souvenez, a pris soin de s'entourer d'individus que
Mme Harker n'entendait pas bien ou ne comprenait pas. Nous
devons nous tenir prêts à toute éventualité.

– À mon avis, il vaut mieux que j'accompagne Quincey, déclara
le Dr Seward. Nous avons l'habitude de chasser ensemble, et à
deux, bien armés, nous pourrons affronter n'importe quel danger
qui se présentera sur notre chemin. Il vaut mieux que vous ne
restiez pas seul, Art. Nous aurons peut-être à nous battre contre
les Slovaques. Un mauvais coup, et tous nos plans tomberaient
à l'eau. Il ne faut rien laisser au hasard, cette fois. Nous n'aurons
de repos que le jour où la tête du comte sera séparée de son corps
et que nous serons certains qu'il ne se réincarnera pas.

Tout en parlant, il regardait Jonathan, et Jonathan me regardait. Je voyais bien que mon pauvre chéri était tiraillé. Bien sûr,
il voulait rester avec moi, mais ceux qui se trouvaient sur le
bateau seraient très certainement ceux qui détruiraient le... le... le
vampire. (Pourquoi est-ce que j'hésite à écrire ce mot ?) Il garda le
silence un moment et le Pr Van Helsing en profita pour déclarer :

– Ami Jonathan, cette tâche vous revient, et pour deux raisons.
Premièrement, parce que vous êtes jeune, courageux et savez
vous battre, et il en faudra de l'énergie quand l'heure de l'affron-
tement viendra. Deuxièmement, vous êtes en droit de le détruire

plus que nous tous, car il vous a apporté bien des malheurs, à
5410 vous et à votre chère épouse. N'ayez pas peur pour Madame
Mina. Je veillerai sur elle, si vous le permettez. Je suis âgé. Mes
jambes ne sont pas aussi rapides qu'autrefois, et n'ayant pas
l'habitude de chevaucher longtemps ou de me battre avec des
armes mortelles, je ne serais d'aucune utilité. Mais je peux aider
5415 et lutter autrement. Et je puis mourir aussi, s'il le faut, aussi bien
que de plus jeunes hommes. À présent, laissez-moi vous dire
comment je vois les choses : pendant que vous, Lord Godalming
et ami Jonathan, remonterez le fleuve sur votre petit vapeur,
et que John et Quincey surveilleront les berges au cas où il
5420 accosterait, j'emmènerai Madame Mina jusque dans les terres
ennemies. Pendant que le vieux renard sera au fond de sa caisse
dont il n'osera pas sortir de crainte d'effrayer les Slovaques
et de se voir abandonner par eux, nous irons tous deux sur
les traces de Jonathan, de Bistrita au col de Borgo, jusqu'au
5425 château de Dracula. Là, les visions de Madame Mina seront
très précieuses car elles nous indiqueront le chemin, autrement
impossible à trouver, dès que le soleil se lèvera le jour où nous
approcherons de cette demeure fatale. Il y a beaucoup à faire
et d'autres endroits à purifier afin que ce nid de vipères soit à
5430 jamais anéanti...

Jonathan l'interrompit en demandant vivement :

– Êtes-vous en train de dire, professeur Van Helsing, que vous
allez emmener Mina, abattue et éprouvée comme elle l'est par
cette maladie diabolique, au cœur même de ce piège mortel ?
5435 Pas question ! Jamais, pour rien au monde !

Il s'étrangla presque l'espace d'une minute, puis reprit :

– Vous ne connaissez pas les lieux. Vous n'avez pas vu cet
antre infâme et horrible, où le clair de lune est animé par des

silhouettes macabres, et où chaque grain de poussière qui tour-
billonne dans le vent est un embryon de monstre prêt à vous
dévorer. Vous n'avez pas senti les lèvres du vampire sur votre
gorge.

Il se tourna à ce moment-là vers moi et, comme son regard se
posa sur mon front, il leva les bras au ciel.

– Oh ! mon Dieu, qu'avons-nous fait pour qu'un tel malheur
s'abatte sur nous ? s'écria-t-il, et il se laissa tomber sur le sofa,
dans une grande détresse. La voix du professeur, si claire et
douce qu'on aurait dit qu'elle vibrait dans l'air, nous calma tous.

– Mon ami, c'est pour sauver Madame Mina de cet horrible
endroit que je veux y aller. Mais Dieu me garde de l'emmener
dans l'enceinte du château. Une tâche, une terrible tâche doit
y être exécutée, à laquelle elle n'assistera pas. Nous tous, à
l'exception de vous, Jonathan, et de Madame Mina, avons vu de
nos propres yeux ce qui devait être fait pour que l'endroit soit
purifié. Rappelez-vous que nous sommes dans une situation
difficile. Si le comte nous échappe cette fois-ci – et il est fort,
subtil et rusé –, il peut décider de dormir pendant un siècle, et
alors, le moment venu, notre chère amie – il me prit la main – le
rejoindrait pour être sa compagne, et deviendrait semblable à
ces femmes que vous avez vues, Jonathan. Vous nous avez parlé
de leurs grimaces jubilatoires, vous avez entendu leurs rires
égrillards quand elles se sont emparées du sac que le comte
leur avait jeté. Vous frémissez, et c'est très bien. Pardonnez-moi
de vous infliger pareille souffrance, mais cela est nécessaire.
Mon ami, comprenez qu'il ne peut en être autrement et que
s'il le faut, je donnerais ma vie. Si quelqu'un doit pénétrer
dans ce lieu et y rester, c'est moi qui irais et qui leur tiendrais
compagnie.

5470 — Faites ce qu'il vous plaira, répondit Jonathan avec un sanglot qui le secoua tout entier. Nous sommes entre les mains de Dieu.

Plus tard.

Oh ! comme cela m'a fait du bien de voir ces braves hommes en pleine action. Comment une femme pourrait-elle ne pas aimer des êtres si honnêtes, fervents et courageux ? Leur déter-

5475 mination m'a permis aussi de réfléchir au merveilleux pouvoir de l'argent quand il est employé à bon escient. Je suis si reconnaissante à Lord Godalming et à M. Morris de donner avec tant de largesse. Sans eux et sans leur générosité, notre petite expédition ne pourrait se mettre en route aussi rapidement et si bien

5480 équipée. Voilà à peine trois heures que les rôles de chacun ont été distribués, et Lord Godalming et Jonathan disposent déjà d'une très jolie vedette à vapeur, prête à démarrer au premier signal. Quant au Dr Seward et à M. Morris, ils ont six magnifiques chevaux, bien harnachés. Nous nous sommes procuré

5485 toutes les cartes de la région ainsi que diverses sortes d'appareils. Le Pr Van Helsing et moi partons à 11h40 par le train de nuit. Il nous conduira à Veresti[1] d'où nous prendrons une voiture pour rejoindre le col de Borgo. Nous emportons une petite fortune afin d'acheter la voiture et les chevaux. Nous conduirons nous-

5490 mêmes car nous ne connaissons personne en qui nous pouvons avoir confiance. Le professeur se débrouillant dans plusieurs langues, nous ne devrions pas avoir de problème pour communiquer. Et enfin, nous sommes tous armés, même moi à qui l'on a remis un revolver de gros calibre. Jonathan n'aurait pas aimé

5495 que je ne puisse pas me défendre comme les autres. Hélas ! À

---

1. **Veresti** : ville de Roumanie.

cause de ma cicatrice au front, il est une arme qui ne m'est pas autorisée●. Ce cher Pr Van Helsing tente de me réconforter en me disant que je suis suffisamment armée contre les loups. Le temps rafraîchit d'heure en heure, et des rafales de neige vont et viennent, comme pour nous prévenir de ce qui nous attend.

Plus tard.

Il m'a fallu rassembler tout mon courage pour dire au revoir à mon tendre époux. Nous ne nous reverrons peut-être plus jamais. Sois forte, Mina ! Le professeur t'observe et ses yeux te mettent en garde : pas de larmes pour l'instant – tant que Dieu ne fera pas que l'on pleure tous de joie.

Journal de Jonathan Harker
30 octobre, pendant la nuit.

J'écris à la lueur de la porte de la chaudière. Lord Godalming entretient le feu. Il a l'habitude, il possédait sa propre vedette qu'il a conduite pendant des années sur la Tamise et les lacs du Norfolk. Après avoir reconsidéré nos plans, nous sommes finalement arrivés à la conclusion que Mina avait vu juste, et que la seule voie navigable choisie par le comte pour rejoindre son château ne pouvait être que le Siret puis la Bistrita, à son point de jonction. Nous avons ensuite établi que le 47e degré, latitude nord, était l'endroit idéal pour traverser le pays entre le fleuve et les Carpates. Nous ne risquons rien, la nuit, à forcer l'allure : l'eau est profonde et la distance entre les berges suffisamment grande pour avancer, même dans l'obscurité. Lord Godalming me conseille de dormir un peu puisque nous n'avons pas

● Il s'agit des objets consacrés : crucifix, hostie...

besoin d'être deux en ce moment à monter la garde. Mais je suis incapable de m'abandonner au sommeil – comment le pourrais-je avec ce terrible danger qui menace celle que j'aime et en sachant qui plus est qu'elle s'approche de cet effroyable endroit... Seule la pensée que nous sommes entre les mains de Dieu me réconforte. N'aurions-nous pas la foi, la mort serait préférable à la vie, car nous serions alors débarrassés de toutes ces souffrances. M. Morris et le Dr Seward sont partis pour leur longue chevauchée avant nous. Ils vont suivre la rive droite suffisamment longtemps pour atteindre les terres plus en hauteur d'où ils pourront observer le fleuve en entier et éviter ses sinuosités. Deux hommes les accompagnent pour l'instant ; ils conduisent les chevaux de rechange, au nombre de quatre, afin de ne pas éveiller la curiosité. Lorsqu'ils les renverront, ce qui ne devrait pas tarder, ils veilleront seuls sur les chevaux. Nous aurons peut-être à unir nos forces, auquel cas, il y aura assez de chevaux pour nous tous. L'une des selles est équipée d'un pommeau mobile qui pourra facilement être adapté à Mina, si besoin est.

Nous voilà embarqués pour une terrible aventure ! Nous avançons actuellement dans l'obscurité, avec le froid du fleuve qui monte et nous assaille, et les bruits mystérieux de la nuit qui nous entourent. Il semble que nous nous enfoncions dans des terres inconnues par des voies inconnues, vers un monde des ténèbres et de choses effroyables. Godalming vient de fermer la porte de la chaudière...

31 octobre.

Nous avançons toujours à une allure d'enfer. Le jour s'est levé et Godalming dort. Je suis de quart. Il fait très froid et, malgré nos gros manteaux de fourrure, la chaleur de la chaudière est la bienvenue. Jusqu'à présent, nous n'avons croisé que quelques embarcations non pontées, mais aucune ne transportait de caisse de la taille de celle que nous cherchons. Chaque fois que nous dirigions nos lampes électriques sur elles, les hommes à bord paraissaient effrayés et tombaient à genoux en priant.

1er novembre, le soir.

Rien à signaler. Nous naviguons à présent sur la Bistrita. Si nous nous sommes trompés dans nos conjectures, nos chances de rattraper le comte se seront envolées. Nous avons examiné tous les bateaux sur notre route, grands et petits. Tôt ce matin, un équipage nous a pris pour une embarcation officielle et nous a traités en conséquence. Cela nous a donné l'idée de battre pavillon roumain, ce que nous avons fait à Fundu, quand la Bistrita se jette dans le Siret. Depuis, tous les équipages que nous avons abordés ont fait preuve de déférence à notre égard et n'ont pas une seule fois manifesté la moindre objection à nos questions ou au fait que nous fouillions leur embarcation. Des Slovaques nous ont raconté qu'un gros bateau les avait dépassés, et naviguait à une vitesse supérieure à la normale, avec à bord un équipage deux fois plus important que nécessaire. Comme c'était juste avant qu'ils n'atteignent Fundu, ils n'ont pas pu nous dire si le bateau s'était ensuite engagé sur la Bistrita ou avait continué à remonter le Siret. Une fois à Fundu, personne n'a pu nous renseigner. Aussi en avons-nous conclu qu'il était passé de nuit. Je commence à avoir sommeil ; le froid est peut-être la cause de mon engourdissement. La nature doit parfois se

5580 reposer. Godalming insiste pour prendre le premier quart. Que Dieu le bénisse pour toutes les bontés qu'il nous témoigne à Mina et à moi.

2 novembre, matin.

Il fait grand jour. Ce brave Godalming n'a pas voulu me
5585 réveiller. Il dit que cela aurait été un péché car je dormais paisi-blement, soulagé de mes soucis. J'ai l'impression d'avoir fait preuve d'égoïsme en le laissant veiller toute la nuit. Mais il a raison. Je me sens un autre homme ce matin, et à présent que je suis assis ici et que je le regarde dormir à son tour,
5590 je puis faire tout ce qui est nécessaire, comme surveiller les machines, piloter et scruter le fleuve. J'ai retrouvé mes forces et mon énergie. Je me demande où sont Mina et Van Helsing. Ils devaient arriver à Veresti mercredi vers midi. Cela a dû leur prendre du temps de trouver une voiture et des chevaux. S'ils
5595 sont déjà repartis et ont voyagé à fond de train, ils devraient être à la hauteur du col de Borgo. Que Dieu les guide et les aide ! J'ai peur de penser à ce qui pourrait leur arriver. Si seulement nous avancions plus vite ! Mais c'est impossible. Les machines vrombissent et sont poussées au maximum. Et le Dr Seward
5600 et M. Morris ? Où en sont-ils ? Il semble que des centaines de cours d'eau descendent des montagnes pour se jeter dans le fleuve, mais aucun n'est très important – actuellement, à tout le moins, bien qu'ils soient sans doute effroyables l'hiver quand la neige fond. Nos deux cavaliers ne devraient par conséquent
5605 pas avoir dû rencontrer trop d'obstacles. J'espère les voir avant d'atteindre Strasba, car si nous n'avons pas rattrapé le comte d'ici là, il nous faudra tenir conseil pour décider des étapes suivantes.

Journal du Dr Seward

2 novembre.

Sommes sur la route depuis trois jours. Aucune nouvelle et pas le temps d'écrire même si nous en avions la possibilité, car chaque minute compte. Nous ne nous arrêtons que pour reposer les chevaux, mais nous supportons merveilleusement bien l'épreuve, Quincey et moi. Nos anciennes aventures se révèlent bien utiles. Nous ne devons pas fléchir et notre joie ne sera complète que lorsque nous apercevrons la vedette.

3 novembre.

Nous avons appris à Fundu que le bateau de Lord Goldaming et de Harker remontait la Bistrita. Je préférerais qu'il fasse moins froid. La neige menace et si elle tombe par rafales drues, nous ne pourrons plus avancer. Dans ce cas, il nous faudra prendre un traîneau et poursuivre notre chemin à la mode russe.

4 novembre.

Nous avons entendu dire aujourd'hui que la vedette avait été immobilisée après avoir tenté de passer de force des rapides. Les bateaux slovaques s'en sortent bien car ils se font aider au moyen de cordes, et ils connaissent le fleuve. Godalming est un mécanicien amateur, et c'est manifestement lui qui a dû relancer les machines. Mais finalement, ils ont réussi à remonter les rapides grâce à des gens du coin qui les ont assistés pendant la manœuvre, et sont de nouveau repartis. Je crains seulement que la vedette n'ait souffert de l'accident. Les paysans nous ont raconté qu'une fois de nouveau en eaux calmes, ils l'ont vue s'arrêter de temps en temps, jusqu'à ce qu'elle disparaisse totalement de leur champ de vision. Nous ne devons absolument pas traîner. Qui sait s'ils n'auront pas besoin de nous bientôt ?

Journal de Mina Harker

5640 **31 octobre.**

Sommes arrivés à Veresti à midi. Le professeur m'a confié que ce matin, à l'aube, il a eu beaucoup de difficultés à m'hypnotiser, et que tout ce que j'ai réussi à dire, c'était « obscurité et silence ». Il vient de partir acheter une voiture et des chevaux. Il envisage 5645 de se procurer d'autres montures plus tard afin de pouvoir en changer en cours de route. Il nous reste un peu plus de cent kilomètres à parcourir. La région est ravissante, et très intéressante ; si seulement nous la visitions dans d'autres circonstances, comme ce serait agréable de s'y promener, de s'arrêter, de rencontrer les 5650 autochtones, d'apprendre à connaître leur mode de vie, de remplir nos esprits et nos souvenirs de toutes ces couleurs et du pittoresque de ces magnifiques paysages sauvages. Mais hélas...

Plus tard.

Le Pr Van Helsing est rentré avec une voiture et des chevaux. 5655 Nous partons dans une heure, après que nous nous serons sustentés[1]. Notre hôtesse est en train de nous préparer un énorme panier de victuailles. Il y a de quoi nourrir toute une compagnie de soldats. Le professeur l'encourage dans ce sens et m'a glissé à l'oreille que nous ne trouverons peut-être pas à 5660 manger avant une semaine. Il a fait d'autres achats – manteaux de fourrure, couvertures et toutes sortes de choses pour nous tenir chaud. Au moins, nous ne souffrirons pas du froid.

---

1. **Se sustenter** : se nourrir.

Nous prenons la route dans peu de temps. J'ai peur de penser à ce qui pourrait nous attendre. Nous n'avons jamais été autant entre les mains de Dieu. Lui seul sait ce que nous réserve l'avenir, et je Le prie de toute la force de ma triste et humble âme pour qu'Il veille sur mon cher mari. Quoi qu'il arrive, puisse Jonathan savoir que je l'ai aimé et honoré plus que tout, et que ma dernière pensée sera pour lui.

Vue des Carpates, gravure sur bois.

27

5670 Journal de Mina Harker

1er novembre.

Nous avons roulé toute la journée, et à belle allure. Les chevaux semblent deviner qu'ils sont bien traités car ils vont volontiers bon train. Chaque fois que nous nous sommes arrêtés à un relais pour 5675 les changer, tout s'est si bien passé que nous sommes confiants et persuadés que notre voyage se déroulera sans encombre. Le Pr Van Helsing est laconique ; il explique aux fermiers que nous devons atteindre Bistrita le plus rapidement possible, puis il les paie généreusement pour l'échange des bêtes. Ensuite, après un 5680 bol de soupe, une tasse de café ou de thé, nous repartons. Le pays est vraiment très beau et les gens braves, vigoureux, simples et semblent tous dotés de belles qualités. Mais ils sont *très*, *très* superstitieux. Au premier relais sur notre route, quand la femme qui nous servait a vu mon front, elle s'est aussitôt signée et a 5685 tendu deux doigts vers moi pour conjurer le mauvais sort. À mon avis, elle a rajouté une solide dose d'ail dans la nourriture, et moi qui ne supporte pas l'ail ! Depuis, je prends soin de ne pas retirer mon chapeau ou de ne pas remonter mon voile, ce qui me permet d'échapper aux regards méfiants. Nous avançons vite, et comme nous n'avons pas de cocher pour colporter les ragots, nous ne subissons pas les rumeurs qui pourraient circuler sur notre compte. Je crains malheureusement que la peur du mauvais œil ne nous suive tout le long de notre expédition. Le professeur est infatigable. Il refuse de prendre le moindre repos de toute la journée ; en revanche, il insiste pour que je dorme. Il m'a hypnotisée au coucher du soleil et m'a dit que je répondais invariablement la même chose : « obscurité, clapotis des vagues et bois qui craque. » Notre ennemi est donc toujours sur l'eau. J'ai peur de penser à Jonathan, mais curieusement je n'ai pas peur pour lui à présent, ni pour moi-même. J'écris ces quelques lignes en attendant que nos chevaux soient prêts. Le Pr Van Helsing dort. Le pauvre, il me paraît bien fatigué et bien vieux, malgré ses mâchoires serrées comme celles d'un conquérant ; même dans son sommeil, il respire la résolution. Lorsque nous reprendrons la route, je l'obligerai à se reposer pendant que je conduirai les chevaux. Je lui rappellerai que nous avons encore de longues journées de voyage devant nous et qu'il doit garder toutes ses forces pour le moment où elles seront le plus nécessaires.

Tout est prêt. Nous partons.

2 novembre, matin.

J'ai réussi à convaincre le professeur et nous avons conduit à tour de rôle toute la nuit. Le jour s'est levé, à présent, clair mais froid. Il y a une étrange lourdeur dans l'air – j'emploie lourdeur faute d'un meilleur mot ; disons qu'il s'agit d'un sentiment d'oppression qui nous assaille tous les deux. Il fait vraiment très froid et, sans nos chaudes fourrures, nous ne pourrions pas supporter une température aussi glaciale. Van Helsing m'a hypnotisée à l'aube. J'ai parlé d'« obscurité, de craquement du

bois », mais j'ai précisé que « l'eau grondait ». Le cours du fleuve
5720 a donc changé. J'espère que Jonathan ne prendra pas de risque
inutile. Que Dieu les protège.

2 novembre, pendant la nuit.

Nous avons roulé toute la journée. La région devient de plus
en plus sauvage à mesure que nous nous y enfonçons, et les
5725 immenses éperons rocheux des Carpates, qui à Veresti nous
paraissaient loin et bas à l'horizon, semblent à présent se
refermer autour de nous et se dresser sur notre chemin. Nous
sommes d'excellente humeur, le professeur et moi-même, bien
que je nous soupçonne de chercher à réconforter l'autre, mais
5730 ce faisant, nous nous soutenons. Le Pr Van Helsing dit que nous
atteindrons le col de Borgo au lever du soleil. Les maisons sont
rares par ici et nous ne pourrons peut-être plus nous procurer
de chevaux frais. Il nous faudra dans ce cas poursuivre avec ceux
que nous avons. Le professeur a acheté deux chevaux supplémen-
5735 taires, ce qui fait que nous en avons quatre en tout. Ce sont de
braves bêtes, patientes, et qui ne nous posent pas de problèmes.
Par ailleurs, comme nous ne croisons pas d'autres voyageurs,
je peux conduire en toute tranquillité. Nous passerons le col de
Borgo en plein jour. Pour ne pas y arriver trop tôt, nous prenons
5740 notre temps et en profitons pour nous reposer à tour de rôle. Que
va-t-il se passer demain quand nous pénétrerons dans ce lieu où
mon pauvre chéri a tant souffert ? Que Dieu nous guide et veille
sur mon mari et sur ceux qui nous sont si chers à tous les deux et
qui se trouvent en péril de mort. Moi, je ne suis plus digne de Lui.
5745 Hélas. Je suis impure à Ses yeux, et le demeurerai tant qu'Il ne
daignera pas me laisser paraître devant Lui et m'accepter comme
l'une de Ses enfants qui ne s'est point attiré Son courroux.

Mémorandum d'Abraham Van Helsing

4 novembre.

J'adresse cette note à mon vieil et fidèle ami John Seward, médecin à Purfleet, Londres, pour le cas où je ne le reverrais plus. Ainsi, il saura ce qui s'est passé. Le jour s'est levé et j'écris près du feu que j'ai entretenu toute la nuit avec l'aide de Madame Mina. Il fait froid, très froid, si froid que le ciel gris, qui pèse sur nous, est chargé de neige. Lorsqu'elle tombera, elle s'installera pour tout l'hiver sur la terre dure, prête à la recevoir. Il semble que la température ait affecté Madame Mina ; elle paraissait avoir la tête si lourde hier qu'elle n'était plus elle-même. Elle dort, dort et dort encore ! Elle, d'habitude si alerte, n'a pratiquement rien fait de la journée ; elle a même perdu l'appétit. Elle n'écrit plus dans son journal, alors qu'elle profitait jusqu'à présent de chaque arrêt pour noter fidèlement la progression de notre voyage. Quelque chose me fait dire que tout ne va pas pour le mieux. Ce soir, cependant, elle donne l'impression d'avoir plus d'entrain. Ses longues heures de sommeil diurne l'ont sans doute reposée et lui ont redonné des forces, car elle est aussi charmante et enjouée que jamais. J'ai essayé de l'hypnotiser au coucher du soleil, mais hélas, en vain. Mon pouvoir sur elle diminue de jour en jour, et ce soir, il m'a tout à fait abandonné. Eh bien, que la volonté de Dieu soit faite, quelle qu'elle soit, et où qu'elle nous mène !

À présent, passons aux faits. Puisque Madame Mina ne prend plus de notes en sténographie, je vais raconter ce qui s'est passé à la mode ancienne, bien pénible certes, mais nécessaire, car rien ne doit être omis.

Nous sommes arrivés au col de Borgo hier matin, juste avant le lever du soleil. Dès les premières lueurs de l'aube, je me suis préparé à la séance d'hypnotisme. Une fois la voiture arrêtée, nous sommes descendus et avons cherché un endroit où nous ne serions pas dérangés. J'improvisai un matelas de fourrure et Madame Mina s'allongea. Elle se laissa alors aller au sommeil hypnotique, mais plus lentement que jamais et pendant un temps très court. Comme pour les fois précédentes, ses réponses furent « obscurité et eaux qui tourbillonnent ». Puis elle se réveilla, toute radieuse, et nous reprîmes la route jusqu'au col. Là, elle s'anima brusquement et indiqua une route en disant :

– C'est par là.

– Comment le savez-vous ? demandai-je.

– Je le sais, c'est tout, répondit-elle.

Puis, après une pause, elle ajouta :

– Mon Jonathan n'est-il pas déjà passé par ici et n'a-t-il pas relaté son voyage dans son journal ?

Je trouvai cela quelque peu étrange mais je me rendis vite compte qu'il n'y avait pas d'autre voie possible. La route est visiblement pratiquée mais elle est étroite et ne ressemble en rien à celle qui va de Bucovine à Bistrita, qui est beaucoup plus large, et plus fréquentée.

Nous suivîmes donc cette route, et quand nous croisions des chemins de traverse – sans être pour autant sûrs qu'il s'agît véritablement de chemins car ils étaient en très mauvais état et recouverts des premiers flocons de neige –, les chevaux n'hésitaient pas et continuaient d'avancer tranquillement. Comme ils connaissaient mieux que nous la région, je leur laissai la bride abattue. Peu à peu, nous retrouvâmes tout ce que Jonathan avait noté dans son admirable journal, et nous roulâmes pendant des heures et des heures. Je conseillai à Madame Mina de se reposer. Elle ne m'opposa aucun refus et dormit à vrai dire tant et si bien

qu'au bout d'un moment, son sommeil éveilla quelques soupçons en moi. Je tentai de la réveiller, mais en vain. Je n'insistai
pas, de peur de la brusquer. Elle a beaucoup souffert et je la soupçonne de s'évader parfois dans le sommeil. Je crois que je me
suis moi-même assoupi, car j'eus soudain mauvaise conscience,
comme si j'avais fait quelque chose de mal. Je me tenais droit
comme un I sur le siège, les rênes dans les mains, tandis que
les chevaux allaient bon train. Je baissai les yeux vers Madame
Mina. Elle dormait toujours.

Le soleil ne va pas tarder à se coucher. Sa lumière qui se reflète
sur la neige évoque un océan doré, et nos ombres s'allongent
là où la montagne se dresse, abrupte. Car nous ne cessons de
grimper ; et tout est, oh ! si sauvage et rocailleux, comme si nous
nous trouvions au bout du monde.

J'ai fini par réveiller Madame Mina, et quand elle répondit
à mon appel, sans trop de difficultés cette fois-ci, j'essayai de
l'amener à un sommeil hypnotique. Mais elle me résista. On
aurait dit que je n'existais pas. Je persistai toutefois, jusqu'à ce
que, tout à coup, nous nous retrouvâmes plongés dans l'obscurité. Je jetai un regard circulaire et vis que le soleil s'était couché.
Madame Mina éclata de rire. Je me tournai vers elle : elle était
alors tout à fait réveillée, et ne m'avait pas paru aussi bien depuis
longtemps, depuis cette fameuse nuit à Carfax, où nous étions
entrés chez le comte pour la première fois. J'en fus surpris,
et légèrement inquiet, mais elle se montra si enjouée, douce
et attentionnée à mon égard que mes craintes se dissipèrent.
J'allumai un feu, car nous avions pris soin d'emporter une provi-
sion de bois, et elle prépara à manger pendant que je détachais
les chevaux et les mettais à l'abri pour les nourrir. Quand je la
rejoignis, le repas était prêt. Je me levai pour la servir, mais elle

sourit et me dit qu'elle avait déjà mangé – elle était si affamée qu'elle n'avait pas pu attendre. Je n'aimai pas cela, et fus saisi de
5840 doutes que je gardai cependant pour moi de peur de l'effrayer. Je mangeai donc seul, puis nous nous enveloppâmes dans nos couvertures de fourrure avant de nous allonger près du feu. Je l'invitai à dormir pendant que je resterais éveillé. Peu de temps après, je vis qu'elle était paisiblement étendue, mais les yeux
5845 ouverts, et qu'elle me fixait intensément. À deux reprises, la même chose se produisit, et je ne parvins finalement à m'endormir qu'au petit matin. Quand j'essayai de l'hypnotiser, rien n'y fit ; elle eut beau fermer les yeux avec obéissance, elle ne céda pas à mes suggestions. Lorsque le soleil se leva tout à fait,
5850 le sommeil lui vint, mais trop tard, et si profond que je ne pus la réveiller. Je dus la porter et la coucher dans la voiture, après avoir harnaché les chevaux.

Madame Mina dort toujours, et paraît en meilleure forme dans son sommeil ; elle a même les joues plus rouges. Je n'aime pas
5855 du tout cela. Et j'ai peur, peur, terriblement peur ; j'ai peur de tout, même de penser. Pourtant, il me faut aller jusqu'au bout. L'enjeu de la partie que nous jouons est trop important, car il va de la vie ou de la mort, et peut-être même plus. Pas question de flancher.

5860 5 novembre, au matin.

Je dois noter très précisément tout ce qui s'est passé, car bien que nous ayons été témoins, vous et moi, de choses bien étranges, je crains que vous ne pensiez que votre ami Van Helsing a perdu la tête, et que toutes les horreurs et la tension nerveuse à laquelle
5865 nous avons été soumis depuis si longtemps n'aient eu raison de son esprit.

Nous avons voyagé toute la journée d'hier, nous rapprochant des montagnes et nous enfonçant de plus en plus dans une région sauvage et isolée, marquée de profonds précipices inquiétants et de nombreuses chutes d'eau. La nature semble reine ici. Madame Mina dort toujours autant. Impossible de la réveiller, même pour manger. Je commençais à redouter qu'elle ne soit tenue sous le charme fatal des lieux, impure comme elle l'est depuis qu'elle a reçu le baptême du vampire. « Puisqu'elle dort toute la journée, il faudra donc que je me prive de sommeil la nuit aussi », me dis-je. Comme nous avancions sur une route défoncée, ancienne et très imparfaite, je dodelinai de la tête et finis par m'endormir. À nouveau, je me réveillai avec un sentiment de culpabilité et la sensation du temps qui passe. Madame Mina dormait toujours, et le soleil baissait à l'horizon. Le paysage avait alors complètement changé : les montagnes menaçantes semblaient plus lointaines, et nous nous approchions du sommet d'une colline escarpée, au-dessus de laquelle se dressait le château que Jonathan avait décrit dans son journal. J'exultai aussitôt et tremblai à la fois, car cela signifiait que, pour le meilleur ou pour le pire, la fin était proche. Je réveillai Madame Mina et tentai une fois de plus de l'hypnotiser, et une fois de plus en vain. L'obscurité totale tomba alors sur nous. Je dételai les chevaux et les mis à l'abri, puis je fis un feu. J'invitai ensuite Madame Mina à venir s'y réchauffer, car elle était à présent réveillée et plus charmante que jamais. Pendant qu'elle s'installait confortablement au milieu des couvertures, je préparai le repas, mais elle refusa de manger en me disant tout simplement qu'elle n'avait pas faim. Je n'insistai pas, sachant que c'était inutile, et dînai seul – il allait me falloir des forces, beaucoup de forces. Puis, la peur de ce qui pourrait se produire s'empara de moi, et je traçai un cercle autour de

Madame Mina, suffisamment grand pour qu'elle s'y tînt à l'aise. Sur la circonférence, je déposai de la poudre d'Hostie consacrée que j'avais finement émiettée de sorte que pas un centimètre ne fût oublié. Madame Mina demeura immobile pendant tout ce temps, aussi immobile qu'une statue, et pâlit de plus en plus, jusqu'à être d'une blancheur plus blanche que la neige. Elle ne prononça pas un mot, mais lorsque je m'avançai vers elle, elle se jeta dans mes bras, et je sentis que la pauvre enfant était la proie d'une terreur qui la faisait frémir de la tête aux pieds. J'attendis qu'elle se calme pour lui demander :

– Ne voulez-vous pas vous approcher du feu ?

Je cherchais, en fait, à savoir ce qu'elle pouvait faire exactement. Elle se leva, obéissante, fit un pas en avant et s'immobilisa, comme paralysée.

– Pourquoi vous arrêtez-vous ?

Elle secoua la tête et retourna s'asseoir à sa place. Puis, me regardant les yeux ouverts, comme quelqu'un qui se réveille, elle dit simplement :

– Je ne peux pas.

Elle garda ensuite le silence, et moi, je me réjouis, car ce qu'elle ne pouvait pas faire, ceux que nous redoutions ne le pourraient pas non plus. Bien que son corps fût en danger, son âme était sauve !

Peu après, les chevaux se mirent à ruer et tirèrent sur leurs longes[1] au point qu'il me fallut aller les voir et les calmer. Dès qu'ils sentirent mes mains sur eux, ils hennirent de joie et léchèrent mes paumes. À plusieurs reprises, pendant la nuit, je dus retourner auprès d'eux ; chaque fois, ma présence les

1. **Longe** : courroie pour attacher et diriger un cheval.

925 apaisa. Quand le froid se fit le plus intense, à l'heure où la nature est comme figée, le feu commença à s'éteindre. J'allai pour le ranimer, car la neige tombait alors en rafales glaciales. Malgré l'obscurité, on y voyait un peu, comme c'est toujours le cas quand il neige. Il me sembla que les flocons et les nappes de brouillard
930 prenaient la forme de femmes aux longues jupes traînantes. Un silence sinistre, mortel régnait, brisé par le seul hennissement des chevaux tapis, comme redoutant le pire. Je fus saisi d'épouvante – d'une épouvante atroce, puis me rappelai que j'étais en sécurité dans le cercle à l'intérieur duquel je me tenais. Mon imagination
935 me jouait sans doute des tours, pensai-je, et elle se nourrissait de la nuit, des ténèbres, du manque de sommeil dont je souffrais et de l'angoisse dans laquelle je vivais. J'avais l'impression de me laisser abuser par les souvenirs de l'effroyable expérience de Jonathan car je crus distinguer, dans les tourbillons des flocons
940 de neige et de la brume, la silhouette de ces femmes qui avaient voulu l'embrasser. À ce moment-là, les chevaux reculèrent d'effroi et se mirent à gémir comme les hommes quand ils souffrent. Je pris brusquement peur pour ma chère Madame Mina quand je vis ces étranges silhouettes se rapprocher davantage et nous encer-
945 cler. Je regardai ma compagne. Elle était calme et me souriait. Je fis alors un pas vers le feu pour le ranimer mais elle me retint et dit tout bas, la voix semblable à celle que l'on entend en rêve :

– Non ! Non ! Ne sortez pas du cercle. Ici, vous êtes en sécurité.

Je me retournai vers elle et, la fixant droit dans les yeux,
950 demandai :

– Mais vous ? C'est pour vous que j'ai peur !

Elle éclata de rire, d'un rire rauque, irréel, et répondit :

– Peur pour *moi* ! Pourquoi donc ? Nul au monde n'est plus à l'abri d'elles que moi.

5955 Comme je m'interrogeais sur la signification de ces paroles, un souffle de vent fit jaillir une flamme et je vis la cicatrice rouge sur son front. Hélas, je ne le savais que trop, et quand bien même l'aurais-je oublié, les silhouettes de brume et de neige qui se rapprochaient tout en évitant cependant de franchir le cercle

5960 sacré, me l'auraient rappelé. C'est alors qu'elles commencèrent à se matérialiser – si Dieu ne m'a pas ôté toute ma raison, car je les voyais de mes propres yeux – jusqu'à se tenir devant moi, en chair et en os, ces trois femmes que Jonathan avait décrites, penchées sur lui, prêtes à lui baiser la gorge. Je reconnaissais

5965 les formes arrondies qui ondulaient, les yeux qui brillaient durement, les dents blanches, le teint coloré, les lèvres pulpeuses. Elles souriaient à Madame Mina et, tandis que leur rire brisait le silence de la nuit, elles lui tendirent les bras et l'appelèrent de leurs voix suaves et chantantes, dont Jonathan avait dit qu'elles

5970 avaient l'intolérable douceur de verres musicaux qu'une main adroite fait tinter.

– Viens, sœur. Viens avec nous. Viens ! Viens !

Épouvanté, je me tournai vers Madame Mina. Mon cœur bondit de joie, comme une flamme car, oh ! l'effroi dans son

5975 regard exquis, la répulsion, l'horreur me racontait une histoire qui m'emplit d'espoir. Dieu soit loué, elle n'était pas encore une des leurs. Je m'emparai d'une bûche qui se trouvait à côté de moi et, brandissant un morceau d'Hostie, m'avançai vers le feu. Les trois femmes reculèrent aussitôt et à nouveau éclatèrent de leur

5980 rire atroce. Je jetai ma bûche en toute tranquillité car je savais que nous étions en sécurité de ce côté-ci de notre enceinte sacrée : elles ne pouvaient pas m'approcher ainsi armé, ni atteindre Madame Mina tant qu'elle demeurait à l'intérieur du cercle. Les chevaux avaient cessé de gémir et gisaient à terre, immobiles ;

les flocons qui tombaient légèrement sur eux les recouvraient comme un manteau blanc. Je compris alors qu'ils n'avaient plus rien à craindre●.

Nous restâmes ainsi jusqu'à ce que le rouge de l'aube perçât le triste rideau que formait la neige – moi qui étais désespéré, effrayé, malheureux et terrifié, je sentis, à mesure que le soleil pointait à l'horizon, la vie revenir à moi. Aux premières lueurs de l'aurore naissante, les trois silhouettes se fondirent dans les tourbillons de brume et de neige, et dans la transparence de l'air, leurs formes ondoyantes se dirigèrent vers le château et disparurent.

Le matin commençant, je me tournai machinalement vers Madame Mina avec l'intention de l'hypnotiser, mais elle s'était allongée et dormait si profondément que je ne pus la réveiller. J'essayai alors de l'hypnotiser dans son sommeil, mais elle ne répondit à aucune de mes suggestions.

Le jour est à présent tout à fait levé. J'ai peur de bouger. J'ai ranimé le feu et suis allé voir les chevaux : ils sont tous morts. J'ai beaucoup à faire aujourd'hui, mais je préfère attendre que le soleil soit haut dans le ciel. Là où je dois me rendre, sa lumière, bien qu'obscurcie par la neige et le brouillard, me protégera.

Je vais prendre des forces en déjeunant et ensuite je m'attaquerai à ma terrible tâche. Madame Mina dort. Dieu merci, son sommeil est paisible.

Journal de Jonathan Harker
4 novembre, le soir.

L'accident de la vedette a été un terrible coup de malchance. Si nous avions pu l'éviter, nous aurions déjà rattrapé le bateau

● Les chevaux n'avaient plus rien à craindre,
  puisqu'ils étaient morts.

depuis longtemps, et ma chère Mina serait libérée. J'ai peur de penser à elle, voyageant sur les hautes plaines de cet horrible endroit. Nous nous sommes procuré des chevaux et nous allons 6015 suivre la route. J'écris pendant que Godalming se prépare. Nous avons nos armes. Que les Tziganes prennent garde s'ils cherchent la bagarre. Oh ! si seulement Morris et Seward étaient avec nous. Il ne nous reste plus qu'à espérer. Si je n'ai plus l'occasion d'ouvrir mon journal, adieu Mina ! Que Dieu te bénisse et 6020 te protège.

Journal du Dr Seward
5 novembre.

Nous avons vu, ce matin, à l'aube, les Tziganes devant nous, s'éloigner du fleuve avec une longue charrette. Ils la suivaient de 6025 près, à vive allure, comme assaillis. Il neige à petits flocons légers et l'air est empreint d'un étrange sentiment d'excitation. Mais peut-être est-ce notre propre excitation que je sens. J'entends au loin le hurlement des loups ; ils sont descendus de la montagne à cause de la neige, et représentent un danger pour nous tous. 6030 Nos chevaux sont bientôt prêts, nous n'allons pas tarder à partir... vers la mort de l'un de nous. Dieu seul sait de qui il s'agit, et où, comment, et quand elle surviendra.

Mémorandum du Pr Van Helsing
5 novembre, dans l'après-midi.

6035 J'ai gardé toute ma raison, voilà au moins une bonne chose. Que Dieu en soit remercié, bien que l'épreuve de cette journée ait été terrible.

Lorsque je quittai Madame Mina, endormie à l'intérieur du cercle sacré, je pris la direction du château. Le marteau de

040 forgeron, que j'avais acheté à Veresti, se révéla bien utile. En effet, bien que les portes fussent ouvertes, je les arrachai de leurs gonds rouillés de peur que quelque intention malveillante ou accident malencontreux ne les refermât et m'empêchât de ressortir. L'amère expérience de Jonathan me servait ici. Grâce à

045 son journal que j'avais gardé en mémoire, je trouvai le chemin de l'ancienne chapelle où m'attendait une rude tâche. L'air y était oppressant, comme chargé de fumées sulfureuses, qui me tournaient la tête. Je ne savais plus si c'était un bourdonnement que j'entendais à mes oreilles ou le lointain hurlement

050 des loups. Songeant alors à ma chère Madame Mina, je fus la proie d'un terrible dilemme. Elle, que je n'avais pas osé amener ici, la pensant protégée du vampire dans l'enceinte du cercle sacré, se trouvait finalement à la merci des loups ! Je me résolus pourtant à rester et à accomplir ma tâche. Quant aux loups, il

055 nous faudrait nous y soumettre, si telle était la volonté de Dieu. Et puis, n'apportaient-ils pas, eux, la mort seulement, et la liberté ensuite ? C'est vrai, j'ai décidé pour elle. Si j'avais été seul, le choix aurait été plus aisé, la gueule du loup étant de loin préférable à la demeure du vampire !

060 Je savais qu'il y avait au moins trois tombes habitées. Je me lançai à leur recherche, fouillant, jusqu'à ce que je finisse par en découvrir une. La première femme était étendue dans son sommeil de vampire, si pleine de vie et de voluptueuse splendeur que je frémis, comme si je m'apprêtais à commettre un

065 meurtre. Je ne doute point que par le passé, plus d'un homme qui s'était fixé la même tâche que moi, sentit au dernier moment son cœur le trahir et ses nerfs l'abandonner. Et qu'il retarda son geste pour finir par être hypnotisé par la fascinante beauté de la non-morte, demeura là, immobile, devant elle, jusqu'à l'heure

du crépuscule, quand la femme vampire se réveille. Quand ses yeux sublimes s'ouvrent, que sa bouche sensuelle se tend pour un baiser… L'homme est faible, et une victime de plus s'en va rejoindre le monde des vampires, et grossir les rangs sinistres et macabres des non-morts.

Il y a sûrement quelque chose de l'ordre de la fascination quand on se sent ému par la seule présence d'une telle créature, même gisant dans une tombe rongée par le temps et lourde de la poussière des siècles, et malgré l'atroce odeur semblable à celles des repaires où s'était tapi le comte. Oui, j'étais ému – oui, moi, Van Helsing, avec toute ma volonté et mes raisons de haïr –, j'étais ému au point de souhaiter remettre à plus tard ce qui semblait paralyser mes facultés et mon âme même. Peut-être commençais-je à subir les effets du manque de sommeil et de l'étrange sensation oppressante de l'air ? Convaincu que telle était la cause de mon état, je me laissais glisser dans le sommeil, le sommeil éveillé de celui qui cède à une douce léthargie, quand un long gémissement s'éleva à travers le silence enneigé, un cri si plein de souffrance et de pitié qu'il me réveilla comme le son du clairon. C'était la voix de ma chère Madame Mina que j'entendais.

Je rassemblai alors mes forces pour en finir avec mon horrible tâche et trouvai, en descellant des pierres tombales, la deuxième des sœurs, celle aux cheveux noirs. Je pris garde de ne pas la regarder, craignant d'être de nouveau ensorcelé, et je poursuivis mes recherches jusqu'à ce que j'arrive devant une tombe plus imposante que les autres, comme faite pour quelqu'un de plus aimé – la troisième sœur, la blonde, que j'avais vue, comme Jonathan, naître des fines gouttelettes du brouillard. Elle était si belle, si radieuse et d'une sensualité si exquise, que l'homme en moi, mû par cet instinct qui pousse certains êtres de mon sexe à

100 aimer et à protéger un être de l'autre sexe, vit la tête lui tourner sous le coup d'une nouvelle émotion. Mais grâce à Dieu, l'appel de ma chère Madame Mina ne s'était pas éteint à mes oreilles et, avant que le charme n'eût raison de moi, je m'étais ressaisi et avais entrepris mon difficile travail. Bientôt, j'avais exploré, 105 autant que je pusse en juger, toutes les tombes de la chapelle, et comme nous n'avions vu que trois non-mortes, j'en conclus qu'il n'en existait pas d'autres. Il restait pourtant une tombe, plus majestueuse que toutes les précédentes ; immense et de nobles proportions, elle ne portait qu'un nom : DRACULA.

110 Telle était donc la demeure du roi des vampires. Qu'elle fût vide ne fit que confirmer ce que je savais déjà. Avant de rendre ces femmes à leur vraie mort, je déposai toutefois dans la tombe de Dracula un peu de l'Hostie consacrée, l'en bannissant ainsi, en tant que non-mort, à jamais.

115 Puis, commença mon effroyable tâche, cette tâche que je redoutais. Dussé-je l'accomplir une fois, cela aurait été comparativement aisé. Mais trois fois ! Trois fois refaire une chose qui m'emplissait d'horreur ; car si cela avait été terrible avec la douce Mlle Lucy, pourquoi cela ne le serait-il pas avec ces étrangères qui 120 avaient survécu aux siècles et vu, au fil des années, leur puissance s'accroître, et qui, si elles l'avaient pu, n'auraient pas hésité à se battre pour prolonger leurs odieuses vies...

Oh ! mon ami John, c'était un vrai travail de boucher. Si je n'avais pas été porté par la pensée d'une autre mort, et celle des 125 vivants sur qui pèse une telle épée de Damoclès[1], je n'aurais pu poursuivre. Je tremblai, et tremble encore bien que tout soit fini. Dieu soit béni, mes nerfs n'ont pas lâché. N'eussè-je pas vu le

---

1. **Épée de Damoclès** : expression signifiant que le danger peut survenir à tout instant.

repos sur le premier visage, et la joie qui le gagnait juste avant que la dissolution finale ne s'accomplisse, preuve que l'âme avait

6130 retrouvé sa liberté, j'aurais été incapable d'aller au bout de cette boucherie. J'aurais été incapable de supporter l'horrible bruit du pieu qui s'enfonçait dans les chairs, les tressaillements du corps qui se tordait de douleur, les lèvres qui se couvraient d'une écume sanglante. J'aurais pris mes jambes à mon cou, épouvanté, et

6135 laissé mon travail inachevé. Mais c'est fini ! Et je ne peux que prendre en pitié à présent ces pauvres âmes, et les pleurer, quand je pense à chacune d'elles, reposant en paix dans le sommeil éternel juste avant de disparaître à jamais. En effet, ami John, à peine mon couteau leur avait-il tranché la gorge que leur corps

6140 commençait à se dissoudre et à retomber à la poussière originelle, comme si la mort, qui aurait dû venir des siècles auparavant, revendiquait enfin ses droits en clamant haut et fort : « Me voici ! »

Avant de quitter le château, je bouchai toutes les entrées de sorte que le comte, non-mort, ne puisse plus jamais y pénétrer.

6145 Lorsque je franchis le cercle à l'intérieur duquel Madame Mina dormait toujours, elle se réveilla. Me voyant, elle poussa un cri de douleur, et me dit que j'en avais trop enduré.

– Venez. Quittons cet affreux endroit ! Allons rejoindre Jonathan. Je sais qu'il vient vers nous.

6150 Elle paraissait amaigrie, faible et bien pâle ; mais ses yeux brillaient de ferveur. Son visage, bien que hâve[1], me réconforta, tant j'avais encore à l'esprit l'horrible fraîcheur sanguine des vampires endormies.

Le cœur empli d'espoir et de confiance, mais de peur aussi,

6155 nous sommes alors partis vers l'est pour retrouver nos amis, et

---

1. **Hâve** : pâle.

le retrouver *lui*. Curieusement, Madame Mina semblait *sûre* que nos chemins se croiseraient.

Journal de Mina Harker
6 novembre.

160   L'après-midi était déjà bien avancé quand le professeur et moi-même avons repris la route. Bien que le chemin qui descendait de la colline fût escarpé, nous n'avancions pas vite à cause des couvertures épaisses et des tapis que nous transportions pour nous protéger du froid. Nous avions pris aussi quelques provi-

165 sions car nous nous trouvions dans une région totalement désolée où, à travers les rafales de neige, nous ne distinguions pas la moindre habitation. Après avoir marché un peu plus d'un kilo-mètre, la fatigue s'abattit sur moi et j'éprouvai le besoin de me reposer. En regardant derrière nous, nous vîmes le château de

170 Dracula se découper nettement sur le fond gris du ciel. Nous étions en effet si bas par rapport à la colline en haut de laquelle il se dressait, que les Carpates paraissaient bien en dessous. Nous le contemplâmes dans toute sa splendeur, perché sur le sommet d'un à-pic, avec apparemment un immense gouffre entre ses

175 murs et le versant abrupt de la montagne adjacente. Il se dégageait de tout l'endroit quelque chose de sauvage et de troublant. Nous entendions, au loin, le hurlement des loups qui, bien qu'étouffé par la neige qui tombait sans interruption, était empli de terreur. À la façon dont le Pr Van Helsing jetait des coups d'œil à droite,

180 à gauche, je compris qu'il cherchait quelque point stratégique où, en cas d'attaque, nous serions moins exposés. La route défoncée continuait de descendre et nous la suivions à travers le blizzard[1].

---

1. **Blizzard** : tempête de neige.

Au bout d'un moment, le professeur me fit signe. Je me levai et allai le rejoindre. Il avait trouvé l'endroit idéal, une sorte de grotte naturelle dans la roche, avec une entrée comme un couloir entre deux énormes pierres. Me prenant par la main, il m'attira à l'intérieur en disant :

– Regardez ! Ici, vous serez en sécurité. Et si les loups viennent, je pourrais les affronter un par un.

Il me laissa un instant et revint avec nos fourrures dont il me fit une couche douillette. Il avait également rapporté quelques provisions, mais j'étais incapable d'avaler quoi que ce soit ; l'idée même de manger me répugnait et, bien que j'eusse aimé lui faire plaisir, je ne pus m'y résoudre. Le professeur semblait bien triste, pourtant, il ne me fit pas le moindre reproche. Sortant ses jumelles de son sac, il alla se poster au bord du rocher et scruta l'horizon. Tout à coup, il m'appela :

– Madame Mina, venez voir ! Vite !

Je bondis sur mes pieds et, une fois que je l'eus rejoint sur le rocher, il me tendit les jumelles. La neige tombait encore plus drue et tournoyait furieusement sous le souffle d'un vent violent. Cependant, entre deux bourrasques, des accalmies me permirent d'embrasser tout le paysage. De là où nous nous tenions, il était possible de voir très loin, et c'est ainsi que j'aperçus, au-delà de la vaste étendue de neige, le fleuve déroulant comme un ruban noir ses courbes et ses méandres. Droit devant nous, et pas si loin finalement – en fait, si proche que je m'étonnai que nous ne l'ayons pas vu plus tôt –, avançait un groupe d'hommes à cheval allant à vive allure. Au milieu d'eux, je distinguai une longue charrette qui tanguait, telle la queue d'un chien qui remue, à chaque inégalité de la route. Leurs vêtements formaient un tel contraste par rapport à la neige que je n'eus guère de mal à reconnaître ceux de paysans ou de bohémiens.

₂₁₅   La charrette transportait une grande caisse. Mon cœur bondit quand je la vis, car je sus alors que la fin était proche. La nuit n'allait pas tarder à tomber : au coucher du soleil, la Chose, qui en ce moment s'y trouvait emprisonnée, recouvrerait une nouvelle liberté et pourrait, sous n'importe quelle forme, échapper à

₂₂₀ notre poursuite. Épouvantée, je me tournai vers le professeur et constatai, avec consternation, qu'il n'était plus là. Je le cherchai aussitôt du regard et l'aperçus, un instant plus tard, quelques mètres plus bas, traçant un cercle autour du rocher, comme celui qui nous avait protégés la veille. Une fois qu'il eut fini, il

₂₂₅ remonta près de moi et dit :

– Au moins, vous serez à l'abri de *lui* ici.

Il me prit les jumelles et, profitant de l'accalmie suivante, scruta le paysage qui s'étendait à nos pieds.

– Regardez, dit-il. Ils se dépêchent. Ils fouettent leurs chevaux

₂₃₀ et galopent le plus vite possible.

Il marqua une pause et ajouta d'une voix grave :

– Ils font la course avec le soleil. Il est possible que nous arrivions trop tard. Que la volonté du Seigneur s'accomplisse !

Une nouvelle rafale de neige survint et tout le paysage disparut.

₂₃₅ Heureusement, elle passa rapidement et le professeur, qui inspectait de nouveau la plaine, poussa un cri :

– Là ! Là ! Je vois deux cavaliers qui le suivent de près ! Ils viennent du sud. Ce doit être Quincey et John. Tenez. Regardez vous-même avant que la neige ne vous en empêche.

₂₄₀   Je pris les jumelles et les portai à mes yeux. Il se pouvait en effet que ces deux hommes fussent le Dr Seward et M. Morris ; ni l'un ni l'autre, en tout cas, n'était mon Jonathan, de cela j'étais sûre.

Pourtant, je *savais* qu'il ne tarderait pas à apparaître. Braquant les jumelles vers le nord, j'aperçus alors deux autres hommes chevauchant à bride abattue. L'un d'eux était Jonathan, et l'autre, bien sûr, Lord Godalming. Eux aussi poursuivaient la charrette et son escorte. Lorsque je l'annonçai au professeur, il poussa un cri de joie, comme un écolier, et après avoir regardé à son tour jusqu'à ce qu'une rafale lui obstruât la vue, il posa sa Winchester, armée, à l'entrée de la grotte.

– Ils convergent tous vers le même point, dit-il. Le moment venu, nous serons cernés par les bohémiens.

J'allai chercher mon revolver, car pendant que nous parlions, le hurlement des loups s'était rapproché. Dès que la tempête de neige se calma, nous regardâmes à nouveau. C'était étrange de voir toute cette neige tomber à gros flocons près de nous, alors qu'au-delà, le soleil, qui amorçait sa descente vers les lointaines montagnes, brillait encore en rougeoyant. Parcourant la plaine autour de nous, je vis ici et là des taches sombres qui avançaient seules ou par deux, trois et davantage – les loups se rassemblant pour attaquer leur proie.

Il nous parut attendre une éternité. Le vent s'était levé et soufflait en violentes bourrasques, poussant la neige avec fureur tandis qu'elle s'amoncelait autour de nous en tourbillons incessants. Parfois, nous ne voyions pas plus loin que le bout de notre bras, mais à d'autres moments, quand le vent rugissant tournait, on aurait dit qu'il nettoyait l'air devant nous et nous pouvions alors voir de nouveau au loin. Accoutumés comme nous l'étions ces derniers temps à guetter le lever et le coucher du soleil, nous savions avec une quasi-certitude quand pareil phénomène se produisait. Nous passerions bientôt du jour à la nuit.

J'eus peine à croire, en consultant nos montres, que cela faisait moins d'une heure que nous nous étions réfugiés sur ce rocher. Le vent avait redoublé, et ses rafales qui venaient à présent du nord étaient encore plus violentes et âpres. Il semblait nous avoir débarrassés des nuages de neige, car elle ne tombait plus maintenant que par à-coups. Aussi, distinguions-nous nettement les individus qui avançaient dans notre direction, poursuivis et poursuivants. Curieusement, les premiers ne donnaient pas l'impression de se rendre compte qu'on leur donnait la chasse, à moins qu'ils ne s'en soucient pas. Mais ils forçaient toutefois l'allure à mesure que le soleil descendait sur la cime des montagnes.

Voyant qu'ils n'étaient à présent plus très loin, nous nous accroupîmes, le professeur et moi, derrière notre rocher, nos armes à portée de main. De toute évidence, le professeur était décidé à ne pas les laisser passer, et tous, sans exception ignoraient notre présence.

Brusquement, deux voix s'élevèrent.

– Halte ! crièrent-elles.

Je reconnus celle de mon Jonathan, dont le timbre aigu exprimait la fougue ; l'autre, ferme, résolue, aux accents de commandement, était celle de M. Morris. Si les bohémiens ne comprenaient pas cette langue, il est des tons qui ne trompent pas, quel que soit le terme employé. Instinctivement, ils ramenèrent leurs chevaux au pas. Lord Godalming et Jonathan surgirent alors d'un côté, et le Dr Seward et M. Morris de l'autre. Le chef des bohémiens, un solide gaillard qui se tenait sur son cheval tel un centaure, leur fit signe de s'écarter et d'une voix puissante appela ses hommes à poursuivre la route. Ceux-ci frappèrent d'un grand coup de fouet leurs chevaux qui bondirent en avant ; aussitôt, les nôtres levèrent leur Winchester et, dans un geste sur lequel on ne peut se méprendre, leur ordonnèrent de s'arrêter. Au même moment, nous nous redressâmes, le Pr Van Helsing et moi-même, et braquèrent nos armes vers eux. Comprenant qu'ils étaient encerclés, les bohémiens serrèrent les brides et s'immobilisèrent une fois de plus. Leur chef leur adressa un mot et tous brandirent l'arme qu'ils portaient, couteau ou pistolet, et se tinrent prêts à l'attaque. La bataille se joua en un instant.

Le chef, d'un rapide mouvement des reins, s'avança et, désignant d'abord le soleil, proche à présent du sommet de la colline, puis le château, dit quelque chose que je ne compris pas. En guise de réponse, nos quatre hommes mirent pied à terre et se précipitèrent vers la charrette. Moi qui aurais dû frémir de peur en voyant Jonathan courir un tel danger, je sentis l'ardeur du combat me gagner autant que les autres, et je n'éprouvai que le violent désir d'agir. Devant la rapidité avec laquelle nos hommes s'étaient déplacés, le chef des bohémiens donna un nouvel ordre. Ses comparses se regroupèrent immédiatement autour de la charrette, mais dans une tentative quelque peu désordonnée, chacun se pressant et se poussant tant ils voulaient se montrer prompts à lui obéir. Au milieu de cette bousculade, je vis que Jonathan, qui se tenait d'un côté du cercle que formaient les bohémiens, et que Quincey, qui se tenait de l'autre côté, cherchaient à forcer un passage jusqu'à la charrette. De toute évidence, ils étaient décidés à en finir avant le coucher du soleil. Rien ne semblait pouvoir les arrêter ni même représenter un obstacle. Pas plus les pistolets pointés sur eux, que les lames des couteaux étincelantes ou le hurlement des loups non loin n'attiraient leur attention. L'impétuosité de Jonathan, et son opiniâtre attachement au but qu'il s'était fixé, parurent impressionner ses ennemis qui se trouvaient en face de lui, car ils reculèrent spontanément et le laissèrent passer. En l'espace d'une seconde, il bondit sur la

335 charrette et, avec une puissance incroyable, souleva la caisse de bois et la jeta à terre. Pendant ce temps, M. Morris avait dû user de sa force pour se frayer un passage de l'autre côté du cercle des Tziganes. Bien que je n'eusse pas quitté un seul instant Jonathan des yeux, du coin de l'œil, j'avais vu M. Morris poussant

340 désespérément ses adversaires, et j'avais vu aussi les couteaux des bohémiens scintiller et le toucher au moment où il parvenait enfin à franchir la haie qu'ils formaient. Il avait paré leurs coups avec son couteau de chasse, et dans un premier temps, je crus que lui aussi s'en était sorti indemne, mais alors qu'il

345 rejoignait Jonathan, qui avait entre-temps sauté de la charrette, je remarquai qu'il se tenait le flanc de sa main gauche, et que du sang jaillissait entre ses doigts. Il ne s'attarda pas pour autant et, lorsque Jonathan s'attaqua avec l'énergie du désespoir à l'une des extrémités de la caisse, cherchant à en soulever le couvercle avec

350 son coutelas qu'il maniait comme un levier, il s'en prit furieusement à l'autre extrémité avec son couteau de chasse. Sous leurs efforts conjugués, le couvercle commença à céder ; les clous sautèrent, et la planche fut rejetée en arrière.

À ce moment-là, les bohémiens, sous la menace des Winchester,

355 et à la merci de Lord Godalming et du Dr Seward, avaient capitulé et s'étaient rendus sans trop de résistance. Le soleil descendait sur le sommet des Carpates, et l'ombre de la chaîne montagneuse s'allongeait sur la neige. Le comte était étendu dans sa caisse, par terre ; des éclats de bois, dus à la chute brutale de celle-ci quand

360 elle avait été lancée de la charrette, jonchaient son corps. Il était d'une pâleur mortelle, une statue de cire, et dans ses yeux rouges se lisait le regard haineux que je connaissais si bien.

Mais alors que je les fixais, je les vis se tourner vers le soleil, et la haine qui les emplissait se transforma en triomphe.

6365 À l'instant, l'éclair blanc du coutelas de Jonathan balaya l'air. Je poussai un cri en voyant sa lame trancher la gorge du comte tandis que M. Morris lui transperçait le cœur avec son couteau de chasse.

Ce fut un miracle : sous nos yeux, et presque en l'espace d'un
6370 soupir, le corps du comte se désagrégea et retomba en poussière avant de disparaître tout à fait.

Ma vie entière, je me souviendrai avec ravissement, qu'au moment de la dissolution finale, son visage exprimait un sentiment de paix comme jamais je ne l'aurais cru possible là.

6375 Le château de Dracula se profilait à présent sur un ciel rouge et, dans la lumière du soleil couchant, les contours en pierre de ses créneaux endommagés apparaissaient nettement.

Les bohémiens, nous tenant responsables de l'extraordinaire disparition du mort, s'enfuirent sans un mot, comme s'il y allait
6380 de leurs vies. Ceux qui n'avaient pas de monture sautèrent sur la charrette et hurlèrent à leurs compagnons de ne pas les abandonner. Les loups, qui s'étaient mis à l'abri un peu plus loin, ne tardèrent pas à les suivre. Nous étions seuls.

M. Morris gisait à terre, appuyé sur un coude, une main
6385 pressée contre son flanc ; le sang continuait de couler entre ses doigts. Je courus vers lui, à présent que je pouvais sortir du cercle sacré. Les deux docteurs m'imitèrent. Jonathan s'agenouilla à son côté, et le blessé reposa sa tête contre son épaule. Alors, avec un soupir et dans un ultime effort, il tendit sa main
6390 que le sang ne tachait pas et la posa sur la mienne. Il devina sans doute à mon regard l'angoisse qui m'étreignait le cœur, car il sourit et dit :

– Je ne puis qu'être heureux puisque j'ai été utile. Oh, Dieu ! s'écria-t-il tout à coup en se débattant pour se redresser et en désignant mon front. Cela valait mieux ma mort. Regardez ! Regardez !

Le soleil était à présent passé de l'autre côté des montagnes, et ses derniers rayons rougeoyants qui tombaient sur mon visage le baignaient d'une lumière rosée. D'un même mouvement, les hommes se prosternèrent, et un sonore et ardent « amen » s'éleva d'eux tandis que leurs yeux suivaient le doigt pointé du mourant qui murmurait :

– Que Dieu soit béni, nous n'avons pas agi en vain ! Voyez ! La neige n'est pas plus immaculée que son front ! La malédiction n'est plus.

Et c'est sur cette dernière parole, avec un sourire et en silence, qu'il mourut, à notre amer chagrin, en brave.

Note

Voilà sept ans que nous avons franchi les flammes de l'enfer, et le bonheur que connaissent certains d'entre nous depuis vaut, je pense, la souffrance que nous avons endurée. L'arrivée de notre fils, qui nous a comblés, Mina et moi, s'est vue dotée d'une joie supplémentaire puisqu'il est né le jour anniversaire de la mort de Quincey Morris. Je sais que sa mère nourrit la croyance secrète qu'il a hérité d'un peu de l'esprit de notre héroïque ami. Sa kyrielle de noms marque le lien qui unit les hommes de notre petite bande, mais nous l'appelons Quincey.

Cet été, nous sommes allés en Transylvanie, et sommes retournés sur ces terres qui étaient pour nous, et sont encore, si pleines de terribles souvenirs. Il nous paraissait presque impossible de croire que ce que nous avions vu de nos propres yeux et entendu de nos propres oreilles eût vraiment existé. Il n'en restait plus la moindre trace, hormis le château qui se dresse, comme auparavant, bien au-dessus d'une plaine désolée.

6425   Quand nous sommes revenus, nous avons évoqué ensemble le passé – dont nous pouvions tous parler paisiblement car Godalming et Seward sont aujourd'hui l'un et l'autre mariés et heureux en ménage. Je sortis les documents du coffre, où ils se

Dracula de Francis Ford Coppola avec Keanu Reeves (Jonathan) et Gary Oldman (Dracula), 1992.

trouvaient en sécurité depuis notre lointain retour. Nous fûmes
frappés de constater que, dans toute cette masse d'informations,
pas une seule pièce n'était originale ; à l'exception des dernières
notes prises par Mina et Seward, et du mémorandum de Van
Helsing, il n'y avait que des feuillets dactylographiés. Nous ne
pourrions donc guère demander à qui que ce soit, même si nous
le souhaitions, de les accepter comme la preuve de cette étrange
histoire. Van Helsing a résumé la situation en ces termes, et en
prenant notre fils sur les genoux :

– À quoi bon vouloir des preuves, nous ne cherchons à
convaincre personne. Mais ce garçon saura un jour quelle femme
courageuse est sa mère. Il connaît déjà sa douceur et son amour ;
plus tard, il comprendra que des hommes l'ont aimée et que,
pour son salut, ils ont affronté bien des dangers.

Jonathan Harker.

Dracula

Dracula

Un roman épistolaire fantastique

Qu'est-ce qu'un roman fantastique ?

À la fin du XVIIIe siècle se développe un courant de sensibilité qui s'intéresse à l'irrationnel, alors même que la démarche scientifique s'impose. Ce goût pour le surnaturel et le rêve, voire le cauchemar, se retrouve dans la littérature.

● DU ROMAN NOIR ANGLAIS AU ROMAN FANTASTIQUE

À l'époque romantique, le thème des châteaux hantés et des malédictions est très en vogue aussi bien en Angleterre, où le roman gothique prédomine, qu'aux États-Unis, avec par exemple Edgar Allan Poe. En France, la littérature fantastique s'épanouit avec des auteurs tels que Nodier, Nerval, Gautier, Villiers de l'Isle Adam et Mérimée (*La Vénus d'Ille*, 1837).

Dans les années 1870, de nouvelles disciplines scientifiques et l'intérêt nouveau porté aux maladies mentales, l'hypnose ou le magnétisme, renouvellent le genre. Les auteurs s'interrogent sur la complexité de l'homme et sur les limites du rationalisme pour comprendre le monde. Le Horla de Maupassant est l'un de ces récits où le fantastique ne se résume plus à une littérature de revenants.

Le Horla de Maupassant, publié en 1886, rapporte dans une sorte de journal intime l'histoire d'une créature invisible et monstrueuse qui « boit la vie » du narrateur, à la manière de Dracula.

Le roman gothique

L'intrigue se déroule généralement dans des lieux isolés, abandonnés et hantés (châteaux gothiques, vieilles ruines...). Il est le plus souvent question des malheurs d'une jeune fille vertueuse confrontée à la cruauté d'un personnage démoniaque. Sur cette trame se greffent des histoires de revenants et de malédictions. À la fin du roman, le méchant est puni de ses méfaits et une explication vient élucider tous les mystères. Les auteurs les plus représentatifs de ce courant sont Ann Radcliffe (Les Mystères d'Udolphe) et Matthew Gregory Lewis (Le Moine).

● **QU'EST-CE QUE LE FANTASTIQUE ?**

Le fantastique est un registre qui repose sur l'angoisse suscitée par l'irruption de phénomènes inexplicables dans un cadre normal et quotidien. Un roman fantastique classique repose sur la déstabilisation d'un ou de plusieurs personnage(s) confronté(s) à un phénomène étrange.

Le lecteur est plongé dans un climat de tension et de peur. Il ne parvient pas à expliquer l'origine du phénomène : est-ce un rêve, une hallucination du narrateur ? La présence d'indices matériels contredit cette hypothèse, et le doute s'installe, contribuant au sentiment de terreur typique de ce registre.

Les procédés du fantastique

Plusieurs procédés littéraires caractérisent le texte fantastique :
- *l'emploi de la première personne du singulier qui, tout en laissant croire au lecteur qu'il s'agit d'un témoignage, réduit la perception des faits ;*
- *les phrases brèves, exclamatives, qui rendent compte du bouleversement du narrateur ;*
- *les périphrases et les comparaisons qui révèlent l'incapacité du narrateur à décrire ce qu'il perçoit ;*
- *le conditionnel et les phrases interrogatives qui traduisent les incertitudes du narrateur ;*
- *les champs lexicaux du mystère, de l'étrange, de la peur et de la panique.*

Dracula, roman terrifiant

Le roman de Bram Stoker met en scène une rencontre inhabituelle qui perturbe les personnages. Mais l'irruption du comte dans la vie des personnages n'engendre pas simplement la peur ou l'effroi : la plupart d'entre eux perdent la santé physique et/ou mentale, voire la vie, dans des conditions dramatiques.

Comment le personnage du vampire est-il devenu un mythe ?

Le personnage du vampire est aujourd'hui très connu. La littérature et le cinéma ont contribué à pérenniser l'image d'un mort-vivant qui boit du sang pour survivre. Mais d'où nous vient ce personnage ? Pourquoi continue-t-il encore à nous fasciner ?

● **DES ÊTRES ASSOIFFÉS DE SANG**

Les représentations d'êtres surnaturels absorbant du sang de mortels remontent à la nuit des temps. Dans les mythologies des civilisations précolombiennes ou chez les Babyloniens, on trouve déjà des divinités ou des génies vampires. La mythologie gréco-latine est elle aussi très riche en divinités malfaisantes qui sucent le sang des humains (lamies, empuses, striges).

En Europe, c'est dans l'Occident médiéval qu'apparaît le vampire tel que nous le connaissons. À partir du XIe siècle, on trouve, surtout en Angleterre, des histoires de revenants qui sortent la nuit de leur tombe pour tourmenter, voire tuer les vivants.

> *Le terme **vampire** apparaît au XVIIIe siècle, d'abord en allemand, puis dans la plupart des langues d'Europe occidentale.*
> *Il désigne un mort sortant de sa tombe pour sucer le sang des vivants.*

Au XIVe siècle, des histoires similaires apparaissent en Europe centrale et orientale. Elles se multiplient au XVIIe siècle, tandis que la croyance aux vampires disparaît progressivement dans les pays d'Europe occidentale, où la raison et la science tendent à s'imposer.

● **DU VAMPIRE AU COMTE DRACULA**

Pour dresser un portrait de vampire conforme aux croyances de l'Europe de l'Est, Bram Stoker étudie l'histoire et les traditions populaires de la Transylvanie. Il s'inspire aussi d'un personnage historique, Vlad III. Mais il enrichit ce portrait de quelques éléments très personnels : relation télépathique entre le vampire et sa victime, séduction du personnage – aspect qui fascine encore.

Vlad III, comte de Dracula

Vlad III, dit « Țepeș » (« l'Empaleur »), prince de Valachie (1431-1476), était réputé pour son extrême cruauté. Il avait pour surnom « Dracula ». Ce sobriquet pourrait venir de son père, Vlad II, chevalier de l'ordre du Dragon (« Dracul »), mais aussi de son côté diabolique, le mot roumain drac signifiant « diable ». Ce personnage historique a inspiré Bram Stoker : le comte Dracula serait l'un des descendants de Vlad Țepeș.

● **DU PERSONNAGE AU MYTHE**

Ses origines, son histoire, sa popularité par-delà les frontières font du vampire un véritable mythe. Initialement, il a pu permettre d'exprimer la crainte obsédante des esprits des morts, dont les peuples primitifs redoutaient le retour.

Signification politique

Dans la littérature américaine de l'entre-deux-guerres, les vampires prennent une signification politique. Ils représentent les deux dangers qui menacent la paix : le bolchevisme et le nazisme. Ainsi, pour attiser la ferveur guerrière des soldats américains, l'état-major a distribué des exemplaires de Dracula à tous ceux qui partaient au front.

À partir du XVIIIᵉ siècle, le personnage acquiert une dimension religieuse : il symbolise les âmes damnées et incarne le Mal.

Cependant, dans les années 1970, on note un véritable tournant : le vampire devient sympathique, il représente l'Autre, celui qui est différent et qu'une société, intolérante, pourchasse. C'est alors une victime, qui peut parfois même représenter une sorte d'idéal romantique, comme en témoigne le cinéma.

En 1994, dans *Entretien avec un vampire* – une adaptation cinématographique du roman d'Anne Rice paru en 1976 – on retrouve des vampires qui se posent des questions métaphysiques et morales, expriment des pulsions et des désirs typiquement humains.

Étape 1 • Analyser le portrait de Dracula

SUPPORT • Chapitre 2, p. 24-25, l. 261 à 281.

OBJECTIF • Mettre en évidence des caractéristiques du personnage principal, étudier les fonctions d'un portrait.

As-tu bien lu ?

1 Où Jonathan Harker se trouve-t-il ? Pour quelle raison ?

2 À qui le comte lui fait-il penser ?
   ☐ à un de ses compagnons de voyage
   ☐ au cocher   ☐ au propriétaire de l'auberge

3 Pourquoi le comte ne partage-t-il pas le repas avec son invité ?
   ☐ Il a déjà dîné   ☐ Il est malade   ☐ Il dînera plus tard

L'organisation du portrait

4 Qui décrit le comte Dracula ? À quel moment ?

5 Quel ordre suit le portrait du comte ?

6 **a.** Quelle partie du visage est décrite à deux reprises ?
   b. Que produit cette répétition ?
   ☐ un effet comique   ☐ un effet d'insistance

7 Quels sont les adjectifs qualificatifs et les expressions qui caractérisent les parties du corps ? Complète le tableau suivant avec les adjectifs qualificatifs et les expressions qui caractérisent les parties du corps du comte.

	Nez		Narines	
	Front			
	Menton			
Visage	Cheveux			
	Sourcils			
	Joues			
	Bouche		Dents	
			Lèvres	

Corps	Mains		Doigts	« épais »
			Paumes	
			Ongles	« longs et taillés »

Un personnage ambigu et effrayant

8 Quelles sont les parties du corps dont la description est marquée par l'opposition ? Cite le texte pour justifier ta réponse.

9 **a.** Quelle opposition peut résumer le mieux le portrait de Dracula ?
☐ grand et petit
☐ gros et maigre
☐ vieux et jeune

b. Quelles couleurs, présentes dans le portrait, symbolisent cette opposition ?

10 Quels sont les traits d'animalité de ce portrait ? Qu'est-ce qui rapproche Dracula d'un animal ?

La langue et le style

11 Quel est le temps verbal dominant ? Pourquoi est-il employé ?

12 Que marque le retour au passé simple ?

13 Quels adjectifs et adverbes soulignent le caractère étonnant du personnage ?

Faire le bilan

14 Quelles sont les fonctions du portrait de Dracula ? Pour répondre, tu exploiteras tes réponses aux questions précédentes.

À toi de jouer

15 Dessine le portrait de Dracula en respectant scrupuleusement la description*.

Étape 2 • Repérer les marques du fantastique

SUPPORT • Fin du chapitre 2, p. 28-29, l. 359 à 392.

OBJECTIF • Définir les caractéristiques du registre fantastique*.

As-tu bien lu ?

1 Quel est le narrateur* du passage ?

2 À quel moment de la journée se situe l'épisode raconté ?
☐ midi ☐ dans la journée ☐ durant la nuit

3 Pourquoi le narrateur écrit-il dans son journal ? Plusieurs réponses sont possibles.
☐ pour rompre l'ennui.
☐ parce qu'il a besoin d'évoquer avec précision ce qu'il vit.
☐ parce qu'il redoute de perdre la raison.
☐ parce qu'il n'a personne à qui parler, hormis le comte.

L'intrusion du surnaturel

4 Quel phénomène étrange Jonathan observe-t-il ?

5 Quelle est la stupéfiante réaction du comte à la vue du sang ? Cite le texte pour répondre.

6 Quel objet produit chez le comte une réaction tout aussi étonnante ?

La confusion du narrateur

7 Que ressent le narrateur au moment où il rédige son journal ? Justifie ta réponse à l'aide du texte.
Jonathan Harker ressent un certain .... au moment où il rédige son journal comme l'indique l'expression « .... ».

8 Quel événement témoigne de l'angoisse du narrateur avant même l'intrusion du comte dans la chambre ?

9 Relève une phrase exclamative qui témoigne du caractère inhabituel de la situation et de la stupéfaction du narrateur.

La langue et le style

10 a. Quel est le pronom personnel majoritairement employé dans ce passage ?

b. Quel effet cela produit-il sur le lecteur ?

11 Le texte fait référence à deux moments différents. Indique le temps verbal dominant pour chacun.

Temps de l'écriture : l. 361 à l. 368 → Temps verbal dominant : ....

Temps du récit : l. 369 à l. 387 → Temps verbal dominant : ....

12 a. Dans le récit*, relève les actions exprimées au passé simple : celles du comte et celles de Jonathan Harker.

Le comte Dracula	Jonathan Harker

b. Comment peux-tu qualifier les actions du comte ?

Faire le bilan

13 En quoi cet extrait est-il fantastique ? Pour répondre, complète le texte avec les mots suivants : un château isolé – confusion – la nuit – soudaine.

L'action a lieu dans .... Le comte apparaît de façon ....
au cours de .... Ces éléments contribuent à créer une atmosphère inquiétante. Mais c'est l'absence de reflet dans le miroir qui plonge le narrateur dans une profonde ....

À toi de jouer

14 Imagine à ton tour un texte fantastique. Tu es assis(e) à ton bureau et tu rédiges un devoir de français. Soudain, tu lèves le nez de ta copie et tu te retrouves face à une créature fantastique. Décris ta réaction, la créature et l'échange qui s'ensuit.

Étape 3 • Distinguer les différents narrateurs

SUPPORT • Chapitres 4, 5, 6, 7, p. 40 à 74.

OBJECTIF • Identifier les différents narrateurs* et analyser l'effet de la multiplication des points de vue*.

As-tu bien lu ?

1 Relie chaque personnage à son portrait :

Docteur Seward •   • Répétitrice, fiancée à Jonathan Harker
Mina Murray •   • Médecin très intelligent, directeur d'un asile
Lucy Westenra •   • Texan, aventurier ayant beaucoup voyagé
Jonathan Harker •   • Beau jeune homme aux cheveux bouclés
M. Quincey Morris •   • Amie de Mina Murray, sur le point de se marier
Arthur Holmwood •   • Clerc de notaire en mission en Transylvanie

2 Qu'apprend-on sur Dracula dans ces premiers chapitres ?   **Vrai**   **Faux**

	Vrai	Faux
– Les animaux sauvages lui obéissent.	☐	☐
– Il peut se métamorphoser.	☐	☐
– Il vit avec un serviteur et trois épouses.	☐	☐
– Il rampe, tête en bas, le long des parois du château.	☐	☐
– Il dort dans un vieux cercueil.	☐	☐
– Il a des manières de rustre.	☐	☐

3 Après quel événement le récit de Jonathan s'interrompt-il ?

L'alternance des narrateurs et des points de vue

4 Quels sont les différents narrateurs ? Que racontent-ils ?

5 Observe la dernière date du journal de Jonathan (fin chapitre 4) et celle de la première lettre de Mina (chapitre 5). Que remarques-tu ?

6 Quel(s) effet(s) produit l'alternance des points de vue ? Elle permet :
☐ de créer du suspense.   ☐ de multiplier les intrigues*.
☐ de donner le point de vue des personnages dangereux.

Les personnages face à Dracula

7 **a.** Quel est le point de vue dominant au début du récit ?
     b. Pour autant, quel est le personnage principal du roman ? Justifie.

8 Pourquoi Dracula n'est-il jamais narrateur ?

9 **a.** Classe les personnages suivants dans le tableau :
Dracula – Jonathan Harker – Mina Murray – Lucy Westenra – Quincey P. Morris – Dr Seward – Arthur Holmwood – R. M. Renfield

Personnage obscur, archaïque, au comportement dangereux	Personnage sensé, moderne, au comportement normal

b. En quoi la « normalité » des personnages-narrateurs renforce-t-elle la dimension fantastique du texte ?

La langue et le style

10 Parmi ces genres* littéraires, lesquels sont présents dans Dracula ?
☐ la lettre   ☐ le journal intime   ☐ la scène de théâtre

11 Quel est le pronom personnel dominant dans les formes de récit* utilisées par les personnages ? De quel genre narratif peut-on les rapprocher ?

12 **a.** Dans quel état Jonathan Harker se trouve-t-il à la fin du chapitre 4 ? Relève des mots et expressions pour justifier ta réponse.
b. Quelle est la tonalité des lettres de Lucy ?
c. Quel effet produit l'enchaînement du journal aux lettres ?

Faire le bilan

13 En t'appuyant sur tes réponses aux questions précédentes, tu exposeras ce qu'apporte au récit l'alternance des points de vue.

À toi de jouer

14 Imagine un extrait du journal du comte Dracula, rédigé après son agression par Jonathan Harker (fin du chapitre 4), dans lequel il exprime ses sentiments et ses intentions.

Étape 4 • Analyser le thème du progrès scientifique

SUPPORT • Chapitre 6 (journal du Dr Seward du 5 juin au 20 juillet) p. 61 à 64, chapitre 8 (journal du Dr Seward du 19 août) p. 82 à 85, chapitre 9 (lettre du Dr Seward à Arthur Holmwood du 2 septembre) p. 90-91 et chapitre 16 p. 144 à 151.

OBJECTIF • Comprendre comment le roman met en scène les pouvoirs et les limites du progrès scientifique.

As-tu bien lu ?

1 À quelle époque se situe le roman ?

2 Quels sont les moyens modernes qu'utilisent les personnages pour communiquer ?
- ☐ lettre
- ☐ téléphone
- ☐ phonographe
- ☐ télégramme

3 Quel est le moyen de transport moderne utilisé ?

Les progrès médicaux : la psychiatrie

4 **a.** Qui est Seward ? Que symbolise-t-il ?
b. Pourquoi et à propos de quoi tient-il un journal ?

5 En quoi l'approche médicale du patient de Seward est-elle moderne ? Cite une phrase du journal du 20 juillet de Seward pour justifier ta réponse.

6 Résume l'analyse du cas Renfield en complétant le texte avec les mots suivants :
zoophage – mouches – araignées – moineaux – chat – moineau.

Renfield ramasse des .... pour alimenter des .... Il se prend ensuite de passion pour les .... qu'il nourrit de ses araignées. Il réclame un .... afin de lui donner ses moineaux en pâture et ne l'obtenant pas, il mange un .... C'est donc un ....

Les limites de la science

7   **a.** Pourquoi Renfield s'est-il échappé ?
     b. De quel autre personnage peut-on alors le rapprocher ? Pourquoi ?

8   Lucy est-elle une patiente comme les autres pour le Dr Seward ? Pourquoi ?

9   Finalement, qui va trouver le remède au mal de Lucy ? Sur quel type
     de savoir repose son analyse ?

La langue et le style

10 Relis le début de la lettre de Seward à Holmwood. Classe dans le tableau
     des expressions qui reflètent l'ambivalence de l'état de santé de Lucy :

État positif	Symptômes de maladie

11 Recherche les définitions des mots suivants :
     – Phonographe : ....
     ....
     – Télégramme : ....
     ....
     – Chloroforme : ....
     ....
     – Zoophage : ....
     ....

Faire le bilan

12 Pourquoi peut-on dire que les progrès scientifiques ne permettent pas,
     à eux seuls, de vaincre le mal ?

À toi de jouer

13 Tu es médecin dans une clinique psychiatrique et Dracula est l'un de tes
     patients. Écris un extrait de journal dans lequel tu relates un entretien
     avec ce patient qui te dévoile ses desseins les plus sombres. Tu peux
     recourir à un langage imagé, inspiré de celui de Renfield.

Étape 5 • Comprendre l'histoire et analyser le dénouement

SUPPORT • La totalité du roman.

OBJECTIFS • Comprendre la structure narrative et analyser le sens du roman.

As-tu bien lu ?

1 Où voyage Jonathan Harker ?

2 Qui demande-t-il en mariage ?

3 Quelles sont les deux victimes de Dracula ?

4 Qui pourchasse Dracula ?

5 Qu'arrive-t-il à Dracula à la fin du roman ?

Intrigue principale et récits secondaires

6 Comment peut-on résumer *Dracula* ? Complète le tableau à l'aide des propositions suivantes : Lucy est victime de Dracula – Mina est victime de Dracula – Jonathan Harker a demandé Mina Murray en mariage – Jonathan et Mina ont un enfant – Harker part en Transylvanie pour régler une affaire – Harker découvre la monstruosité du comte Dracula – Van Helsing et ses alliés pourchassent et tuent Dracula.

Étapes du récit	Résumé
Situation initiale	
Élément perturbateur	
Péripéties	
Élément de résolution	
Situation finale	

7 Comment résumer l'intrigue* principale en une phrase ?
Dracula veut retrouver son prisonnier, Jonathan Harker. ☐
Dracula veut assouvir sa soif de sang, en particulier en Angleterre. ☐
Lucy recherche un mari. ☐

8 Quels sont les récits secondaires ? Quel est leur lien avec l'intrigue principale ?

L'unité dramatique

9 Dans la première partie du roman, on peut définir deux actions principales : l'effrayante découverte de Jonathan et l'étrange maladie de Lucy. Quel personnage assure le lien entre les deux ?

10 Qu'est-ce qui unit Harker, Holmwood, Seward, Van Helsing et Morris ?

11 Quel est le personnage féminin dont le rôle est fondamental dans la destruction du comte ? Pourquoi et comment ?

La langue et le style

12 Relis la scène de l'assaut final (« Le chef [...] disparaître tout à fait. »). Relève les caractéristiques épiques du passage en complétant les rubriques ci-dessous avec les mots et groupes de mots suivants : impétuosité – force – Morris, bien que blessé, n'en laisse rien paraître – lutte entre les Tziganes et les quatre hommes – le triomphe du Bien sur le Mal – le corps du comte se désagrège et retombe en poussière.
– Les vertus des héros : ....
– La dimension morale du récit : ....
– La mise en scène du combat : ....
– Le caractère exceptionnel du héros qui perd la vie : ....
– La présence du surnaturel* : ....

Faire le bilan

13 *Dracula* pourrait être la somme des documents rassemblés par Mina pour aider Van Helsing dans son enquête. Justifie ce point de vue* en utilisant tes réponses aux questions précédentes.

À toi de jouer

14 Imagine que tu es Jonathan Harker et réécris la scène de l'assaut final à la première personne. Tu conserveras le système des temps du récit (imparfait/passé simple). Tu prendras soin de décrire l'ouverture de la caisse et la destruction finale de Dracula.

Étape 6 • Analyser la dimension mythique de Dracula

SUPPORT • Chapitres 1, 2, 3, 10 (journal du Dr Seward, 11 septembre), 11 et 23, Repères.

OBJECTIF • Comprendre la dimension mythique* de Dracula.

As-tu bien lu ?

1 Quand le vampire apparaît-il pour la première fois ?
☐ dans le roman *Dracula* de Bram Stoker.
☐ dans les mythologies les plus anciennes.
☐ dans les romans gothiques.

2 Quand cesse-t-on de croire aux vampires ?

3 De quand date la sortie du dernier film d'animation sur Dracula ?

Une figure de vampire

4 **a.** Dès le chapitre 1, quel objet est donné à Jonathan pour le protéger ?
☐ un crucifix   ☐ une arme   ☐ du poison
b. À quel moment, cet objet lui sera-t-il utile ?

5 Pourquoi n'y a-t-il pas de miroir dans le château de Dracula ?

6 Que met Van Helsing dans la chambre de Lucy pour la protéger ?

7 Que représente le fait que le vampire s'abreuve de sang ?

8 De quelles autres caractéristiques de vampire Dracula a-t-il hérité ?
☐ le pouvoir de se métamorphoser.
☐ l'activité nocturne.
☐ la capacité de déchaîner les éléments naturels.
☐ le pouvoir de transformer l'homme en animal.
☐ la possibilité de voir l'avenir.

Dracula, personnage mythique

9 Le vampire de Bram Stoker a le pouvoir d'avoir une relation télépathique avec sa victime. Quels sont les atouts de cet ajout ?

☐ renforcer le lien entre le vampire et sa victime.
☐ permettre de suivre et de piéger Dracula.
☐ souligner la vulnérabilité du vampire.

10 Quel combat éternel la lutte contre Dracula symbolise-elle ?

11 a. Mina demande à Jonathan et ses amis d'éprouver, à l'égard de Dracula :
☐ haine
☐ pitié
☐ tendresse
b. Comment justifie-t-elle sa requête ?
c. En quoi cette réaction contraste-t-elle avec l'opinion générale, illustrée notamment par les villageois au début du roman, sur les vampires ?

12 Aujourd'hui, le vampire n'est pas toujours une figure du mal. Quelle qualité du personnage a finalement été retenue dans des adaptations comme *Twilight* ?

La langue et le style

13 Relis le début du chapitre 23 (Journal du Dr Seward), p. 192 à 197.
a. Classe les noms et groupes nominaux qui désignent Dracula selon qu'ils sont mélioratifs ou péjoratifs.
b. Complète la description de Dracula à l'aide du texte.
Mouvement : .... et ....
Dents : .... – Sourire : .... – Regard : ....
Teint : .... et ....

Faire le bilan

14 Explique comment et pourquoi Bram Stoker enrichit la figure mythique du vampire à travers son roman.

À toi de jouer

15 Bram Stoker a modifié la figure traditionnelle du vampire. Fais subir à ton tour des changements à ce personnage pour en faire un personnage romantique* qui inspire de la pitié et de la sympathie. Lis le sens du mot *romantique* dans le lexique (p. 312) avant de faire cet exercice.

Étape 7 • Distinguer les différents genres dans le roman

SUPPORT • Chapitre 11, l. 2185 à 2226, p. 103-105. Chapitre 16, journal du 29 septembre, p. 148-151. Chapitre 22, p. 186-191. Chapitre 26, journal du Dr Seward (2, 3 et 4 novembre), p. 239-240.

OBJECTIF • Comprendre l'appartenance du roman à divers genres* romanesques.

As-tu bien lu ?

1 De quoi le roman se compose-t-il ? Barre les mentions inutiles.
de journaux intimes – de coupures de presse – de télégrammes – de cartes postales – de lettres – d'enregistrements phonographiques – de poèmes.

2 Comment appelle-t-on un roman composé de lettres ?
☐ un roman littéraire
☐ un roman épistolaire*
☐ des lettres narratives

3 Selon toi, à quels genres romanesques peuvent appartenir les scènes suivantes ?

La mort de la mère de Lucy •   • roman scientifique

L'assaut final des Tziganes •   • roman d'action

L'exposé de Van Helsing sur les « non-morts » •   • roman noir*

La quête des repaires du comte •   • roman policier

Entre exposé scientifique et enquête policière

4 Relis l'extrait du journal de Van Helsing daté du 29 septembre.
a. Quel est le sujet de l'exposé de Van Helsing ?
b. Relève un mot qui témoigne de ses recherches sur les « non-morts ».
c. Montre qu'il emploie un style de compte rendu scientifique.

5 **a.** Dans le chapitre 22, relève les mots qui appartiennent au champ lexical de l'enquête policière. Qui apparaît dans le rôle du détective ?
b. En étudiant le dialogue avec Jonathan Harker (p. 188), montre qu'il utilise la technique de l'interrogatoire.

6 Quel autre personnage mène l'enquête au chapitre 26 ?

Entre roman noir et roman d'aventures

7 Remets dans l'ordre ce résumé de la note de Lucy du 17 septembre.
☐ Lucy se couche, munie des fleurs qui assurent sa protection.
☐ Un bruit de hurlement de chien la réveille.
☐ Une chauve-souris apparaît à la fenêtre de sa chambre, griffant la vitre.
☐ Lucy invite sa mère à partager son lit.
☐ Les bruits à la fenêtre reprennent et la vitre vole en éclats.
☐ La gueule d'un loup apparaît dans l'ouverture, la mère de Lucy s'évanouit.
☐ Le loup disparaît, la mère de Lucy est morte.

8 Quelles sont les différentes créatures effrayantes de ce passage ?
Relève les groupes nominaux qui les désignent.

9 Lis les extraits du journal du Dr Seward des 2, 3 et 4 novembre au chapitre 26.
a. Comment justifie-t-il l'absence de compte rendu détaillé de son périple ?
b. Qu'est-ce qui dans l'écriture du journal manifeste la précipitation
des événements ?

La langue et le style

10 Relis l'extrait du chapitre 16, p. 150, lignes 3357 à 3366.
a. Quelle est la valeur de l'imparfait dans « se levait » et « retombait » ?
b. Relève des adjectifs qui renvoient à la violence de la scène.

Faire le bilan

11 Complète le texte suivant sur les différents genres romanesques :
une enquête policière, l'horreur, scientifique, aventures.
Les scènes de vampirisme et de destruction de vampires appartiennent
au genre de .... Les exposés de Van Helsing et les rapports
du Dr Seward donnent une tonalité plus .... au roman.
Les plans de Van Helsing et la traque du vampire donnent au roman
l'allure d'...................... . La course-poursuite et la bataille finales plongent
le lecteur au cœur d'un roman d'...................... .

À toi de jouer

11 En t'inspirant de l'exposé scientifique sur les pouvoirs des « non-morts »
de Van Helsing au chapitre 16, rédige un rapport « scientifique » sur les
caractéristiques physiques et morales des vampires, homme ou femme.

Les figures du mal :
groupement de documents

OBJECTIF • Comparer des portraits du mal.

DOCUMENT 1 🕮 MOLIÈRE, *Don Juan*, Acte I, scène 1, 1665.

Gusman, écuyer de Done Elvire, questionne Sganarelle, valet de Dom Juan.
Il ne comprend pas pourquoi Dom Juan abandonne Done Elvire, qu'il a épousée
après l'avoir enlevée du couvent où elle s'était retirée. Sganarelle lui dresse le
portrait de son maître...

SGANARELLE : Je n'ai pas grande peine à le comprendre, moi ; et si
tu connaissais le pèlerin[1], tu trouverais la chose assez facile pour lui. Je
ne dis pas qu'il ait changé de sentiments pour Done Elvire, je n'en ai
point de certitude encore : tu sais que, par son ordre, je partis avant lui,
5   et depuis son arrivée il ne m'a point entretenu ; mais, par précaution,
je t'apprends, *inter nos*[2], que tu vois en Dom Juan, mon maître, le plus
grand scélérat que la terre ait jamais porté, un enragé, un chien, un
diable, un Turc, un hérétique, qui ne croit ni Ciel, ni Enfer, ni loup-garou,
qui passe cette vie en véritable bête brute, en pourceau d'Épicure[3], en
10 vrai Sardanapale[4], qui ferme l'oreille à toutes les remontrances qu'on lui
peut faire, et traite de billevesées[5] tout ce que nous croyons. Tu me dis
qu'il a épousé ta maîtresse : crois qu'il aurait plus fait pour sa passion,
et qu'avec elle il aurait encore épousé toi, son chien et son chat. Un
mariage ne lui coûte rien à contracter ; il ne se sert point d'autres pièges
15 pour attraper les belles, et c'est un épouseur à toutes mains. Dame,
demoiselle, bourgeoise, paysanne, il ne trouve rien de trop chaud ni

1. **Pèlerin :** emploi ironique du mot ; signifie ici « rusé ».
2. *Inter nos :* entre nous (latin).
3. **Pourceau d'Épicure :** débauché.
4. **Sardanapale :** roi légendaire d'Assyrie, réputé pour sa corruption.
5. **Billevesées :** sottises.

de trop froid pour lui ; et si je te disais le nom de toutes celles qu'il a épousées en divers lieux, ce serait un chapitre à durer jusques au soir.

20 Tu demeures surpris et changes de couleur à ce discours ; ce n'est là qu'une ébauche du personnage, et pour en achever le portrait, il faudrait bien d'autres coups de pinceau. Suffit qu'il faut que le courroux du Ciel l'accable quelque jour ; qu'il me vaudrait bien mieux d'être au diable que d'être à lui, et qu'il me fait voir tant d'horreurs, que je souhaiterais qu'il fût déjà je ne sais où. Mais un grand seigneur méchant homme est

25 une terrible chose ; il faut que je lui sois fidèle, en dépit que j'en aie[6] : la crainte en moi fait l'office du zèle, bride mes sentiments, et me réduit d'applaudir[7] bien souvent à ce que mon âme déteste. Le voilà qui vient se promener dans ce palais : séparons-nous. Écoute au moins : je t'ai fait cette confidence avec franchise, et cela m'est sorti un peu bien vite

30 de la bouche ; mais s'il fallait qu'il en vînt quelque chose à ses oreilles, je dirais hautement que tu aurais menti.

6. **En dépit que j'en aie** : contre mon gré.
7. **Me réduit d'applaudir** : m'oblige à approuver.

DOCUMENT 2 🖌 MARY SHELLEY, *Frankenstein ou le Prométhée moderne*, Chapitre XVI, 1818.

Victor Frankenstein a créé un monstre difforme. Cette créature s'enfuit et tente en vain de se faire des amis. Retrouvant un jour son créateur, le monstre lui explique la souffrance endurée à cause de son physique et son premier meurtre...

Un léger somme m'épargna alors la souffrance de la réflexion ; mais il fut troublé par l'arrivée d'un bel enfant, qui entra en courant dans l'abri que j'avais choisi, avec tout l'enjouement de son âge. En le regardant, l'idée me vint soudainement que cette jeune créature n'avait aucun

5 préjugé, et avait trop peu vécu pour concevoir l'horreur de la difformité. Si donc je pouvais m'en saisir, et en faire mon compagnon et mon ami, je ne serais pas si abandonné sur cette terre habitée par les hommes.

« Sous cette impulsion, je saisis l'enfant à son passage, et je l'attirai vers moi. Dès qu'il m'aperçut, il se couvrit les yeux et poussa un cri
10 perçant ; j'arrachai violemment ses mains de son visage : « Enfant, lui dis-je, que veut dire cette attitude ? Je ne veux pas te faire de mal ; écoute-moi ! »

Il se débattait violemment. « Laissez-moi partir, cria-t-il ; monstre, vilain misérable, vous voulez me manger et me déchirer en morceaux.
15 Vous êtes un ogre ; laissez-moi m'en aller ou je le dirai à mon père ! »

« Enfant, tu ne reverras jamais ton père ; tu vas me suivre. »

« Affreux monstre, laissez-moi partir ! Mon père est syndic[1] ; c'est M. Frankenstein ; il vous punira. Vous n'oseriez pas me garder. »

« Frankenstein ! Tu appartiens donc à mon ennemi, à celui dont j'ai
20 juré de tirer une vengeance éternelle ! Tu seras ma première victime ! »

« L'enfant se débattait encore, et m'accablait d'injures qui me désespéraient ; je lui serrai la gorge pour étouffer ses cris ; et en un instant il se trouva mort à mes pieds. »

« Je regardai ma victime, et mon cœur se gonfla d'exultation, d'un
25 triomphe infernal ; battant des mains, je m'écriai : « Moi aussi, je peux créer le désespoir : mon ennemi n'est pas invulnérable ; cette mort le désespérera, et mille autres malheurs le tourmenteront et causeront sa propre mort. »

« En fixant mes regards sur l'enfant, je vis briller quelque chose
30 sur sa poitrine. Je m'en emparai ; c'était le portrait d'une femme admirablement belle. Malgré ma volonté criminelle, il me calmait et m'attirait. Pendant quelques instants, je restai sous le charme de ses yeux noirs frangés de longs cils et de ses lèvres exquises. Mais bientôt ma fureur renaquit : je songeais que j'étais à jamais privé des joies que
35 peuvent dispenser d'aussi belles créatures ; et celle dont je contemplais les traits aurait, en m'apercevant, mué cet air de divine bienveillance en une expression d'horreur et d'épouvante.

---

1. Syndic : notable chargé d'administrer et de défendre les intérêts d'une communauté.

DOCUMENT 3 🎬 *Dracula*, film de Francis Ford Coppola, 1992.

Adapté du roman de Bram Stoker, ce film se démarque des réalisations cinématographiques précédentes. Coppola présente un Dracula double, monstrueux mais humain, plutôt victime d'une malédiction que véritable vampire. Il y introduit d'ailleurs une histoire d'amour avec Mina Murray pour mettre en avant l'humanité du personnage.

🎬 *Dracula* de Francis Ford Coppola avec Winona Ryder (Mina) et Gary Oldman (Dracula), 1992.

As-tu bien lu ?

1 Dans le document 1, quel personnage apparaît comme la figure du mal ?

☐ Charon   ☐ Don Luis   ☐ Don Juan

2 Dans le document 2, qui raconte l'histoire ?

3 Quel personnage Gary Oldman incarne-t-il dans le document 3 ?

Les manifestations du mal

4 **a.** Dans le document 1, quel personnage parle ? à qui s'adresse-t-il ?
b. En quoi consiste le piège de Dom Juan ?

5 Dans le document 2, quel est le schéma du mal ? Complète le schéma avec les mots suivants :

ami – jeune garçon – tue – Frankenstein – difformité – venger.

.... crée une créature monstrueuse.

Cette créature recherche un ....

⬇

Elle rencontre un ...., le fils de Frankenstein.

⬇

Ce jeune garçon rejette la créature, en raison de sa ....

⬇

La créature .... l'enfant.

⬇

La créature, consciente qu'elle ne pourra jamais avoir d'ami(e) décide de se .... de son créateur.

6 Dans le document 3, que signifie la bouche entrouverte du personnage au premier plan ? La légende de l'image peut t'aider à répondre.

☐ son étonnement   ☐ sa soif de sang   ☐ son dégoût

La lutte contre le mal

7 Dans les documents 1, 2 et 3 qui sont les victimes ? Qui sont les agresseurs ?

8 Est-ce une lutte fondée sur l'égalité ?

9 Avec quelles expressions les bourreaux sont-ils qualifiés dans les documents 1 et 2 ? Complète le tableau suivant avec ces expressions.

Don Juan	La créature
....	....
....	....
....	....

10 Dans le document 3, quelle est la marque de la monstruosité du personnage ?

11 Quelles sont les motivations des trois figures du mal ?

Don Juan •   • la vengeance
Dracula •   • la soif de sang
La créature •   • le désir permanent de séduire

Lire l'image

12 a. Pour quelle raison le personnage porte-t-il des lunettes ?
b. Qu'est-ce que cela indique de ses intentions ?

13 a. Comment le personnage est-il vêtu ?
b. Dirais-tu qu'il est élégant ou négligé ?
c. En quoi cet aspect rend-il Dracula encore plus redoutable ?

14 De quel personnage se rapproche cette incarnation de Dracula : Don Juan ou la créature de Frankenstein ?

15 Observe la composition de l'image. Quels sens peux-tu donner aux éléments suivants ?

La position allongée
de la femme indique •   • une fracture entre les deux personnages.

La disposition de Dracula
au 1er plan renforce •   • sa vulnérabilité.

La diagonale qui sépare
l'image crée •   • les mauvaises intentions du personnage en mettant en relief les expressions de son visage.

L'opposition arrière-plan flou/
1er plan net souligne •   • son caractère omnipotent.

Depuis sa parution en 1897, le roman de Bram Stoker a inspiré de nombreux écrivains à tel point que le personnage de Dracula est devenu un véritable mythe dont se sont emparés à leur tour illustrateurs, peintres et cinéastes. Comment ce personnage mythique évolue-t-il ? Quelles en sont les visions modernes et comment se sont-elles constituées à travers les différents arts ?

Les représentations de Dracula : de la littérature au cinéma

1 Les livres illustrés

Dès sa parution, le roman de Bram Stoker est illustré. Le succès du roman est tel qu'il est constamment réédité, le plus souvent avec des illustrations, et touche un public de plus en plus large.

Couverture d'une édition de *Dracula* datant de 1902.

● **LES ILLUSTRATIONS DU TEXTE ORIGINAL**

De nombreuses techniques ont été employées : gravure[1], aquarelle[2], lavis, peinture. Le sujet se prête particulièrement aux couleurs sombres, aux compositions contrastées qui traduisent son caractère fantastique*.

La technique du lavis

*Le **lavis** consiste à diluer de l'encre de Chine, du sépia ou de la couleur avec de l'eau afin d'obtenir un mélange à appliquer en aplat léger sur un papier assez épais. Suivant la dilution, le mélange est plus ou moins foncé. La superposition des applications permet de définir les contours des masses et de donner du relief.*

1. Gravure : manière de graver, de reproduire un dessin.

2. Aquarelle : peinture délayée à l'eau, légère et transparente.

● LES RÉÉDITIONS

Les illustrations et couvertures des rééditions du roman de Stoker témoignent de la diversité des approches possibles du personnage. Certains illustrateurs mettent l'accent sur le caractère sauvage du personnage, d'autres sur la dimension machiavélique[3] ou encore sur l'aspect séducteur.

Couleurs

*On distingue généralement les **couleurs froides** des **couleurs chaudes**. Les couleurs chaudes sont le jaune, le rouge, l'orange et leurs dégradés. Les couleurs froides sont le bleu, le vert et leurs dégradés.*

Le Vampire, dessin d'Alfred Kubin, 1915, collection privée.

Les types de cadrage

Le **plan général** montre un paysage ou un lieu (les personnages sont lointains et difficilement identifiables).
Le **plan moyen** cadre le personnage en entier, de la tête aux pieds.
Le **plan américain** cadre le personnage de la tête aux cuisses.
Le **plan rapproché** représente la tête et la taille du personnage.
Le **gros plan** ne représente que la tête du personnage.

---

3. Machiavélique : rusé et perfide.

Histoire des arts

➤ Observe les gravures reproduites p. 298 et 299 pour répondre aux questions suivantes.

1. Présentation et contexte des œuvres
• D'où proviennent les images 1 et 2 ?
• De quand datent-elles ?
• Quel est le personnage représenté dans les deux images ? Qu'est-ce qui te permet de le dire ?

2. Observation
• Décris précisément le personnage des images 1 et 2.
• Quel animal accompagne le personnage dans ces deux images ? Pour quelle raison ?
• Quels sont les différents types de cadrage utilisés ? Que permettent-ils de montrer ?

3. Interprétation
• Quels aspects du personnage les types de cadrage utilisés mettent-ils en valeur ?
• Dans l'image 1, quelle technique est employée ? Quelle caractéristique du texte met-elle en valeur ?
• Comment qualifierais-tu le personnage de l'image 1 ?
☐ sauvage
☐ élégant
☐ ordinaire
• Quelle transformation le personnage a-t-il subi dans l'image 2 ?

Le motif de la femme vampire en peinture

Avant même que le roman de Bram Stoker ne soit paru, le motif du vampire est déjà présent dans des peintures ou des gravures de la fin du XIXᵉ siècle. Mais le plus souvent sous les traits d'une femme !

● EDVARD MUNCH ET PHILIP BURNE-JONES

L'artiste norvégien Edvard Munch (1863-1944) a peint plusieurs exemplaires, de 1893 à 1895, du *Vampire*, tableau qui représente une femme étreignant un homme. Une œuvre frappante par ses couleurs vives contrastant avec le fond noir. La femme vampire est un thème très en vogue parmi les peintres et les graveurs du XIXᵉ siècle, comme en témoigne le tableau de Philip Burne-Jones (p. 302).

● LES CHAUVES-SOURIS HUMANOÏDES[1]

Au début du XXᵉ siècle, les vampires ressemblent plutôt à des humains munis d'ailes de chauves-souris, comme Max Ernst, peintre surréaliste (1891-1976).

Parallèlement, on trouve des représentations plus originales avec Bolesla Biegas (1877-1954) ou une image plus classique avec Clovis Trouille (1889-1975).

The Vampire devient la vamp !

The Vampire de *Philip Burne-Jones* est une œuvre aujourd'hui disparue. Exposée à Londres en 1897, année de la publication du roman de Bram Stoker, ce tableau fit scandale. Le modèle féminin ressemblait à l'actrice renommée Beatrice Stella Tanner, l'une des maîtresses du peintre. La relation s'étant mal terminée, on suggéra que l'artiste s'était vengé au moyen de ce portrait peu flatteur. Rudyard Kipling (auteur du Livre de la jungle) s'inspira de ce tableau pour écrire un poème. Le tableau et le poème inspirèrent à leur tour un auteur américain qui créa une pièce de théâtre A Fool There Was, laquelle donna naissance à un film en 1915 (Embrasse-moi idiot !) mettant en scène une femme fatale : la « vamp » était née !

[1]. **Humanoïde :** être présentant des caractères humains.

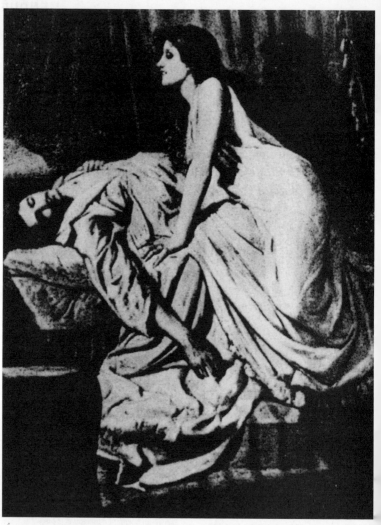

The Vampire, peinture de Philip Burne-Jones, 1897.

La composition

La composition est l'organisation des éléments dans une image. Elle est définie par des lignes de force[2] (verticales, horizontales, obliques) ou des volumes qui s'inscrivent dans des formes géométriques (rond, carré, triangle).

Histoire des arts

➤ Observe l'image en deuxième de couverture pour répondre aux questions suivantes.

1. Présentation et contexte des œuvres
• Quel est le titre du tableau ? Qui l'a peint ?
• Quelle est la technique employée ?

2. Observation
• Que représente le tableau ? Décris-le.
• Quelles sont les couleurs employées ?
• Est-ce le dessin ou la couleur qui prédomine ? Quel effet cela produit-il ?
• Observe la composition de l'image. Que peut-elle symboliser ?
☐ l'égalité de l'homme et de la femme.
☐ la domination de l'homme par la femme.
☐ l'infériorité de la femme vampirisée.

3. Interprétation
• Lis le titre du tableau. À quoi peuvent être comparées les mèches de cheveux de la femme ?
• Observe la main de la femme. Pourquoi ses doigts sont-ils repliés ?
• Pourquoi les joues de la femme sont-elles rosées ?
• Qu'indique la composition du tableau sur les rapports homme-femme-vampire ?

2. Lignes de force : lignes principales qui organisent un tableau. Les lignes de fuite dessinent les perspectives.

3 Les vampires à l'écran : du monstre au séducteur

Bram Stoker adorait le théâtre et avait le goût de la mise en scène. Il n'est donc pas surprenant que son roman soit devenu une source d'inspiration inépuisable pour les cinéastes, chaque film étant l'occasion de découvrir une nouvelle lecture du texte ou une nouvelle interprétation du vampirisme.

● UNE CRÉATURE REPOUSSANTE

Le cinéma, en s'emparant de Dracula dès les années 1920, a largement contribué à le populariser. Pauvre en dialogues mais riche en descriptions, le roman de Bram Stocker se prêtait en effet particulièrement bien à une adaptation au cinéma muet de l'époque. En 1922, le cinéaste allemand Friedrich Murnau proposa ainsi la première véritable adaptation du livre : *Nosferatu.*

Assez proche du roman, ce film montre néanmoins un Dracula différent de celui de Bram Stoker, d'une laideur repoussante. En outre, il meurt victime de sa propre soif de sang (resté toute la nuit auprès de sa victime, il s'aperçoit trop tard que le soleil s'est levé).

Nosferatu, le vampire de Friedrich Wilhelm Murnau avec Max Schreck, 1922.

Autrement dit, Murnau accentue le caractère bestial et instinctif du vampire.

● UN VAMPIRE SÉDUISANT

Tod Browing, cinéaste américain, réalise en 1931 un film intitulé *Dracula*, qui coïncide avec les débuts du cinéma parlant. Bela Lugosi, interprète de Dracula au théâtre, endosse le rôle au cinéma.

D'origine roumaine, Bela Lugosi parlait avec un fort accent slave, ce qui permettait de l'identifier au comte. Mais surtout, homme séduisant aux multiples conquêtes, marié plusieurs fois, il donne au vampire la personnalité d'un séducteur inquiétant qui est aux antipodes de la figure imaginée par Murnau. Ce vampire séducteur est ensuite promis à un grand avenir au cinéma.

Dracula de Tod Browning avec Bela Lugosi (Dracula) et Helen Chandler (Mina), 1931.

L'acteur victime de son rôle

*Des gens affirmèrent que Max Schreck, acteur principal
du film de Murnau, se prenait réellement pour un vampire.
Une rumeur semblable courut ensuite au sujet de Bela Lugosi.
Le comédien lui-même l'entretenait, s'habillant en vampire
dans les soirées mondaines, vivant dans une maison lugubre
où, allongé au fond d'un cercueil, il recevait les journalistes.
À la demande de sa veuve, il fut enterré avec sa cape.*

Histoire des arts

➤ Observe les photogrammes* reproduits p. 304 et 305 pour répondre
aux questions suivantes.

1. Présentation et contexte des œuvres
• Quel est le titre de chaque film ? Qui les a réalisés, en quelles années ?
• Quelle est la différence entre ces deux films ? En quoi les photogrammes
permettent de s'en apercevoir ?

2. Observation
• Que représente chaque photogramme ? Décris-les.
• Dans chaque image, quel type de cadrage est employé ? Que met-il
en valeur ?
• Décris les costumes des deux personnages. Qu'indiquent-ils ?

3. Interprétation
• Quels éléments donnent au visage de Nosferatu une dimension animale ?
À quel animal pourrait-il faire penser ?
• Quelle est la forme des mains de Nosferatu ? Pourquoi ?
• Qu'évoque le visage de Dracula ? Dans quelle situation est-il montré ?
• En quoi les deux représentations du vampire s'opposent-elles ?

Les réinterprétations de Dracula : de la parodie au héros romantique

Au-delà des adaptations du roman, le film de vampires s'est imposé comme un genre à part entière, conduisant le vampire à évoluer en s'éloignant du personnage originel. De la parodie[1] aux séries, le vampire devient satirique[2] ou plus humain en incarnant un héros romantique incompris et malheureux qui inspire la compassion.

● **LE FILM DE VAMPIRES PARODIÉ**

Le film de Roman Polanski, *Le Bal des vampires* (1967), est une parodie (imitation comique) des films de vampires, genre déjà bien établi à la fin des années 1960. On y retrouve certains éléments du roman de Bram Stoker : un château en Europe de l'Est gardé par un domestique étrange, un comte à la fois séduisant et menaçant, une jeune victime, la quête menée par un savant pour délivrer l'humanité du vampirisme... Mais ces éléments deviennent une source de comique : outre le domestique caricatural, le vampire ridicule, le savant universitaire grotesque (caricature d'Albert Einstein) et la victime frivole, la quête aboutit à répandre le vampirisme dans le monde. Roman Polanski pose ainsi sur le récit de vampire un regard ironique qui en renverse les codes.

Le titre original du film

Le titre original du film de Polanski est The Fearless Vampire Killers or Pardon Me, But Your Teeth Are in My Neck, *ce qui signifie : « Les intrépides tueurs de vampires ou Excusez-moi, mais vos dents sont plantées dans mon cou ».*
Tout est comique dans ce titre absurde : son contenu et sa longueur !

---

1. Parodie : imitation dans le but de se moquer de quelqu'un, de quelque chose...

2. Satire, satirique : critique (écrit, dessin..) pour tourner quelqu'un ou quelque chose en ridicule.

Le Bal des vampires de Roman Polanski
avec Roman Polanski et Alain Quarrier, 1967.

● LE VAMPIRE ROMANTIQUE

Depuis les années 1970, Anne Rice a publié plusieurs romans de vampires, notamment *Entretien avec un vampire*, adapté au cinéma en 1994. Son originalité : accentuer le caractère romantique d'une créature malheureuse, à peine ébauché chez Bram Stoker (Dracula étant victime d'une malédiction). Ses vampires aiment et souffrent.

Cette idée va être abondamment reprise au cinéma. Dans le film de Francis Ford Coppola, *Dracula* (1992), le comte, en proie à la colère divine, est à la fois terrifiant et digne de compassion. Le personnage du vampire romantique atteint son apogée dans les héros de la série *Twilight*. Séduisant, amoureux et incompris, le vampire devient l'expression des tourments de l'adolescence.

● LES SÉRIES

Le vampire est devenu un personnage majeur du cinéma. Preuve de son succès, les films qui le mettent en scène donnent fréquemment lieu à des suites, des « sagas ». Le héros de *Blade* (1998), *Blade 2* (2002) et *Blade : Trinity* (2004), films tirés d'une bande dessinée américaine, est un vampire chasseur de vampires. *Underworld* (2003), *Underworld 2* (2006), *Underworld 3* (2009) et *Underworld. Nouvelle ère* (2012) ont pour héroïne une vampire tueuse professionnelle. Adaptée d'une série romanesque, la saga *Twilight*, avec *Chapitre 1* (2009), *Chapitre 2* (2009), *Chapitre 3* (2010) et *Chapitre 4* (2011), narre les relations amoureuses entre un vampire et une jeune fille.

Le genre du film de vampires est ainsi parvenu à s'imposer. Sa richesse tient au fait que, si les vampires du cinéma contemporain

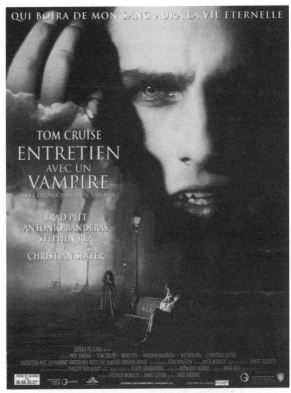

⌖ Affiche du film *Entretien avec un Vampire* de Neil Jordan, 1994.

conservent souvent telle ou telle caractéristique du personnage de Bram Stoker, ils sont aussi capables de se démarquer de ce modèle contraignant.

Des liens de sang ?

*Dans la continuité des légendes sur Max Schreck et Bela Lugosi, la presse « people »
contemporaine a largement fait état des liens historiques qui existeraient entre
la famille de Robert Pattinson, l'acteur incarnant le vampire principal de* Twilight,
et celle de Vlad l'Empaleur.

Histoire des arts

➤ Observe l'image en troisième de couverture pour répondre aux
questions suivantes.

1. Présentation et contexte des œuvres
• Indique le titre, la date et la nature de ce document.

2. Observation
• Observe la police de caractères du titre du film. Quelles remarques
peux-tu faire ?
• Décris précisément les deux scènes représentées, en précisant
le type de cadrage à chaque fois.
• Quelles sont les couleurs dominantes ? Que suggèrent-elles ?

3. Interprétation
• Comment qualifierais-tu le dessin représentant le couple ?
☐ réaliste
☐ comique
☐ fantastique
• Qu'arrive-t-il aux personnages représentés en bas de l'image ?
• Explique l'association du couple avec les autres personnages en noir
et blanc.

Petit lexique du récit

Champ lexical	Ensemble de mots et d'expressions qui se rattachent à un même thème.
Dénouement	Dans une histoire, moment où se résolvent les problèmes.
Dramatique	Qui se rapporte à l'action (ex. : unité dramatique signifie l'unité de l'action). Qui suscite une vive émotion, poignant.
Épique	Qui se rapporte à l'épopée (poème racontant les exploits d'un héros). Le texte épique met en scène un combat dans un récit qui valorise le caractère exceptionnel du héros.
Épistolaire	Qui se rapporte aux lettres (ex. : le roman épistolaire est un roman composé d'une série de lettres).
Fantastique	Mise en scène d'événements ou de phénomènes surnaturels survenant dans un cadre réaliste et quotidien.
Genre	Catégorie dans laquelle on rassemble des œuvres ayant des points communs (ex. : le genre romanesque).
Intrigue	Enchaînement d'événements dans une histoire.
Mythe	Récit ancien qui peut avoir un sens symbolique mais aussi représentation de faits ou de personnages de façon amplifiée pour répondre aux aspirations d'une communauté.
Mythologie	Ensemble de mythes provenant de civilisation anciennes (ex. : mythologie grecque).
Narrateur	La personne qui raconte l'histoire.
Ordre de la description	Les passages descriptifs, comme le portrait d'un personnage, s'organisent selon l'espace (de gauche à droite, par exemple) ou selon un principe de logique (du détail à l'ensemble, par exemple).

Point de vue	Angle selon lequel le narrateur raconte ou donne à voir. Le point de vue peut être interne, externe ou omniscient.
Photogramme	Unité minimale de prise de vue au cinéma.
Récit	Texte qui rapporte une histoire (fiction).
Réécriture	Nouvelle version d'un texte déjà écrit.
Romantique	Propre au romantisme (mouvement culturel et littéraire). Le personnage romantique est solitaire, sensible, passionné et malheureux parce qu'il évolue dans une société où il ne se sent pas à sa place.
Roman noir	Appelé aussi roman gothique, c'est un type de roman anglais qui se développe au XIXe siècle.
Surnaturel	Qui échappe aux lois de la nature et ne s'explique pas de manière rationnelle.
Vignette	Cadre contenant une image de bande dessinée.

À lire et à voir

● **DES ADAPTATIONS DE *DRACULA* AU CINÉMA**

Nosferatu
Film de Friedrich Murnau (1922)

Avec Max Schrek

> Première adaptation du roman. Tous les noms des personnages ont été changés et l'intrigue a été délocalisée. Max Schreck qui endosse le rôle principal est terrifiant !

Dracula
Film de Tod Browning (1931)

Avec Bega Lugosi

> Bela Lugosi, qui joue le personnage éponyme, est séduisant. C'est une version un peu éloignée du texte de Bram Stoker mais qui change durablement dans les esprits l'image du vampire.

Le Cauchemar de Dracula
Film de Terence Fisher (1958)

Avec Christopher Lee

> Version plus gothique dans laquelle Christopher Lee joue Dracula. Ce film est considéré comme l'un des trente meilleurs films britanniques.

Dracula
Film de Francis Ford Coppola (1992)

Avec Gary Oldman

> Adaptation la plus fidèle du roman de Bram Stoker. Le cinéaste accorde cependant à l'histoire d'amour entre Dracula et Mina une place plus importante que Bram Stoker dans son récit. Il fait du personnage un héros romantique, éprouvant des sentiments. Le succès de ce film est à l'origine de la mode des vampires au cinéma.

● DES ALBUMS SUR LES VAMPIRES

Dominique Marion et Jérémy Fleury
Dracula
© Auzou, 2012

Adaptation du roman pour la jeunesse dans un magnifique album illustré.

Joann Sfar
Petit Vampire
Coll. « Que d'histoires » © Magnard, 1999

Série de bandes dessinées qui raconte l'histoire de Michel, un orphelin élevé par ses grands-parents. Il découvre un jour qu'un petit vampire l'aide à faire ses devoirs. Il lui écrit et devient son ami. Il découvre alors un univers peuplé de créatures étranges.

● DES TEXTES SUR LES VAMPIRES

Barbara Sadoul
Les cent ans de Dracula : De Goethe à Lovecraft,
huit histoires de vampires
Coll. « Imaginaire », © Librio/J'ai lu, 2003

Anthologie de textes sur les vampires.

Alexandre Dumas
La Dame pâle
Coll. « Classique & Cie Collège », © Hatier, 2011

Nouvelle romantique qui présente une histoire de vampire, d'amour et de haine. Une jeune polonaise, Hedwige, fuit son pays envahi par les Russes. Sur le chemin, son convoi est attaqué. Elle est alors secourue par un homme dont elle tombe amoureuse, mais cet amour s'avère impossible car une étrange malédiction pèse sur la famille de cet homme.

Charles Baudelaire
Les Fleurs du Mal
COLL. « FOLIO CLASSIQUE », © GALLIMARD, 1999.

> La poésie s'est aussi emparée du thème des vampires. Au XIXe siècle, Charles Baudelaire dresse des portraits de ces créatures maléfiques dans deux poèmes : « Les métamorphoses du vampire » et « Le Vampire ».

● **DES RÉCITS FANTASTIQUES**

Théophile Gautier
La Morte amoureuse
COLL. « ŒUVRES & THÈMES », © HATIER, 2005

> Nouvelle fantastique qui met en scène l'histoire étrange d'un prêtre, Romuald, semblant être la victime d'une femme vampire, Clarimonde. Alors qu'il mène la vie d'un homme d'église dans la journée, le prêtre semble se métamorphoser la nuit en jeune seigneur et mener une vie toute autre.

Théophile Gautier
La Vénus d'Ille
COLL. « ŒUVRES & THÈMES », © HATIER, 2011

> Un chef-d'œuvre fantastique. Depuis que l'on a découvert une statue de Vénus à la beauté merveilleuse, au corps parfait, mais au regard si inquiétant, tout va mal dans le petit village d'Ille. Et si cette statue était l'auteur d'un meurtre ?

● **DES RÉCITS FANTASTIQUES**

http://www.vampirisme.com/

> Site consacré à la production littéraire et artistique sur le thème du vampire. La partie « interviews » rend compte des démarches artistiques de dessinateurs, réalisateurs et auteurs parfois héritiers de Bram Stoker. Ce site témoigne de la vivacité et de la popularité du mythe de Dracula à travers le monde.

Table des illustrations

Suivi éditorial : Brigitte Brisse
Principe de maquette : Marie-Astrid Bailly-Maître & Sterenn Heudiard
Mise en pages : Facompo
Iconographie : Hatier Illustration
Illustrations : Fabrice Lilao

Hatier s'engage pour l'environnement en réduisant l'empreinte carbone de ses livres. Celle de cet exemplaire est de :

850 g éq. CO$_2$

Rendez-vous sur www.hatier-durable.fr

PAPIER À BASE DE FIBRES CERTIFIÉES

Achevé d'imprimer par Grafica Veneta à Trebaseleghe - Italie
Dépôt légal : 96671-2/10 - Septembre 2022